D0984234

P

Bernhard Schlink

*Selbs*
*Mord*

*Roman*

Diogenes

Alle Rechte vorbehalten
Copyright © 2001
Diogenes Verlag AG Zürich
www.diogenes.ch
800/01/52/1
ISBN 3 257 06280 x

# Inhalt

I

## Am Ende

Am Ende bin ich noch mal hingefahren.

Ich habe mich bei Schwester Beatrix nicht abgemeldet. Sie läßt mich nicht einmal die kurzen, ebenen Wege vom Speyerer Hof zum Ehrenfriedhof und zum Bierhelder Hof machen, geschweige den langen, steilen zum Kohlhof. Vergebens erzähle ich ihr, wie meine Frau und ich vor Jahren am Kohlhof Ski gefahren sind. Morgens ging es hoch, der Bus voll mit Menschen, Skiern, Stöcken und Schlitten, und bis es dunkel wurde, drängten wir uns zu Hunderten auf dem abgefahrenen, mehr braunen als weißen Hang mit der verfallenen hölzernen Sprungschanze. Mittags gab's im Kohlhof Erbsensuppe. Klärchen hatte bessere Skier, fuhr besser, und wenn ich fiel, lachte sie. Ich nestelte an den Lederriemen der Bindungen und biß die Zähne aufeinander. Amundsen hatte mit noch altertümlicheren Skiern den Südpol erobert. Am Abend waren wir müde und glücklich.

»Lassen Sie mich zum Kohlhof laufen, Schwester Beatrix, ganz langsam. Ich möchte ihn wiedersehen und mich an die alten Zeiten erinnern.«

»Sie erinnern sich auch so, Herr Selb. Sonst könnten Sie mir nicht davon erzählen.«

Alles, was Schwester Beatrix nach vierzehntägigem Aufenthalt im Krankenhaus am Speyerer Hof erlaubt, sind ein paar Schritte zum Fahrstuhl, die Fahrt ins Erdgeschoß, wenige Schritte zur Terrasse, über die Terrasse, die Stufen hinab und auf dem Gras rund um den Springbrunnen. Großzügig ist Schwester Beatrix nur mit dem Blick.

»Schauen Sie, der schöne, weite Blick.«

Sie hat recht. Der Blick aus dem Fenster des Zimmers, das ich mit einem magenkranken Finanzbeamten teile, ist schön und weit, über die Bäume auf die Ebene und die Berge der Haardt. Ich schaue hinaus und denke, daß dieses Land, in das mich im Krieg der Zufall verschlagen hat, mir ans Herz gewachsen und meine Heimat geworden ist. Aber soll ich das den ganzen Tag denken?

So habe ich gewartet, bis der Finanzbeamte nach dem Mittagessen eingeschlafen war, habe leise und schnell den Anzug aus dem Schrank genommen und angezogen, den Weg zur Pforte gefunden, ohne einer Schwester oder einem Arzt zu begegnen, die ich kenne, und mir vom Pförtner, dem mein Status als flüchtiger Patient oder scheidender Besucher egal war, eine Taxe rufen lassen.

Wir fuhren hinab in die Ebene, zuerst zwischen Wiesen und Obstbäumen, dann unter hohem Wald, durch dessen Wipfel die Sonne helle Flecken auf Straße und Unterholz warf, dann vorbei an einer Holzhütte. Früher war's hier zur Stadt noch ein gutes Stück Wegs und machten die Wanderer vor der Heimkehr eine letzte Rast. Heute fangen nach zwei weiteren Kurven rechts die Häuser an und liegt wenig später links der Bergfriedhof. Am Fuß des Bergs warteten wir an der Ampel neben dem alten Kiosk, an dem ich mich immer gefreut habe: ein griechischer Tempel, der Vorplatz auf eine kleine Terrasse gebaut und das Vordach von zwei dorischen Säulen getragen.

Die gerade Straße nach Schwetzingen war frei, und wir kamen rasch voran. Der Fahrer erzählte mir von seinen Bienen. Ich schloß daraus, daß er rauchte, und bat ihn um eine Zigarette. Sie schmeckte nicht. Dann waren wir da, der Fahrer setzte mich ab und versprach, mich in einer Stunde wieder abzuholen und zurückzubringen.

Ich stand auf dem Schloßplatz. Das Haus war wieder hergerichtet. Es stand noch im Gerüst, aber die Fenster waren erneuert und der Sandstein des Sockels und der Tor- und Fensterfassungen gesäubert. Nur der letzte Anstrich fehlte. Dann würde es wieder genauso schmuck sein wie die anderen Häuser um den Schloßplatz, alle zweistöckig, gepflegt, mit Blumen vor den Fenstern. Was in das Haus kommen würde, Restaurant oder Café, Anwaltskanzlei, Arztpraxis oder Softwarefirma, war nicht angezeigt, und beim Blick durch die Fenster sah ich nur abgedeckte Böden und Malerleitern, -töpfe und -rollen.

Der Schloßplatz war leer, bis auf die Kastanien und das Denkmal der unbekannten Spargelverkäuferin. Ich erinnerte mich an die Straßenbahn, deren Linie früher hier in einem Kreis auf dem Platz endete. Ich sah zum Schloß hinüber.

Was erwartete ich? Daß im Haus das Tor aufginge und alle rauskämen, sich aufstellten, verbeugten und lachend auseinanderliefen?

Eine Wolke zog vor die Sonne, und der Wind wehte kalt über den Platz. Mich fror. Es lag Herbst in der Luft.

## 2

## *Im Graben*

An einem Sonntag im Februar hatte alles angefangen. Ich war mit meiner Freundin Brigitte und ihrem Sohn Manuel auf dem Heimweg von Beerfelden nach Mannheim. Brigittes Freundin, von Viernheim nach Beerfelden umgezogen, hatte zur Einweihung der Wohnung zu Kaffee und Kuchen eingeladen. Die Kinder mögen sich, die Freundinnen redeten und redeten, und als wir aufbrachen, war es Nacht.

Kaum fuhren wir, begann es zu schneien, große, nasse, schwere Flocken. Die schmale Straße führte durch den Wald auf die Höhe. Es war einsam, kein Auto vor oder hinter uns und keines, das uns begegnet wäre. Die Flocken fielen dichter, in den Kurven schlingerte der Wagen, an den steilen Stellen drehten die Räder durch, und die Sicht reichte gerade, daß ich den Wagen auf der Straße halten konnte. Manu, der munter geplappert hatte, verstummte, und Brigitte faltete die Hände im Schoß. Nur ihr Hund Nonni schlief, als wäre nichts. Die Heizung wurde nicht recht warm, aber mir stand der Schweiß auf der Stirn.

»Wollen wir nicht halten und warten, bis…«

»Es kann Stunden schneien, Brigitte. Wenn wir erst einmal eingeschneit sind, sitzen wir fest.«

Ich sah das liegengebliebene Auto nur, weil es seine

Scheinwerfer angelassen hatte. Sie strahlten über die Straße wie eine Barriere. Ich hielt.

»Soll ich mitkommen?«

»Laß mal.«

Ich stieg aus, schlug den Kragen der Jacke hoch und stapfte durch den Schnee. Ein Mercedes hatte sich an einer Kurve in einen abzweigenden Weg verirrt und war beim Versuch, wieder auf die Straße zu finden, in den Graben geraten. Ich hörte Musik, Klavier mit Orchester, und sah hinter beschlagenen Fenstern im beleuchteten Inneren zwei Männer, einen auf dem Fahrersitz und einen schräg dahinter auf der Rückbank. Wie ein gestrandeter Dampfer, dachte ich, oder ein Flugzeug nach der Notlandung. Die Musik spielt weiter, als wäre nichts, aber die Reise ist zu Ende. Ich klopfte beim Fahrer ans Fenster. Er ließ die Scheibe einen Spalt runter.

»Kann ich Ihnen helfen?«

Bevor der Fahrer antworten konnte, beugte sich der andere rüber und machte die hintere Tür auf. »Gott sei Dank. Kommen Sie, setzen Sie sich.« Er lehnte sich zurück und machte eine einladende Handbewegung. Aus dem Inneren des Wagens strahlte Wärme und roch es nach Leder und Rauch. Die Musik war so laut, daß er mit erhobener Stimme sprechen mußte. Er wandte sich an den Fahrer: »Stell bitte die Musik leiser!«

Ich stieg ein. Der Fahrer ließ sich Zeit. Langsam streckte er den Arm zum Radio, griff nach dem Knopf, drehte ihn, und die Musik wurde leiser. Der Chef wartete mit gerunzelter Stirn, bis sie erlosch.

»Wir kommen nicht flott, und das Telephon geht nicht.

Ich fürchte, wir sind hier am Ende der Welt.« Er lachte bitter, als widerführe ihm nicht nur ein technisches Mißgeschick, sondern eine persönliche Kränkung.

»Sollen wir Sie mitnehmen?«

»Können Sie schieben helfen? Wenn wir's aus dem Graben schaffen, schaffen wir's auch weiter, der Wagen ist nicht kaputt.«

Ich guckte zum Fahrer und erwartete, daß er etwas sagen würde. Er war doch wohl für das Schlamassel verantwortlich. Aber er sagte nichts. Im Rückspiegel sah ich seine Augen auf mich gerichtet.

Der Chef hatte meinen fragenden Blick bemerkt. »Am besten setze ich mich ans Steuer, und Gregor und Sie schieben. Wir brauchen, wenn…«

»Nein.« Der Fahrer wandte sich um. Ein älteres Gesicht und eine gedämpfte, heisere Stimme. »Ich bleibe am Steuer, und ihr schiebt.« Ich hörte einen Akzent, konnte ihn aber nicht identifizieren.

Der Chef war jünger, aber ich sah seine zarten Hände und schmale Gestalt und konnte mir auf den Vorschlag des Fahrers keinen Reim machen. Aber der Chef widersprach nicht. Wir stiegen aus. Der Fahrer ließ den Wagen an, wir stemmten uns dagegen, die durchdrehenden Räder sirrten und ließen Schnee, Tannennadeln, Blätter und Erde stieben. Wir stemmten weiter, es schneite weiter, die Haare wurden naß und die Hände und Ohren klamm. Dann kamen Brigitte und Manu, ich hieß sie auf den Kofferraum sitzen, und als auch ich mich draufsetzte, griffen die Räder, und mit einem Ruck war der Wagen aus dem Graben.

»Gute Fahrt!« Wir grüßten und gingen.

»Halt!« Der Chef lief uns nach. »Wem verdanke ich die Rettung?«

Ich fand eine Visitenkarte in der Jackentasche und gab sie ihm.

»Gerhard Selb.« Er blies die Flocken von der Karte und las laut. »Private Ermittlungen. Sie sind… sind Sie Privatdetektiv? Dann habe ich was für Sie, schauen Sie bei mir vorbei.« Vergebens suchte er in seinen Taschen nach einer Karte. »Welker ist mein Name, die Bank am Schloßplatz in Schwetzingen. Können Sie sich's merken?«

# 3

## *Beruf ist Beruf*

Ich bin nicht am nächsten Tag nach Schwetzingen gefahren und nicht am übernächsten. Eigentlich wollte ich überhaupt nicht fahren. Unsere Begegnung auf der Hirschhorner Höhe bei Nacht und Schnee und seine Aufforderung vorbeizuschauen – es erinnerte mich an die Verabredungen, die man auf Reisen und im Urlaub trifft. Das Wiedersehen geht immer daneben.

Aber Beruf ist Beruf, und ein Auftrag ist ein Auftrag. Ich hatte mich im Herbst für Tengelmann um die Krankmeldungen der Verkäuferinnen gekümmert und die eine und andere falsche Kranke erwischt. Das war so befriedigend, wie als Straßenbahnkontrolleur Schwarzfahrer zu jagen und zu stellen. Im Winter kam kein Auftrag. Es ist nun mal so, daß man einen Privatdetektiv über siebzig nicht als Bodyguard anheuert oder über mehrere Kontinente hinter gestohlenen Juwelen herschickt. Sogar der Ladenkette, die ihren krank gemeldeten Verkäuferinnen nachspionieren will, imponiert ein junger Bursche mit Handy und BMW, von der Polizei ins private Sicherheitsgeschäft gewechselt, mehr als ein alter Kerl mit einem alten Opel Kadett.

Nicht daß ich im Winter ohne Aufträge nichts zu tun gefunden hätte. Ich habe mein Büro in der Augustaanlage geputzt, die Holzdielen gewachst und gebohnert und die Fensterscheibe gewaschen. Die Scheibe ist groß; früher war das Büro ein Tabakladen und das Fenster das Schaufenster. Ich habe meine Wohnung um die Ecke in der Richard-Wagner-Straße aufgeräumt und meinen Kater Turbo, der zu dick wird, auf Diät gesetzt. Ich habe Manu in der Kunsthalle die Erschießung Kaiser Maximilians von Mexiko, im Reiss-Museum die Suebenheimer Hügelgräber und im Landesmuseum für Technik und Arbeit die elektrischen Stühle und Betten gezeigt, mit denen man im 19. Jahrhundert Bandwürmer aus dem Darm treiben wollte. Ich bin mit ihm in die Sultan-Selim-Camii-Moschee und in die Synagoge gegangen. Im Fernsehen haben wir verfolgt, wie Bill Clinton wiedergewählt und vereidigt wurde. Im Luisenpark haben wir die Störche besucht, die in diesem Winter nicht nach Afrika gezogen, sondern dageblieben waren, und am Rhein sind wir bis zum Strandbad gelaufen, dessen geschlossenes Restaurant weiß, unnahbar und würdevoll dalag wie das Kasino eines englischen Seebads im Winter. Ich machte mir vor, ich genösse, endlich alles das zu machen, was ich immer hatte machen wollen, wozu ich aber keine Zeit gefunden hatte.

Bis mich Brigitte fragte: »Warum gehst du so oft einkaufen? Und warum nicht tags, wenn die Geschäfte leer sind, statt abends, wenn alle sich drängen? Willst du was erleben, wie die alten Leute?« Sie fragte weiter: »Und ißt du deswegen in der Nordsee und im Kaufhof zu Mittag? Früher hast du, wenn du Zeit hattest, gekocht.«

Ein paar Tage vor Weihnachten kam ich die Treppe zu meiner Wohnung nicht hoch. Mir war, als wäre mir ein

Eisen um die Brust gelegt, der linke Arm tat weh, und der Kopf war auf eigentümliche Weise zugleich ganz klar und benommen. Ich setzte mich am ersten Absatz auf eine Treppenstufe und saß, bis Herr und Frau Weiland kamen und mir unters Dach halfen, wo ihre und meine Wohnung einander gegenüberliegen. Ich legte mich aufs Bett und schlief ein, verschlief einen und noch einen Tag und auch den Heiligen Abend. Als Brigitte, zuerst verärgert und dann besorgt, am ersten Feiertag nach mir sah, stand ich zwar auf, aß von ihrem Sauerbraten und trank ein Glas Roten. Aber wochenlang blieb ich müde und konnte mich nicht anstrengen, ohne in Schweiß und außer Atem zu geraten.

»Das war ein Herzinfarkt, Gerd, und nicht einmal ein kleiner, sondern schon ein mittlerer. Du hättest auf die Intensivstation gehört.« Mein Freund Philipp, Chirurg an den Städtischen Krankenanstalten, schüttelte den Kopf, als ich ihm später davon erzählte. »Mit dem Herzkasper ist nicht zu spaßen. Wenn du ihn ärgerst, nippelst du ab.«

Er schickte mich zu seinem internistischen Kollegen, der einen Schlauch von meiner Leiste in mein Herz schieben wollte. Einen Schlauch von meiner Leiste in mein Herz – ich lehnte dankend ab.

# 4

## Ein stiller Teilhaber

Die Frau, die mich bei der Badischen Beamtenbank bedient und betreut, kannte den Namen Welker und die Bank am Schloßplatz in Schwetzingen. »Weller & Welker. Die älteste Privatbank im Pfälzer Raum. In den siebziger und achtziger Jahren hat sie ums Überleben kämpfen müssen und hat es geschafft. Sie wollen uns doch nicht untreu werden?«

Ich rief an und wurde verbunden. »Ah, Herr Selb. Schön, daß Sie sich melden, mir wär's heute oder morgen recht, am liebsten…« Für einen Augenblick erstickten seine Worte in der abgedeckten Sprechmuschel. »Können Sie heute um 14 Uhr?«

Die Fahrbahn war trocken. Der Schnee schmutzte am Straßenrand, war von den Bäumen getropft und auf den Äckern in die Furchen geschmolzen. Unter tiefem, grauem Himmel warteten die Verkehrsschilder, Leitplanken, Häuser und Zäune aufs Frühjahr und den Frühjahrsputz.

Das Bankhaus Weller & Welker gab sich nur mit einer kleinen, angelaufenen, messingnen Tafel zu erkennen. Ich drückte einen messingnen Klingelknopf, und die Tür, die in ein großes Tor eingelassen war, schwang auf. In der überwölbten, gepflasterten Einfahrt führten links drei Stufen zu einer weiteren Tür, die sich öffnete, während sich die erste schloß. Ich ging hoch und trat ein, und es war, als wechselte ich von unserer in eine andere Zeit. Die Schalter waren aus dunklem Holz, hatten in Brust- und Kopfhöhe hölzerne Gitter und daneben Intarsien aus hellem Holz, ein Zahnrad, zwei gekreuzte Hämmer, ein Rad mit Flügeln, einen Mörser mit Stößel, ein Kanonenrohr. Die Sitzbank an der anderen Seite des Raums war aus dem gleichen dunklen Holz; auf ihr lagen dunkelgrüne, samtene Kissen. Die Wände waren mit dunkelgrünem, schillerndem Stoff tapeziert, und die Decke war mit reichem Zierat versehen, wieder aus dunklem Holz.

Im Raum war es still. Kein Rascheln von Scheinen, kein Klirren von Münzen, keine gedämpften Stimmen. Hinter den Gittern sah ich weder die Männer mit Schnurrbart, am Schädel klebendem Haar, Bleistift hinter dem Ohr, Ärmelschonern oder Gummiband am Oberarm, die hierher gepaßt hätten, noch ihre modernen Nachfahren. Ich trat näher an einen Schalter, sah den Staub im Gitter, wollte einen Blick hindurchwerfen. Da ging die der Eingangstür gegenüberliegende Tür auf.

Auf der Schwelle stand der Chauffeur. »Herr Selb, ich …«

Er kam nicht dazu, den Satz zu beenden. Welker eilte an ihm vorbei auf mich zu. »Schön, daß Sie's möglich machen konnten. Der letzte Besucher ist gerade gegangen, lassen Sie uns nach oben gehen.«

Hinter der Tür begann eine schmale, steile Treppe. Ich folgte Welker die Treppe hinauf, und der Chauffeur folgte mir. Die Treppe mündete in einen großen Büroraum mit Trennwänden, Schreibtischen, Computern und Telephonen, mehreren jungen Männern mit dunklen Anzügen und ernsten Gesichtern und der einen und anderen jungen Frau. Schnellen Schritts eskortierten Welker und der Chauffeur mich hindurch und in das Chefbüro mit Fenstern zum Schloßplatz. Ich wurde auf ein ledernes Sofa komplimentiert, auf den einen Sessel setzte sich Welker und auf den anderen der Chauffeur.

Welker streckte einladend und erläuternd seinen Arm aus. »Gregor Samarin gehört zur Familie. Er fährt lieber und besser als ich…«, Welker sah das Staunen in meinem Gesicht und betonte, »doch, er fährt gerne und gut, und daher haben Sie ihn neulich am Steuer erlebt. Aber es ist nicht seine Aufgabe. Seine Aufgabe ist alles Praktische.« Welker guckte zu Samarin, als wolle er sich dessen Zustimmung versichern.

Samarin nickte langsam. Er mochte Anfang Fünfzig sein, hatte einen massigen Kopf, eine leicht fliehende Stirn, blaßblaue, hervortretende Augen, kurzgeschorenes helles Haar und saß breitbeinig und selbstbewußt da.

Welker redete nicht sofort weiter. Zuerst dachte ich, er überlege, was er sagen wolle, aber dann fragte ich mich, ob sein Schweigen eine Botschaft sei. Was für eine? Oder wollte er mir Gelegenheit geben, alles aufzunehmen, die Atmosphäre, Gregor Samarin, ihn? Er war, als er mich begrüßt, in sein Büro und aufs Sofa gebeten hatte, auf selbstverständliche Weise aufmerksam und höflich gewesen, und ich konnte ihn mir als gewandten Gastgeber vorstellen oder auf diplomatischem oder akademischem Parkett. War das Schweigen Stil, alte Schule, gute Familie? Er sah nach guter Familie aus: klare, sensible, intelligente Züge, aufrechte Haltung, gemessene Bewegungen. Zugleich sah er melancholisch aus, und wenn sein Gesicht bei der Begrüßung oder bei einem Lächeln für einen Moment fröhlich wurde, fiel doch gleich wieder ein Schatten darauf und verdunkelte es. Es war nicht nur der Schatten der Melancholie. Ich entdeckte um seinen Mund auch einen verdrossenen, schmollenden Zug, eine Enttäuschung, als habe das Schicksal ihn um eine Verwöhnung betrogen, die es ihm versprochen hatte.

»Wir werden bald unser zweihundertjähriges Bestehen feiern, ein großes Ereignis, zu dem sich Vater eine Geschichte unseres Hauses wünscht. Seit einer Weile arbeite ich daran, wenn mir die Geschäfte Zeit lassen, und da Großvater historisch geforscht und Aufzeichnungen hinterlassen hat, ist meine Arbeit nicht schwer, bis auf einen Punkt.«

Er zögerte, strich sich die Locken aus der Stirn, lehnte sich zurück und warf dem unbeweglich sitzenden Samarin einen kurzen Blick zu. »1873 brachen die Wiener und die Berliner Börse ein. Die Depression dauerte bis 1880, lange genug, daß die Tage der Privatbankiers gezählt waren; es begann die Zeit der Aktienbanken und Sparkassen. Manche Privatbankiers, die die Depression überlebten, haben ihre Häuser in Aktiengesellschaften umgewandelt, andere haben fusioniert, einige aufgegeben. Unser Haus hat sich gehalten.«

Er zögerte wieder. Ich werde nicht mehr ungeduldig. Früher wär ich's geworden. Ich hasse es, wenn Leute nicht zur Sache kommen.

»Unser Haus hat sich nicht nur gehalten, weil Urgroßvater und Ururgroßvater gut gewirtschaftet haben und die alten Wellers auch. Wir hatten seit Ende der siebziger Jahre einen stillen Teilhaber, der bis zum Ersten Weltkrieg rund eine halbe Million eingebracht hat. Das mag Ihnen nicht nach viel klingen. Aber es war eine Menge. Und eigentlich kann ich die Geschichte unseres Hauses nicht schreiben, ohne über den stillen Teilhaber zu schreiben. Aber«, diesmal zögerte er wegen des dramatischen Effekts, »ich weiß nicht, wer es war. Vater kennt den Namen nicht, Großvater erwähnt ihn nicht in seinen Aufzeichnungen, und ich habe ihn in den Unterlagen auch nicht gefunden.«

»Ein sehr stiller Teilhaber.«

Er lachte und sah für einen Moment jugendlich-spitzbübisch aus. »Es wäre schön, wenn Sie ihn zum Sprechen brächten.«

»Sie wollen…«

»Ich will, daß Sie herausfinden, um wen es sich bei dem stillen Teilhaber handelt. Den Namen, von wann bis wann gelebt, Beruf und Familie. Hatte er Kinder? Und sitzt eines Tages ein Urenkel vor mir und fordert seinen Anteil?«

»Die stille Teilhaberschaft wurde nie beendet?«

Er schüttelte den Kopf. »In Großvaters Aufzeichnungen ist von ihr nach 1918 einfach nicht mehr die Rede. Weder davon, daß noch Geld eingebracht wurde, noch von Abrechnungen und Auszahlungen. Irgendwie wird sie ihr Ende gefunden haben, und ich rechne nicht wirklich mit dem Urenkel, der plötzlich seinen Anteil verlangt. Wer bei uns 1918 einen großen Batzen Geld stehen hatte, hätte seitdem genug Anlaß gehabt, ihn sich wieder zu holen.«

»Warum stellen Sie keinen Historiker an? Wahrscheinlich machen jedes Jahr Hunderte Examen, finden keine Arbeit und suchen gerne verschwundene Teilhaber.«

»Ich hab's versucht, mit Geschichtsstudenten und pensionierten Geschichtslehrern. Das Ergebnis war jammervoll. Ich wußte danach weniger als davor. Nein«, er schüttelte den Kopf, »ich versuche es bewußt mit Ihnen. In gewisser Weise tun sie dasselbe, die Historiker und die Detektive, finden beide verschüttete Wahrheiten und gehen doch ganz verschieden vor. Vielleicht bringt Ihr Vorgehen mehr als das der Geschichtler. Nehmen Sie sich ein paar Tage Zeit, schauen und hören Sie herum, versuchen Sie den einen oder anderen Weg. Wenn's nichts wird, dann wird's nichts – das verkrafte ich schon.« Er nahm Scheckbuch und Füllhalter vom Tisch aufs Knie. »Was darf ich als Vorschuß ausschreiben?«

Ein paar Tage lang schauen und hören – wenn er dafür bezahlen wollte, konnte er es haben. »Zweitausend. Ich nehme hundert pro Stunde, plus Spesen, und Sie kriegen am Ende eine detaillierte Rechnung.«

Er gab mir den Scheck und stand auf. »Lassen Sie bald von sich hören. Und wenn Sie nicht anrufen, sondern vorbeischauen, freue ich mich. Ich bin die Tage hier.«

Samarin begleitete mich die Treppe hinab und durch den Schalterraum. Als wir in der Einfahrt standen, nahm er mich am Arm. »Herrn Welkers Frau ist letztes Jahr gestorben, und er arbeitet seitdem wie besessen. Die Geschichte der Bank hätte er sich nicht auch noch aufladen sollen. Sie rufen bitte mich an, wenn Sie etwas haben oder brauchen. Was ich ihm abnehmen kann, möchte ich ihm abnehmen.« Er sah mich auffordernd an.

»Wie passen die Namen Welker, Weller und Samarin zusammen?«

»Sie meinen, wie Samarin zu Weller und Welker paßt? Gar nicht. Meine Mutter war Russin, hat im Krieg als Dolmetscherin gearbeitet und ist bei meiner Geburt gestorben. Ich bin bei Welkers als Pflegekind aufgewachsen.« Er sah mich weiter auffordernd an. Erwartete er von mir die Bestätigung, daß ich mich nicht an Welker, sondern an ihn wenden würde?

Ich verabschiedete mich. An der Tür war kein Griff, aber daneben ein Knopf; ich drückte ihn, die Tür ging auf, ließ mich hinaus und fiel hinter mir mit schmatzendem Geräusch ins Schloß. Ich blickte über den leeren Platz und freute mich am Auftrag und am Scheck in der Tasche.

## 5

# Gotthard-Tunnel und Anden-Bahn

In der Bibliothek der Universität Mannheim fand ich eine Geschichte des Bankwesens in Deutschland, drei dicke Bände mit Text, Zahlen und Kurven. Ich konnte sie ausleihen und mitnehmen, setzte mich in mein Büro und las. Draußen rauschte der Verkehr, wurde es dämmrig und dunkel. Der Türke, der nebenan Zeitungen, Zigaretten und allerlei Plunder verkauft, schloß seinen Laden, sah mich am Schreibtisch unter der Lampe sitzen, klopfte und wünschte mir einen guten Abend. Ich ging erst nach Hause, als mir die Augen weh taten, und saß wieder über den Büchern, ehe der Türke seinen Laden öffnete und die Kinder, seine ersten Kunden, auf dem Schulweg Kaugummi und Gummibärchen kauften. Am Nachmittag war ich durch.

Ich habe mich für das Bankwesen nie interessiert, warum auch. Was ich verdiene, geht auf mein Girokonto, was ich Tag für Tag brauche, geht davon runter, und runter gehen auch die Beiträge zur Kranken-, Pflege- und Lebensversicherung. Manchmal bleibt über einen längeren Zeitraum mehr Geld auf dem Konto, als runtergeht. Dann kaufe ich ein paar Aktien der Rheinischen Chemiewerke und lege sie ins Depot. Dort liegen sie unberührt vom Steigen und Fallen ihrer Kurse.

Tatsächlich sind das Bankwesen und seine Geschichte

alles andere als langweilig. In den drei Bänden fand ich auch das Bankhaus Weller & Welker gelegentlich erwähnt; es entstand Ende des 18. Jahrhunderts, indem der Schwabe Weller, Kommissions- und Speditionskaufmann in Stuttgart, und der Badener Welker, Bankier eines Vetters des Kurfürsten, sich zusammentaten und zunächst aufs Geld- und Wechsel- und bald auch aufs Geschäft mit Staatsanleihen und Wertpapieren verlegten. Ihr Bankhaus war zu klein, als daß es bei bedeutenden Vorhaben eine führende Rolle hätte spielen können. Aber es war so solide und renommiert, daß die größeren Banken es gerne beteiligten, etwa bei der Errichtung der Rheinischen Chemiewerke, der Emission der Mannheimer Stadtanleihe von 1868, die dem Bau der Eisenbahn Mannheim–Karlsruhe diente, und der Finanzierung des Gotthard-Tunnels. Eine besonders glückliche Hand hatte Weller & Welker im Lateinamerikageschäft, von brasilianischen und kolumbianischen Staatsanleihen bis zur Beteiligung an der Eisenbahn Vera Cruz–Mexiko und der Anden-Bahn.

Das ist eine Geschichte, die sich sehen lassen kann, auch neben den Geschichten anderer privater Banken, die nicht nur Geschichte haben, sondern Geschichte gemacht haben: die Bethmanns, Oppenheims und Rothschilds. Der Autor bedauerte, über das private Bankwesen nicht mehr schreiben zu können. Die Banken hielten ihre Archive verschlossen und machten sie allenfalls Wissenschaftlern zugänglich, die in ihrem Auftrag für Jubiläums- und Festschriften forschten und schrieben. Daß sie ihre archivalischen Bestände an die öffentlichen Archive abgäben, komme kaum vor, eigentlich nur bei Liquidationen oder Stiftungen.

Ich holte ein Päckchen Sweet Afton aus dem Akten-schrank, in dem ich meine Zigaretten verschließe, damit ich, wenn ich rauchen will, nicht nur das Päckchen aufma-chen, sondern aufstehen, zum Aktenschrank gehen und ihn aufschließen muß. Brigitte hofft, daß ich so weniger rauche. Ich zündete mir eine an. Welker hatte nur von sei-nen Unterlagen gesprochen, nicht von einem Archiv seines Hauses. Hatte das Bankhaus Weller & Welker sein Archiv aufgelöst und die Bestände abgegeben? Ich rief das Staats-archiv in Karlsruhe an, und der für Industrie und Wirt-schaft zuständige Beamte war noch bei der Arbeit. Nein, die archivalischen Bestände des Bankhauses Weller & Wel-ker lägen nicht bei ihnen. Nein, sie lägen auch in keinem anderen öffentlichen Archiv. Nein, ob das Bankhaus ein Archiv habe, könne er mit letzter Gewißheit nicht sagen; die privaten Archive seien nur unvollständig erhoben und erfaßt. Aber es müsse mit dem Teufel zugehen, wenn ein privates Bankhaus…

»Und wir reden nicht über irgendein Bankhaus. Weller & Welker haben sich vor bald zweihundert Jahren zusam-mengetan. Die Bank hat den Gotthard-Tunnel und die An-den-Bahn mitfinanziert.« Ich gab ein bißchen mit meinen frisch erworbenen Kenntnissen an. Da sage jemand, daß Angeben nichts bringt.

»Ah, um *die* Bank geht es! Hat sie nicht auch die Eisen-bahn Michelstadt–Eberbach gebaut? Warten Sie einen Au-genblick.« Ich hörte ihn den Hörer ablegen, einen Stuhl rücken und eine Schublade auf- und zumachen. »Es gibt in Schwetzingen einen Herrn Schuler, der mit dem Archiv der Bank zu tun hat. Er forscht über die Geschichte der badischen Eisenbahnen und hat uns mit seinen Fragen ganz schön beschäftigt.«

»Haben Sie Schulers Adresse?«

»Zur Hand habe ich sie nicht. Sie muß im Ordner mit der Korrespondenz sein. Ob ich sie Ihnen allerdings… Ich meine, das sind persönliche Daten, oder? Und die sind geschützt, oder? Warum, wenn ich fragen darf, wollen Sie seine Adresse?«

Aber da hatte ich schon das Telephonbuch hervorgeholt, bei Schwetzingen aufgeschlagen und den Lehrer a. D. Adolf Schuler gefunden. Ich dankte und legte auf.

## 6

## *Nicht blöde*

Der Lehrer a. D. Adolf Schuler bewohnte ein kleines Haus hinter dem Schloßpark, kaum größer als die benachbarten Gartenhäuser. Nachdem ich vergebens nach einer Klingel gesucht und an die Haustür gepocht hatte, ging ich durch den schneematschigen Garten ums Haus und fand die Küchentür offen. Er saß am Herd, löffelte aus einem Topf, las in einem Buch und hatte Tisch und Boden, Kühlschrank und Waschmaschine, Anrichte und Schränke mit Büchern, Ordnern, dreckigem Geschirr, vollen und leeren Dosen und Flaschen, schimmelndem Brot, faulendem Obst und schmutziger Wäsche vollgepackt. Es stank säuerlich und modrig, eine Mischung aus Keller- und Essensgestank. Auch Schuler selbst stank; sein Atem roch faulig, und sein fleckiger Trainingsanzug dünstete alten Schweiß aus. Er hatte eine schweißgeränderte Kappe auf dem Kopf, wie die Amerikaner sie tragen, eine metallene Brille auf der Nase und so viele Altersflecken im runzligen Gesicht, daß es nach einer eigenen, dunklen Hautfarbe aussah.

Er beschwerte sich nicht, daß ich plötzlich in der Küche stand. Ich stellte mich als pensionierten Amtmann aus Mannheim vor, der sich endlich mit der Geschichte des Eisenbahnwesens beschäftigen kann, für die er sich schon immer interessiert hat. Schuler war anfangs brummig, wurde aber freundlich, als er meine Freude an den Schätzen seines Wissens merkte. Er breitete sie gerne aus, führte mich im Dachsbau seines mit Büchern und Papieren vollgestopften Hauses von einer Höhle zur anderen, von einem Gang zum nächsten, um hier ein Buch und dort eine Akte zu holen und mir zu zeigen. Nach einer Weile schien er nicht zu merken oder schien ihn nicht zu stören, daß ich nicht mehr nach der Beteiligung des Bankhauses Weller & Welker am badischen Eisenbahnbau fragte.

Er erzählte von der Brasilianerin Estefania Cardozo, Zofe am Hof Pedros II., die der alte Weller 1834 auf einer Reise durch Mittel- und Südamerika heiratete, und von ihrem Sohn, der in jungen Jahren nach Brasilien durchbrannte, dort ein eigenes Geschäft gründete und erst nach dem Tod des alten Weller mit seiner brasilianischen Frau nach Schwetzingen zurückkehrte und das Bankhaus mit dem jungen Welker weiterführte. Er erzählte von der Hundertjahrfeier, die im Schloßpark gefeiert wurde, zu der der Großherzog kam und bei der sich ein badischer Leutnant aus der Familie Welker und ein preußischer Leutnant aus der Entourage des Großherzogs so in die Haare gerieten, daß sie sich am Morgen des nächsten Tages duellierten, wobei zu Schulers badischer Freude der Preuße ins Gras biß. Er erzählte auch von dem sechzehnjährigen Welker, der sich im Sommer 1914 in die fünfzehnjährige Weller verliebte und, weil er sie nicht heiraten durfte, bei Kriegsausbruch freiwillig meldete, um bei einem törichten kavalleristischen Bravourstück den Tod zu suchen und zu finden.

»Mit sechzehn?«

»Wofür sollen sechzehn Jahre zu jung sein? Fürs Sterben? Für den Krieg? Für die Liebe? Die junge Weller hatte portugiesisches und indianisches Blut, von der Mutter und von der Großmutter, und war mit fünfzehn Jahren ein Weib, das einem schon die Augen verdrehen und die Sinne verwirren konnte.« Er führte mich zu einer Wand, an der Photographie an Photographie hing, und zeigte mir eine junge Frau mit großen, dunklen Augen, vollen Lippen, reicher Lockenpracht und schmerzlichem, hochmütigem Ausdruck. Ja, sie war hinreißend schön, und sie war es auch noch als die alte Frau, als die sie die Photographie daneben zeigte.

»Aber fürs Heiraten fanden die Eltern die beiden zu jung.«

»Es war keine Frage des Alters. Die Familien hatten sich zum Prinzip gemacht, keine Ehen zwischen ihren Kindern zuzulassen. Sie wollten nicht, daß die beiden Partner Schwäger oder Vettern sind und daß zum Konfliktpotential des Geschäfts auch noch das der Familie kommt. Na ja, die Kinder hätten zusammen durchbrennen und sich enterben lassen können, aber die Kraft haben sie nicht gehabt. Jetzt, beim letzten Welker, war's kein Problem mehr. Bertram ist das einzige Kind, und Stephanie war es auch, und die Eltern waren froh, daß das Geld beisammenbleibt. So viel ist es nicht mehr.«

»Sie ist gestorben?«

»Letztes Jahr bei einer gemeinsamen Bergwanderung abgestürzt. Ihre Leiche wurde nie gefunden.« Er schwieg, und ich schwieg auch. Er wußte, was ich dachte. »Es hat eine polizeiliche Untersuchung gegeben, die gibt es in solchen Fällen immer, und an ihm blieb nichts hängen. Sie hatten in einer Hütte übernachtet, er schlief noch, und sie brach schon auf und ging über einen Gletscher, über den er nicht gehen wollte. Haben Sie's nicht gelesen? Die Zeitungen waren voll davon.«

»Kinder?«

Er nickte. »Zwei, ein Junge und ein Mädchen. Sind seitdem im Internat in der Schweiz.«

Ich nickte auch. Ja, ja, das Leben ist hart. Er seufzte, und auch ich machte bedauernde Geräusche. Er schlurfte in die Küche, nahm eine Dose Bier aus dem Kühlschrank und ein schmutziges Glas vom Tisch, wischte das Glas mit dem Ärmel des Trainingsanzugs aus, machte die Dose mit gichtigen Fingern mühsam auf und schenkte den Inhalt zur Hälfte ein. Er streckte mir seine Linke mit dem Glas hin, ich nahm aus seiner Rechten die Dose und sagte: »Prost!«

»Prösterchen!« Wir stießen an und tranken.

»Sie sind der Archivar von Weller & Welker?«

»Wie kommen Sie darauf?«

»Der Beamte beim Staatsarchiv redet von Ihnen, als seien Sie Kollegen.«

»Na ja«, er stieß auf, »von Kollegen kann eigentlich nicht die Rede sein, und von einem richtigen Archiv auch nicht. Der alte Welker hat sich für Geschichte interessiert und mich gebeten, Ordnung in die alten Akten zu bringen. Wir kannten uns von der Schule, der alte Welker und ich, und waren wie Freunde. Er hat mir mein Haus für so gut wie nichts verkauft, und ich habe seinen Sohn unterrichtet und seine Enkel, und wenn wir einander helfen konnten, haben wir's getan. Sein Keller war voll von alten Sachen und das Dach auch, und keiner hat sich ausgekannt und zurechtgefunden. Na ja, es hat auch keiner was damit angefangen.«

»Und Sie?«

»Was ich damit angefangen habe? Der alte Welker hat beim Umbau des alten Lagers Licht und Lüftung und Heizung in den Keller gebracht. Da sind die alten Sachen, und ich bin immer noch beim Sichten und Ordnen. Na ja, vielleicht bin ich doch der Archivar.«

»Und jedes Jahr kriegen Sie neue alte Sachen dazu – mir klingt das wie eine Sisyphusaufgabe.«

»Mhm.« Er ging wieder an den Kühlschrank, holte zwei Bier und gab mir eines. Dann schaute er mir in die Augen. »Ich bin Lehrer gewesen und habe mir ein Leben lang die dummen oder auch klugen Lügen von Schülern angehört, ihre Entschuldigungen, Ausreden und Ausflüchte. Bei mir geht es drunter und drüber; meine Nichte sagt es mir immer wieder, und ich weiß es selbst. Ich rieche nichts mehr, wissen Sie, nichts Gutes und nichts Schlechtes, keine Blume, kein Parfüm, nicht, wenn beim Kochen das Essen anbrennt oder beim Bügeln die Wäsche, und auch nicht, wenn ich stinke. Aber«, er nahm die Kappe vom Kopf und fuhr sich mit der Hand über den kahlen Schädel, »ich bin nicht blöde. Wollen Sie mir nicht sagen, wer Sie wirklich sind und was Sie wirklich wollen?«

## 7

## C oder L oder Z

Ein Lehrer bleibt ein Lehrer bleibt ein Lehrer, und einem guten Lehrer gegenüber bleiben wir Schüler, mögen wir noch so alt sein. Ich sagte ihm, wer ich sei und was ich wolle. Vielleicht sagte ich es ihm auch wegen unseres Alters; je älter ich werde, desto eher setze ich voraus, daß die, die in meinem Alter sind, auch auf meiner Seite stehen. Und ich wollte wissen, was er dazu sagen würde.

»Der stille Teilhaber… Das ist eine alte Geschichte. Bertram hat recht: Sein stiller Anteil war rund eine halbe Million, etwa so groß wie der Anteil der beiden Familien, und hat verhindert, daß die Bank Bankrott erklären mußte. Wir kennen seinen Namen nicht, und die Welkers und Wellers, die ich noch erlebt habe und die jetzt tot sind, kannten ihn auch nicht. Nicht daß wir nichts über ihn wüßten. Er hat seine Briefe aus Straßburg geschickt, also wohl auch in Straßburg gelebt und war Jurist, vielleicht Syndikus oder Anwalt oder auch Professor. Als in den achtziger Jahren die Interessengemeinschaften aufkamen und Weller & Welker sich dafür zu interessieren begann, hat er für sie geklärt, wie das rechtlich gemacht wird und was es rechtlich bedeutet. 1887 hat er überlegt, ob er nach Heidelberg kommt; es gibt einen Brief, in dem er sich nach Häusern und Wohnungen erkundigt. Aber statt lesbarer

Unterschriften haben wir von ihm nur Kürzel, ein C oder L oder Z, und ob das für den Nach- oder für den Vornamen steht, ist offen, weil er sich mit Weller und Welker geduzt hat, man sich damals aber auch duzen konnte, wenn man sich mit dem Nachnamen anredete.«

»So viele Juristen kann es damals in Straßburg nicht gegeben haben. Hundert, zweihundert – was meinen Sie?«

»Lassen Sie's im fraglichen Zeitraum insgesamt sechshundert gewesen sein. Mit den passenden Initialen waren es höchstens hundert, und von denen scheidet die Hälfte aus, weil sie nicht die ganze Zeit über dort gelebt haben. Den verbleibenden fünfzig nachzugehen ist viel Arbeit, aber es ist machbar. Der alte Welker fand, es stehe nicht dafür, und ich fand es auch, und daß Bertram die Geschichte des Hauses ohne den Namen des stillen Teilhabers nicht schreiben kann, ist dummes Zeug. Und warum kommt er damit nicht zu mir, sondern zu Ihnen?« Er redete sich in Rage. »Überhaupt – warum kommt niemand zu mir? Ich sitze im Keller, und niemand kommt zu mir. Bin ich ein Maulwurf, eine Ratte, eine Kellerassel?«

»Sie sind ein Dachs. Schauen Sie sich Ihren Bau an: Höhlen, Gänge, Ein- und Ausgänge, in einen Berg von Büchern und Akten gegraben.«

»Ein Dachs«, er schlug sich auf die Schenkel, »ein Dachs! Kommen Sie, ich zeige Ihnen meinen anderen Bau.« Er stürmte in den Garten, winkte ab, als ich ihn auf die offengelassene Küchentür hinwies, zog das Garagentor auf und ließ den Wagen an. Es war eine BMW-Isetta, ein Gebilde aus den fünfziger Jahren, bei dem die Vorderräder weiter auseinanderstehen als die Hinterräder, die Vorderseite zugleich die Tür ist und mit dem Lenkrad aufschwenkt und man zum Fahren keinen Auto-, sondern nur einen Motorradführerschein braucht. Ich setzte mich neben ihn, und er knatterte los.

Das alte Lager war unweit vom Schloßplatz, ein langgezogener, zweistöckiger Bau mit Büros und Apartments, dem man seine ehemalige Funktion nicht mehr ansah. Die Wellers hatten im 18. Jahrhundert, als sie noch Kommissions- und Speditionskaufleute waren, hier ihre Pfälzer Station gehabt, mit Kontor, Ställen, Dachboden und zweistöckigem Keller. Im unteren Keller hatte Schuler die Kartons mit den ungesichteten Akten gelagert, im oberen füllten die gesichteten die Regale an den Wänden. Wieder roch es säuerlich und modrig; zugleich lag angenehm der Geruch des Leims in der Luft, mit dem Schuler seine Aktenmappen zusammenklebte. Es gab helles Tageslicht; die Wiese draußen war so abgesenkt, daß für ein großes Fenster Platz war. Hier arbeitete Schuler, und hier setzte er mich an den Tisch. Auf mich wirkte die Aktenfülle wie das heilloseste Durcheinander. Aber Schuler wußte genau, wo welche Akte war, griff zielsicher zu, schnürte Aktenbündel um Aktenbündel auf und breitete seine Funde vor mir aus.

»Herr Schuler!«

»Sehen Sie her, das ist...«

»Herr Schuler!«

Er ließ von den Akten ab.

»Sie müssen mir nicht beweisen, daß das, was Sie mir gesagt haben, stimmt. Ich glaub's Ihnen.«

»Und warum glaubt er mir nicht? Warum hat er mir nichts gesagt, mich nicht gefragt?« Er redete sich wieder in

Rage, fuchtelte mit Händen und Armen und verbreitete Wellen von Schweißgeruch.

Ich versuchte, ihn zu begütigen. »Die Bank hatte eine Krise, Welker hat seine Frau verloren und mußte sich von seinen Kindern trennen – Sie können nicht erwarten, daß er dabei auch noch Sinn für Akten und Archive hat. Auf die Suche nach dem stillen Teilhaber hat er mich nur geschickt, weil er mich zufällig getroffen hat.«

»Meinen Sie?« Es klang zugleich zweifelnd und hoffnungsvoll.

Ich nickte. »Leicht kann das alles für ihn nicht sein. Er kommt mir nicht besonders robust vor.«

Schuler sann seinen Erinnerungen nach. »Ja, die späten Kinder sind die zarten, und weil sie sich lange rar gemacht haben, werden sie zusätzlich verzärtelt. Als Bertram 1958 geboren wurde, waren seine Eltern über 40. Er war ein lieber Bub, begabt, ein bißchen verträumt und ziemlich verwöhnt. Ein Wirtschaftswunderkind, wenn Sie wissen, was ich meine. Aber Sie haben recht, leicht kann es ohne Stephanie und die Kinder für ihn nicht sein, und daß die Eltern bei einem Autounfall umkamen, ist auch erst ein paar Jahre her.« Er schüttelte den Kopf. »Da hat einer alles, was man sich wünschen kann, und dann…«

## 8

*Frauen!*

Am Abend kochte ich für Brigitte und Manu Polenta mit Schweinemedaillons und Oliven-Anchovis-Sauce. Wir saßen in meiner Küche am großen Tisch.

»Ein Mann hat eine Frau, zwei Kinder und zusammen mit der Frau viel Geld. Eines Tages machen Mann und Frau eine Wanderung in den Bergen. Er kommt alleine zurück.«

»Er hat sie umgebracht.« Manu strich sich mit dem Finger über die Gurgel. Er war noch nie zimperlich, und seit dem Stimmbruch ist er's erst recht nicht. Brigitte sieht das mit Sorge und erwartet, daß ich sie, die alleinerziehende Mutter, dadurch unterstütze, daß ich ihm ein zugleich einfühlsames und kraftvolles männliches Vorbild bin.

Sie sah uns streng an. »Vielleicht war es ein tragischer Unfall. Warum denkt ihr gleich an…«

»Warum hast du keine Spaghetti gekocht? Ich mag das gelbe Zeug nicht.«

»Ja, es mag ein Unfall gewesen sein. Aber laß uns annehmen, er hat sie tatsächlich umgebracht. Wegen des Geldes?«

»Er hatte eine Mätresse.«

»Was?« Wir hatten Manus Wortschatz unterschätzt.

»Na, eine Frau, mit der er gebumst hat.«

»Wegen einer Mätresse muß man seine Frau heute nicht mehr umbringen. Man läßt sich von der Frau scheiden und heiratet die Mätresse.«

»Aber dann ist das halbe Geld weg. Gerd hat gesagt, daß sie zusammen viel Geld haben. Und warum soll man seine Mätresse heiraten?«

»Ich finde die Polenta übrigens ausgezeichnet und das Fleisch und die Sauce auch. Und du hast für uns gekocht und den Merlot besorgt, den ich mag, und bist ein Schatz.« Sie hob das Glas. »Aber ihr Männer seid blöd. Er kommt alleine zurück, hast du gesagt?«

Ich nickte. »Richtig, und ihre Leiche wurde nie gefunden.«

»Na bitte. Sie ist gar nicht tot. Sie hatte einen Geliebten, mit dem sie auf und davon ist. Und ihrem Mann, der sich nie um sie gekümmert hat, geschieht's gerade recht.«

»Cool, Mama. Aber haut nicht hin. Wie kommt sie, wenn alle sie für tot halten, an ihr Geld?«

Ich war dran. »Daran denkt sie nicht. Auch wenn ihr Geliebter nur Tennis- oder Golflehrer ist – er ist ihre große Liebe, und Liebe ist mehr wert als alle Güter dieser Welt.«

Brigitte sah mich mitleidig an, als wäre ich unter den blöden Männern ein besonders blöder. »Der Mann und die Frau haben nicht nur zusammen Geld gehabt. Sie haben auch zusammen ein Geschäft geführt. Und die Frau ist, so leid es mir tut, einfach besser und hat, ohne daß er es gemerkt hat, ihr Geld rausgezogen und in Costa Rica angelegt. Dort lebt sie jetzt mit ihrem Geliebten, übrigens einem jungen Maler, und ist, weil sie nicht stillsitzen kann, wieder in den Beruf gegangen und macht ein weiteres Vermögen, indem sie die Costaricaner mit Mohrenköpfen versorgt.«

»Wie kommst du auf Costa Rica?«

»Astrid war mit Dirk dort, und beide waren begeistert. Warum können wir nicht auch so einen Urlaub machen? Manu und ich können immerhin Brasilianisch, und daß sie nur Englisch konnten und die blöden Gringos waren, war das einzige, was sie gestört hat.«

»Mama?«

»Manu?«

»Was wird aus den Kindern? Wenn die Frau mit ihrem Geliebten nach Costa Rica geht – vergißt sie die Kinder einfach?« Manu ist über viele Jahre bei seinem Vater in Brasilien aufgewachsen. Brigitte hat mit ihm nie darüber gesprochen, warum sie einverstanden war, daß der Vater ihn nach Brasilien mitnahm, und er nicht mit ihr darüber, wie es ihm damit ging und geht. Jetzt guckte er sie mit seinen dunklen Augen undurchdringlich an.

Sie guckte zurück und dann auf den Teller. Als die Tränen auf die Polenta tropften, sagte sie »ach Scheiße«, nahm die Serviette vom Schoß, legte sie neben den Teller, schob den Stuhl zurück, stand auf und ging raus. Manu sah ihr nach. Nach einer Weile stand er auch auf und ging raus. In der Tür drehte er sich zu mir um, zuckte mit den Schultern und grinste. »Frauen!«

Später, als Manu und Turbo vor dem Fernsehapparat eingeschlafen waren, wir Manu zugedeckt hatten und ins Bett gegangen waren, lagen wir nebeneinander, jeder in seine Gedanken verloren. Warum hatte Welker mich angeheuert? Weil er seine Frau wegen des Geldes umgebracht hatte und jetzt befürchtete, daß ein Nachfahre des stillen Teilhabers ihm das Geld streitig machte? Ernsthafter befürchtete, als er mir gegenüber zugegeben hatte? Aber warum hatte er nicht Schuler auf die Suche nach dem stillen Teilhaber geschickt oder mich zu Schuler? Ich konnte mir nicht vorstellen, daß er Schuler und das Archiv einfach vergessen hatte. Ich konnte mir auch nicht vorstellen, daß es ihm um die Geschichte des Bankhauses zu tun war. Daß er seine Frau umgebracht hatte – auch das machte keinen rechten Sinn. Bringt man seine Frau um und heuert dann einen Privatdetektiv an, jemanden, der notorisch neugierig und mißtrauisch ist, einen Schnüffler? Dann dachte ich an unser Gespräch beim Abendessen und lachte.

»Was ist?«

»Du bist eine wunderbare Frau.«

»Heiratest du mich?«

»Ich alter Kerl?«

»Komm her, du alter Kerl.« Sie drehte sich zu mir und fühlte sich gut an, und in ihren Armen war es wie große und dann leise Wellen und dann ruhiges Meer.

Als sie sich zum Schlafen an mich kuschelte, spürte ich ihre Tränen. »Ihr kriegt das schon hin, Manu und du.«

»Ich weiß.« Sie flüsterte. »Und du? Dein Fall?«

Ich beschloß, nicht zu meinem alten Freund Hauptkommissar Nägelsbach zu gehen, mich nicht über Frau Welkers Tod zu informieren, nicht den Vater aufzuspüren, von dem Welker gesprochen hatte und der, da sein Vater tot war, ein Vater Weller sein mußte, und nicht herauszufinden, wie die Bank sich finanziell erholt hatte und jetzt dastand. Ich würde das alles lassen und, wie es sich für einen ordentlichen Privatdetektiv gehört, meinen Auftraggeber über den Stand der Ermittlungen unterrichten und fragen, ob ich die Straßburger Spur verfolgen soll. »Ich kriege das auch hin.«

Aber da schlief sie schon.

## 9

## *Immer weiter*

Zunächst hat es mich noch nicht irritiert, daß ich keinen Kontakt zu Welker bekam. Er sei gerade nicht zu sprechen, wurde ich am Telephon mehrmals freundlich beschieden, und ob ich mit Herrn Samarin reden wolle. Am nächsten Tag teilte mir die freundliche Frauenstimme morgens mit, Herr Direktor sei den ganzen Tag nicht im Haus und ich möge es am folgenden Tag versuchen. Sie könne mich aber mit Herrn Samarin verbinden. Dieses Angebot erneuerte sie am Tag darauf und bedauerte im übrigen, Herr Direktor bleibe länger weg und komme erst später zurück.

»Wann?«

»Das kann ich nicht sagen. Vielleicht weiß Herr Samarin darüber Bescheid. Einen Moment.«

»Hallo, Herr Selb. Wie stehen Ihre Ermittlungen?« Obwohl sein Akzent am Telephon noch stärker hörbar war, konnte ich ihn wieder nicht einordnen.

»Sie machen Fortschritte. Wann kommt Ihr Chef zurück?«

»Wir haben ihn schon gestern erwartet und rechnen heute mit ihm. Aber ich kann auch nicht ausschließen, daß es morgen wird. Am besten rufen Sie nächste Woche wieder an. Oder kann ich Ihnen weiterhelfen?«

Später bekam ich einen Anruf vom erregten, empörten Schuler. »Was haben Sie Bertram über mich gesagt?«

»Kein Wort. Ich habe gar nicht…«

»Und warum hat Gregor Samarin, dieses Faktotum, mich nicht zu ihm gelassen? Ich war auch sein Lehrer, und er war mein Schüler, wenn auch ein verstockter. Warum teilt er mir herablassend mit, daß er über alles Bescheid weiß und mich nicht braucht und daß Bertram mich auch nicht braucht.«

»Herr Welker ist die Tage nicht da. Warum…«

»Quatsch. Als ich kam, fuhren sie gerade rein, Bertram und Gregor. Ich weiß nicht, ob Bertram mich erkannt hat, ich denke nicht, er hätte mich nicht einfach stehenlassen.«

»Wann war das?«

»Vorhin.«

Aber als ich noch mal in der Bank anrief, hieß es, Herr Direktor sei weiter unterwegs. Jetzt wollte ich's wissen und fuhr nach Schwetzingen. Die Sonne schien, der Schnee war weg, in den Gärten blühten Schneeglöckchen, und es roch nach Frühling. Auf dem Schloßplatz in Schwetzingen waren die ersten Flaneure unterwegs; die Jungen hatten die Pullover lässig über die Schultern gehängt, und die Hemdchen der Mädchen ließen den Bauchnabel sehen. Die Cafés hatten ein paar Tische rausgestellt, an denen es sich im Mantel aushalten ließ.

Ich blieb draußen sitzen, bis die Sonne ging und es kühl wurde. Ich rauchte und trank Tee, Earl Grey, weil's sich auf Sweet Afton reimt. Ich sah, wer die Bank betrat und wer sie verließ, und im ersten Stock das Getriebe im großen Büroraum, das Aufstehen und Hinsetzen, Hinundherlaufen. In Welkers Büro waren Vorhänge aus metallenen Ketten zugezogen und ließen nichts erkennen. Aber als ich aufstand, um mich drinnen an den Tisch am Fenster zu setzen, ging der Vorhang auf, und Welker öffnete das Fenster, stützte die Hände aufs Sims und schaute über den Platz. Ich machte, daß ich hineinkam, sah ihn schauen, den Kopf schütteln und nach einer Weile das Fenster schließen. Der Vorhang ging wieder zu und das Licht an.

Der Publikumsverkehr war gering. Von den wenigen, die die Bank aufsuchten, taten es die meisten mit Auto; sie fuhren vor das Tor, das aufschwang, sie herein- und nach etwa einer halben Stunde wieder hinausließ. Um fünf verließen vier junge Frauen die Bank, um sieben drei junge Männer. Das Licht in Welkers Büro brannte bis halb zehn. Ich hatte mir Sorgen gemacht, ob ich es schaffen würde, schnell genug an meinem Auto zu sein, um ihm folgen zu können. Aber ich stand auf dem Schloßplatz und wartete vergebens, daß das Tor aufschwingen und er hinausfahren oder durch die ins Tor eingelassene Tür treten würde. Die Bank lag dunkel. Nach einer Weile schlenderte ich über den Platz und um den Block. Ich fand keine zweite Zufahrt zur Bank. Aber aus einem zugänglichen benachbarten Hof hatte ich den Blick auf das Dach der Bank; es war zur Rückseite ausgebaut, und die Fenster und die Balkontür waren hell erleuchtet. Ich konnte erkennen, daß an einigen Wänden Bilder hingen und daß die Vorhänge aus Stoff waren. Das waren keine weiteren Büroräume, das war eine Wohnung.

Ich fuhr nicht gleich nach Hause. Ich rief Babs an, eine alte Freundin, Lehrerin für Deutsch und Französisch, nie vor Mitternacht im Bett.

»Klar kannst du noch vorbeikommen.«

Sie korrigierte Aufsätze, bei einer zweiten Flasche Rotwein und einem vollen Aschenbecher. Ich erzählte von meinem Fall und bat sie, am nächsten Morgen eine Detektei in Straßburg anzurufen und nach Juristen suchen zu lassen, die zwischen 1885 und 1918 in Straßburg gewohnt hatten und deren Vor- oder Nachname mit L, C oder Z begann. Ich kann kein Französisch.

»Welche Detektei?«

»Ich sag sie dir morgen früh. Wir haben Anfang der fünfziger Jahre zusammengearbeitet; ich hoffe, es gibt sie noch.«

»Wie bist du damals mit dem Französisch zurechtgekommen?«

»Der dortige Kollege konnte Deutsch. Aber er war damals schon alt, es gibt ihn bestimmt nicht mehr. Ein Junge aus Baden-Baden war in die Fremdenlegion geraten, vermutlich verschleppt worden, und wir haben herausgefunden, wo er war. Herausgeholt haben nicht wir ihn; dafür mußten Himmel und Hölle in Bewegung gesetzt werden, Botschafter und Bischöfe. Immerhin haben wir überlegt, wie wir es versuchen würden. Stell dir vor, ein deutsch-französisches Kommandounternehmen wenige Jahre nach Kriegsende.«

Sie lachte. »Hast du Sehnsucht nach den alten Zeiten? Als du jung warst und stark und alles drin war?«

»Alles drin – das war's schon im Krieg nicht mehr und nach dem Krieg erst recht nicht. Oder meinst du, ob mich das Altern beschäftigt? Tut es, auch wenn ich, wenn man so will, schon alt bin. Früher dachte ich, eines Tages fängt man an zu altern, altert und ist ein paar Jahre später mit dem Altern fertig und alt. Aber so ist es nicht. Das Altern geht immer weiter, man ist damit nie fertig.«

»Ich freue mich auf die Pensionierung. Ich unterrichte nicht mehr gerne. Die Kinder machen ihr Ding, ziehen die Schule durch und dann die Ausbildung zum Beruf und lassen sich von nichts erschüttern, keinem Buch, keiner Idee, keiner Liebe. Ich mag sie nicht mehr.«

»Und deine eigenen?«

»Natürlich habe ich sie lieb. Und als Röschen die Haare nicht mehr grün gefärbt und wachsen gelassen hat, habe ich mich gefreut. Daß sie ein glänzendes Abitur gemacht hat und von der Studienstiftung des Deutschen Volkes gefördert wird und schon nach zwei Semestern Betriebswirtschaft für ein Jahr an der London School of Economics war, ist phantastisch. Weißt du, daß sie schon jetzt als Studentin mehr verdient als ich als alte Lehrerin?«

Ich schüttelte ungläubig den Kopf.

»Sie hat eine kleine, erfolgreiche Fundraising-Firma, und weil beim Fundraising alles darauf ankommt, wer wann Geburtstag und welche Firma wann ein Jubiläum hat, welche Interessen mögliche Spender haben und was für Leben ihre Vorfahren gelebt haben, hat Röschen eine gewaltige Datenbank aufgebaut und baut sie weiter aus – mit Hilfe von Studenten, denen sie ein Minimum zahlt. ›Mama‹, fragte sie neulich, ›meinst du, daß ich osteuropäische Germanistikstudenten einarbeiten könnte? Ich könnte meine Lohnkosten halbieren.‹«

»Was hast du ihr gesagt?«

»›Cool‹, habe ich gesagt, und ob sie nicht den Studenten

dort die Computer stellen und sie, statt ihnen Lohn zu zahlen, die Computer abarbeiten lassen will. Alte Computer natürlich, die hier aussortiert werden, aber die dort brauchen keine modernen Computer.«

»Und?«

»Sie fand den Vorschlag spitze. Aber da fällt mir ein: Willst du nicht meinen Großen nach Straßburg schicken? Eine wirklich detektivische Arbeit ist es nicht, mehr eine historische, und Französisch spricht er nach drei Semestern in Dijon besser als ich. Er hat sein Examen, kriegt die Stelle als Arbeitsrichter erst im Mai und hat Zeit.«

»Wohnt er noch im Jungbusch?«

»Ja. Ruf ihn an!«

## 10

## *Zum Totlachen*

Am nächsten Tag habe ich gar nicht erst versucht, Welker zu erreichen. Ich habe statt dessen mit den Ermittlungen gegen ihn begonnen.

»Natürlich haben wir eine Akte. Die Schweizer haben uns ihren Abschlußbericht geschickt, und auch wir haben unsere Nasen hier- und dahineingesteckt. Warten Sie.« Hauptkommissar Nägelsbach hatte sonst mehr gezögert, ehe er mich einen Blick in seine Akten tun ließ. »Fällt Ihnen nichts auf?« fragte er, als er die Akte geholt hatte und wieder hinter dem Schreibtisch saß.

Ich schaute ihn an und sah mich um. Unter dem Fenster lehnte ein Stapel gefalteter Kartons. »Sie ziehen um?«

»Es geht nach Hause. Ich packe die Sachen zusammen, die mir gehören und die ich mitnehme. Ich höre auf.«

Ich schüttelte den Kopf.

Er lachte. »Doch. Im April werde ich zweiundsechzig, und daß ich dann aufhöre, habe ich meiner Frau versprechen müssen, als die Pensionierung mit zweiundsechzig erfunden wurde. Und nächste Woche beginnt der Resturlaub. Hier!« Er schob die Akte über den Schreibtisch.

Ich las. Bertram und Stephanie Welker wurden das letzte Mal an dem Morgen zusammen gesehen, an dem sie zur unbewirtschafteten Hütte oberhalb des Roseg-Gletschers aufstiegen. Am Nachmittag des nächsten Tages kam er allein in der unterhalb gelegenen Coaz-Hütte an. Er hatte am Morgen einen Zettel gefunden, auf dem seine Frau ihm schrieb, sie gehe über den Gletscher und treffe ihn um elf Uhr auf der Hälfte des Wegs, den er um den Gletscher herum nehmen wollte. Er war gleich aufgebrochen, hatte zunächst an der bezeichneten Stelle auf sie gewartet, sich dann auf den Gletscher gewagt und nach ihr gesucht und schließlich, so schnell er konnte, die untere, bewirtschaftete Hütte erreicht und die Bergwacht alarmiert. Die Suche dauerte mehrere Wochen.

»Können Sie sich vorstellen, daß man auf einem Gletscher eine Leiche einfach nicht findet?«

»Auf einem Gletscher? In einem Gletscher! Sie muß in eine der zahllosen Spalten gestürzt sein, und weil man nicht wußte, welche Route sie genommen hat, konnte man auch nicht so gezielt suchen, wie man es in anderen Fällen kann.«

»Ist eine schauerliche Vorstellung, nicht? Die Frau liegt im Eis, behält die Schönheit ihrer Jugend, wird vielleicht eines fernen Tages gefunden, und dann tritt ihr greiser Mann an ihre Bahre und identifiziert sie.«

»Das hat meine Frau auch gesagt und daß es in der Literatur eine ähnliche Geschichte gibt. Aber so schnell geht das nicht. Denken Sie an den Ötztaler Steinzeitmenschen, und denken Sie an die Soldaten von Hannibal, den deutschen Kaisern und Suwarow, an die Bernhardinermönche und die frühen britischen Bergsteiger. Die sind schon länger in den Gletschern abgeblieben und vor Frau Welker dran.«

So kannte ich meinen alten Freund nicht. Ich muß ihn verwundert angeschaut haben.

»Sie wollen wissen, ob ich meine, daß er sie umgebracht hat? Daß er ihren Zettel hatte, sagt nichts; der Zettel hatte kein Datum und konnte alt sein. Daß er völlig fertig war, als er in der unteren Hütte ankam, sagt auch nichts. Man muß schon ein Unmensch sein, wenn einem nicht die Nerven bloßliegen, nachdem man seine Frau umgebracht hat. Aber was für ihn spricht, ist der Umstand, daß ein Gletscher in der Nähe von St. Moritz nicht einmal am frühen Morgen verläßlich leer ist. Die Frau auf dem Gletscher in eine Spalte stoßen ist so sicher wie sie von einer Brücke auf die Autobahn schmeißen.«

»Wenn es um genug Geld geht…«

»…geht man höhere Risiken ein, ich weiß. Aber die beiden haben seit der Übernahme der Sorbischen Genossenschaftsbank mehr als genug Geld gemacht.«

»Seit was?«

»Nach der Wiedervereinigung hat das Bankhaus Weller & Welker die Sorbische Genossenschaftsbank übernommen, eine Ossi-Bank mit Zentrale in Cottbus und Filialen im Umland. Und die Übernahme ist ein Erfolg, und jede Investition wird aus tausend Töpfen gefördert, von Berlin bis Brüssel.«

»Man geht auch höhere Risiken ein, wenn die Liebe oder der Haß…«

»Nein, wir haben weit und breit keine Geliebte von ihm und keinen Geliebten von ihr gefunden. Die beiden haben sich von Kindesbeinen an geliebt und waren glücklich verheiratet. Haben Sie Bilder von ihr gesehen? Eine dunkle

Schönheit mit Glut und Seele in den Augen. Gewiß, auch schöne Frauen, gerade schöne Frauen werden umgebracht. Aber nicht von ihren liebenden, glücklichen Ehemännern.«

»Brigitte meint, daß sie sich einfach davongemacht hat.«

»Das hat sich meine Frau auch gefragt.« Er lachte. »Die Offenbarung einer tiefen weiblichen Sehnsucht. Ja, sie hätte sich davonmachen können.«

Ich wartete darauf, wie die Polizei der Möglichkeit nachgegangen war, was sich dabei ergeben hatte, für wie wahrscheinlich er die Möglichkeit hielt. Als nichts kam, fragte ich.

»Sie kann sonstwo sein. Das wäre nicht die feine Art, ihn sitzenzulassen, aber letztlich ist keine Art, jemanden sitzenzulassen, fein.«

Ich kenne Nägelsbach, seit er als Bote bei der Staatsanwaltschaft Heidelberg angefangen hat. Er ist ein ruhiger, ernsthafter, bedächtiger Polizeibeamter. Sein Hobby ist die Kunst des Streichholzbaus, vom Kölner Dom über Neuschwanstein bis zum Gefängnis Bruchsal. Immer wieder einmal erlebe ich ihn fröhlich, und über einen guten Scherz lacht er gerne. Dunkler Humor, Satire und Sarkasmus sind ihm fremd. »Was ist los?«

Er wich meinem Blick aus und sah aus dem Fenster. Die Bäume waren noch kahl, aber ihre Knospen zum Platzen bereit. Er hob die Hände und ließ sie wieder sinken. »Ich soll zum Abschied das Bundesverdienstkreuz kriegen.«

»Herzlichen Glückwunsch.«

»Herzlichen Glückwunsch? Ja, zuerst habe ich mich auch gefreut. Aber…« Er holte tief Luft. »Wir haben einen neuen Chef, jung, energisch, effizient. Natürlich kennt er uns nicht so, wie uns der alte kannte. Aber wir interessieren ihn auch nicht. Er kommt zu mir und sagt: ›Herr Nägelsbach, Sie kriegen zum Abschied das Bundesverdienstkreuz, und wir brauchen ein paar Seiten, warum. Ich kenne Sie nicht, aber Sie kennen sich – schreiben Sie auf, warum Sie das Bändchen im Knopfloch verdienen.‹ Stellen Sie sich das vor!«

»So sind neue junge Chefs heute eben.«

»Ich habe ihm gesagt, daß ich das nicht mache. Er hat gesagt, es ist eine dienstliche Weisung.«

»Und dann?«

»Dann hat er gelacht und ist gegangen.«

»Das mit der dienstlichen Weisung war eben nur ein dummer Scherz.«

»Es ist alles nur ein dummer Scherz. Bundesverdienstkreuze, dienstliche Weisungen, die Jahre, die ich hier gesessen bin, die Fälle, an denen ich gearbeitet habe – zum Totlachen alles. Ich habe es nur zu spät begriffen. Hätte ich's früher begriffen, hätte ich mehr Spaß haben können.«

»Haben wir das nicht immer gewußt?«

»Was?« Er war verletzt und voller Abwehr.

»Daß wir im Leben mehr Spaß hätten haben können?«

»Aber…« Er fuhr nicht fort. Er schaute wieder in die Bäume, dann auf den Schreibtisch, dann mich an. Er verzog seinen Mund zur Andeutung eines Lächelns. »Ja, vielleicht habe ich es immer gewußt.« Er schob den Stuhl zurück und stand auf. »Ich muß rüber. Haben Sie sich die Adresse vom alten Weller notiert? Das Augustinum im Emmertsgrund? Die anderen Eltern sind tot. Er hat übrigens keinen Alzheimer. Er tut nur manchmal so, wenn er eine Frage nicht mag.«

## II

## *Schnelles Geld*

Der Emmertsgrund liegt oberhalb von Leimen am Hang. Die schönen Apartments im Augustinum gehen nach Westen und haben den Blick in die Rheinebene, wie die schönen Krankenzimmer im Speyerer Hof. Am Fuß des Bergs liegt eine Zementfabrik und stößt feinen, hellen Staub aus.

Der alte Weller und ich saßen am Fenster. Er hatte die zwei Zimmer seines Apartments mit eigenen Möbeln eingerichtet und mir, ehe wir uns setzten, deren Geschichten erzählt. Er hatte mir auch von seinen Nachbarn, die er nicht mochte, dem Essen, das ihm nicht schmeckte, und den organisierten Aktivitäten, von Gruppentanz bis Seidenmalerei, die ihn nicht interessierten, erzählt. Er konnte wegen seiner schlechten Augen nicht mehr Auto fahren, saß im Augustinum fest und war einsam. Ich glaube nicht, daß er mir geglaubt hat, ich sammelte Geld für den Volksbund Deutscher Kriegsgräber. Aber er war so einsam, daß ihm egal war, wer ich war. Außerdem waren wir beide im Polenfeldzug verwundet worden.

Ich erfand einen Sohn, eine Schwiegertochter und einen Enkel, und er erzählte von seiner Familie und vom Tod seiner Tochter.

»Kommen Ihr Schwiegersohn und Ihre Enkel nicht zu Besuch?«

»Seit Stephanie tot ist, kommt er nicht mehr. Ich habe ihm keine Vorwürfe gemacht. Aber er hat ein schlechtes Gewissen. Und die Enkel sind im Internat in der Schweiz.«

»Warum hat er ein schlechtes Gewissen?«

»Er hätte auf sie aufpassen müssen. Und er hätte den Unsinn mit der Bank in der Ostzone lassen sollen.« Als er sich über seine Lebensumstände beschwert hatte, hatte er weinerlich geklungen. Jetzt redete er entschieden, und ich spürte, welche Autorität er ausgestrahlt haben mußte.

»Ich dachte, daß sich unsere Banken in den neuen Ländern goldene Nasen verdienen.«

»Junger Mann«, er war in meinem Alter und sagte tatsächlich junger Mann zu mir, »Sie kommen nicht aus dem Bankengeschäft, und Sie verstehen auch nichts davon. Unsere Bank hat überdauert, weil sie kleiner wurde, nicht größer. Wir verwalten Vermögen, beraten Anleger, haben Fonds und tun das auf hohem, internationalem Niveau. Die paar Schwetzinger, die bei uns noch Konten haben, passen eigentlich nicht mehr ins Bild. Wir betreuen sie aus Sentimentalität. Und die Kunden der Sorbischen Genossenschaftsbank passen auch nicht ins Bild, selbst wenn es viele sind und viel Kleinvieh auch Mist macht.«

»Ihr Schwiegersohn sieht das anders?«

»Der…« Er lachte kurz, ein verächtliches, meckerndes Lachen. »Ich weiß nicht, was er sieht und ob er sieht. Er ist ein begabter Junge, aber die Bank ist nicht seine Sache und war es nie. Er hat Medizin studiert, und Welker hätte ihn Arzt werden lassen sollen, statt ihn wegen der Familientradition ins Bankgeschäft zu drängen. Wegen der Familientradition – als ob, was jetzt läuft, noch was mit der Familientradition zu tun hätte! Es geht um schnelles Geld, um neue Freunde und neues Personal, und ob es das Anlage- und Fondsgeschäft überhaupt noch so gibt, wie Welker und ich es aufgebaut haben, weiß ich nicht. So weit ist es gekommen: Ich weiß es nicht.«

Als ich ging, zeigte er mir ein Bild seiner Tochter. Es war nicht die üppige Schönheit, die ich mir nach der Photographie ihrer Großtante, die ich bei Schuler gesehen hatte, und nach Nägelsbachs Beschreibung vorgestellt hatte. Ein schmales Gesicht, glattes dunkles Haar, strenge Lippen und in den Augen zwar Glut und Seele, aber auch eine wache Intelligenz. »Sie war Bankkauffrau und hat Recht studiert. Sie hat alles geerbt, was unsere Familie an sechstem Sinn fürs Geld entwickelt hat. Wenn sie noch lebte, liefe es mit der Bank anders.« Er holte den Geldbeutel aus der Tasche und gab mir fünfzig Mark. »Für die Kriegsgräber.«

Ich fuhr über Schwetzingen nach Hause. Die Bedienung im Café begrüßte mich wie einen alten Kunden. Es war halb vier, Zeit für Schokolade und Marmorkuchen und am Freitag auch für den Feierabend des Bankhauses Weller & Welker. Um vier kamen die vier jungen Frauen aus der Bank. Sie standen einen Moment zusammen, verabschiedeten sich und gingen zwei am Schloßgraben entlang und zwei in Richtung Bahnhof. Um halb fünf kamen die drei jungen Männer und gingen am Schloßgraben entlang in die andere Richtung. Ich ließ einen Zwanzigmarkschein auf dem Tisch liegen, winkte der Bedienung und folgte ihnen. Sie liefen weit, am Meßplatz vorbei und unter der Eisenbahn durch in ein Viertel mit Kabellager und Autowaschanlage, Bau- und Getränkemarkt. Dort betraten sie ein siebenstöckiges Hotel, und ich konnte sehen, wie ihnen an der Rezeption Zimmerschlüssel ausgehändigt wurden.

In meinem Büro blinkte am Anrufbeantworter das Lämpchen. Georg hatte meine Nachricht gefunden und wollte vorbeikommen; ob Sonntag oder Montag recht sei? Brigitte hatte Lust auf Kino am Samstag abend. Der dritte Anruf war von Schuler. »Tut mir leid, wenn ich neulich am Telephon unwirsch war. Inzwischen habe ich mit Bertram und Gregor gesprochen und weiß, daß Sie nichts Schlechtes über mich gesagt haben. Bertram hatte einfach viel um die Ohren, hat sich aber für heute abend bei mir angesagt. Und wollen Sie nicht auch einmal wieder bei mir vorbeischauen? Vielleicht nächste Woche? Vielleicht Montag?« Er lachte, aber es war kein fröhliches Lachen. »Steckt doch noch Leben im alten Dachs. Er hat eine Gans gefangen.«

## 12

## *Randvoll*

Am Wochenende versicherte uns der Frühling, er sei ernstlich gekommen, werde bleiben und sich von keinem Schnee und keinem Eis mehr vertreiben lassen. Im Luisenpark standen die Liegestühle auf den Wiesen, und in eine Decke eingehüllt schlief ich, als wäre die Welt heil und mein Herz gesund. Als Brigitte und ich aus dem Kino kamen, schien der Vollmond in die Straßen und auf die Plätze. Auf den Planken spielten ein paar Punks mit einer Bierdose Fußball, die Penner vor dem Stadthaus ließen den Rotwein kreisen, und unter den Lauben im Rosengarten schmusten die Liebespaare. »Ich freue mich auf den Sommer.« Brigitte legte den Arm um mich.

Mit Georg aß ich am Sonntag im Kleinen Rosengarten zu Mittag. Er wollte gerne in Straßburg in alten Adreß- und Telephonbüchern, Rechtsanwalts- und Notarkammerunterlagen und Vorlesungsverzeichnissen nach dem stillen Teilhaber fahnden und gleich am Montag dorthin aufbrechen. Ich ernannte ihn zum Hilfsdetektiv und bestellte Champagner, aber er mochte nur alkoholfreies Bier trinken. »Du trinkst zuviel, Onkel Gerd.«

Am Abend saß ich noch mal in meinem Büro über der Geschichte des Bankwesens. Auch der Sorbischen Genossenschaftsbank war ein Absatz gewidmet. Sie war ein Unikum. Genossenschaftsbanken entstanden eigentlich als Selbsthilfeeinrichtungen von Berufsgruppen. Schulze-Delitzsch wollte mit den Volksbanken die Handwerker zu Genossen machen, Raiffeisen die Bauern. Der Cottbusser Hans Kleiner, der die Genossenschaftsbank 1868 gründete, wollte den Genossenschaftsgedanken dagegen für die Stärkung der slawischen Minderheit der Sorben fruchtbar machen. Seine Mutter war Sorbin, trug sorbische Tracht, erzählte dem kleinen Hans sorbische Märchen und lehrte ihn sorbische Lieder, und so machte er die Sache der Sorben zur Aufgabe seines Lebens. Zu seinen Lebzeiten hatte die Bank nur sorbische Genossen, nach seinem Tod ließ sie auch andere zu, expandierte und florierte und überlebte die Inflation und die Weltwirtschaftskrise. Dann war es um sie geschehen; die Nazis hatten mit den Sorben nichts im Sinn und wandelten die Bank in eine normale Volksbank um.

Wann und wie die Sorbische Genossenschaftsbank sich von diesem Schlag erholen würde, hatte Zeit bis morgen. Weller & Welker hatte sie übernommen, also hatte sie sich erholt und gab es ein Happy-End. Den Genossenschaftsgedanken fand ich auf dem nächtlichen Heimweg so einleuchtend, daß mir das übliche Streben der Banken und Bankiers nach mehr und mehr Geld auf einmal seltsam vorkam. Warum dieses Häufen von Geld auf Geld? Weil sich der kindliche Sammeltrieb im Erwachsenenalter nicht mehr an Murmeln, Bierdeckeln und Briefmarken befriedigen darf und daher an Geld befriedigen muß?

Wieder saß ich am nächsten Morgen im Büro am Schreibtisch, ehe die Schulkinder unterwegs waren. Der Bäcker ein paar Häuser weiter hatte schon auf, und vor mir dampfte eine Tasse Kaffee zum Hörnchen. Die Geschichte der Sorbischen Genossenschaftsbank war nicht mehr lang. Während die anderen Volksbanken durch sowjetischen Befehl geschlossen wurden, wurden die in und um Cottbus als Sorbische Genossenschaftsbank weiter betrieben. Das war nicht mehr als ein eigener Name; die Bank fiel voll und ganz in das System der volkseigenen Sparkassen. Aber den eigenen Namen behielt sie; der Respekt für das slawische Volk der Sorben, Brudervolk des siegreichen Sowjetvolks, verbot seine Abschaffung. Und mit dem eigenen Namen ging genug Eigenständigkeit einher, daß die Treuhand die Sorbische Genossenschaftsbank selbständig anbot und schließlich an Weller & Welker verkaufte.

Es war neun Uhr, der morgendliche Verkehr auf der Augustaanlage war ruhig geworden. Ich hörte Kinder, die aus irgendeinem Grund erst später in die Schule mußten. Dann hörte ich ein Auto am Straßenrand anhalten und mit laufendem Motor stehen bleiben. Nach einer Weile ärgerte mich das Geräusch, ein penetrantes Bollern und Tuckern. Warum stellte der Mensch nicht den Motor ab. Ich stand auf und sah aus dem Fenster.

Es war Schulers grüne Isetta. Die Tür stand auf, und der Wagen war leer. Ich trat aus dem Büro auf den Bürgersteig. Schuler stand am Eingang des Nachbarhauses und las die Namensschilder neben den Klingelknöpfen. »Herr Schuler«, rief ich, und er wandte sich um und winkte. Er winkte, als wolle er mich vom Bürgersteig verscheuchen, als solle ich wieder zurück in mein Büro gehen. Ich verstand nicht, und obwohl er Grimassen machte, als rufe er mir etwas zu, hörte ich auch nichts. Er kam auf mich zu, schwankenden Schritts, mit der Rechten weiter fuchtelnd und die Linke vor den Bauch gepreßt. Ich erkannte, daß er mit der Linken den Griff eines schwarzen Aktenkoffers hielt, der ihm beim Gehen an die Beine schlug. Ich machte ein paar Schritte auf ihn zu, er fiel gegen mich, ich roch seinen schlechten Geruch, hörte ihn »hier« und »weg« flüstern, bekam den Aktenkoffer hingehalten und griff zu. Mit der Hand, mit der er mir den Aktenkoffer gegeben hatte, stützte er sich auf mich und richtete sich an mir auf; er ging zum Auto, setzte sich hinein, machte die Tür zu und fuhr los.

Er fuhr in langer schräger Linie vom Straßenrand auf die rechte Fahrspur und von der rechten Fahrspur auf die linke, steuerte auf die eisernen Poller zu, die die Grünanlage in der Mitte der Augustaanlage begrenzen, schrammte einen, schrammte den nächsten, schrammte die Ampel vor der Mollstraße, wurde schneller und kümmerte sich nicht darum, daß die Ampel rot war, nicht um die Autos, die gerade in der Mollstraße losfuhren, und nicht um die Kinder, die gerade die Augustaanlage überqueren wollten. Zuerst sah es aus, als werde er entweder auf die Ampel oder auf den Baum an der Ecke der Grünanlage hinter der Mollstraße prallen. Aber er nahm den Bordstein, mied die Ampel und streifte nur leicht den Baum. Bordstein und Baum waren allerdings genug, die Isetta in Schieflage zu bringen und umzuwerfen; sie rutschte auf der Seite durch das Gras und knallte gegen einen Baum.

Der Knall war laut, und im selben Augenblick quietschten auf der Gegenfahrbahn, auf die der Wagen beinahe geraten war, die Bremsen, hupten die Autos, denen er die Vorfahrt genommen hatte, und schrie ein Kind, dem er fast über die Füße gefahren war. Es war die Hölle los. Mein türkischer Nachbar, der aus seinem Geschäft geeilt war, nahm mir den Koffer aus der Hand und sagte: »Schauen Sie nach, ich rufe die Polizei und den Krankenwagen.« Ich rannte los, aber so schnell bin ich nicht mehr, und als ich dort war, standen schon die Neugierigen um die Isetta. Ich drängte mich vor. Der Baum hatte die Tür eingedrückt und stand zwischen Dach und Boden. Ich sah durch das Seitenfenster von oben ins Innere; es war voll von Glas und Blut, das eingedrückte Türblech hatte Schuler an den Sitz geklemmt, und das Lenkrad hatte sich in seinen Brustkorb geschoben. Er war tot.

Dann kamen Polizei und Krankenwagen und, weil sich die Isetta nicht vom Baum trennen ließ, die Feuerwehr. Die Polizei machte keine Anstalten, mich als Zeugen zu vernehmen, und ich ergriff keine Initiative, mich als Zeugen zu präsentieren. Ich ging zurück zu meinem Büro, das ich hatte offenstehen lassen. Von weitem sah ich, daß gerade jemand mein Büro verließ. Ich wußte nicht, was er darin zu suchen hatte, ich wußte nicht, was er darin gesucht hatte. Es fehlte nichts. Das Geschäft meines türkischen Nachbarn erlebte einen kleinen Boom; die Neugierigen sahen den Arbeiten an Schulers Isetta zu, machten fachmännische Kommentare und kauften Schokoladen-, Milch- und Müsliriegel.

Erst als alles vorbei und wieder ruhig war, dachte ich an Schulers Koffer. Ich holte ihn nebenan, stellte ihn auf den Schreibtisch und betrachtete ihn. Schwarzes, mattes Kunstleder, goldfarbenes Nummernschloß – ein normaler, häßlicher Aktenkoffer. Ich nahm die Flasche und die Kaffeedose aus dem Schreibtisch, schenkte mir einen Sambuca ein und tat drei Bohnen dazu. Ich fand ein Päckchen Sweet Afton im Aktenschrank, zündete beides an, Sambuca und Zigarette, und sah den blauen Flammen und dem blauen Rauch zu.

Ich dachte an Schuler. Ich hätte ihn gern noch mal Geschichten erzählen hören. Warum sich Leutnant Welker und der Preuße in die Haare geraten waren. Was aus der jungen Weller geworden war, nachdem ihr Schatz sich zu Tode gebracht hatte, fast wie Romeo, nur waren hier die Familien nicht zu verfeindet, sondern zu befreundet. Wann Bertram und Stephanie sich ineinander verliebt hatten. Ich blies die Flamme aus und trank. Ich hätte Schuler gewünscht, daß er vor seinem Tod noch mal hätte riechen und schmecken können.

Dann machte ich den Koffer auf. Er war randvoll mit Geld, gebrauchten Fünfzig- und Hundertmarkscheinen.

## 13

### *Beschattet*

Nein, ich habe mir nicht überlegt, die Scheine in meine Reisetasche zu packen, ein paar Hemden und Hosen, Pullover, Leibwäsche, Zahnbürste und Rasierapparat dazuzulegen, zum Frankfurter Flughafen zu fahren und nach Buenos Aires zu fliegen. Oder auf die Malediven, Azoren oder Hebriden. Ich finde schon mein Leben in Mannheim ziemlich kompliziert. Wie soll es anderswo gehen, wo ich nicht einmal die Sprache spreche?

Ich habe für das Geld auch kein Versteck gesucht. Unter der Folter würde ich es ohnehin preisgeben. Ich habe den Rolladen meines Aktenschranks heruntergelassen, die wenigen alten Akten in ein Fach gestapelt, zwischen den anderen Fächern die Böden herausgenommen und so Platz für den Koffer gemacht. Dann habe ich den Rolladen wieder hochgezogen.

Ich habe das Geld auch nicht gezählt. Es war eine Menge. Genug, jemandem dafür einen tödlichen Schrecken einzujagen. Wenn ich an die Begegnung mit Schuler auf dem Bürgersteig dachte, an seinen Gang, sein Fuchteln, seine Grimassen, seine Sprache, dann war mir, als sei er zu Tode erschreckt worden.

Nägelsbach klang am Telephon nicht glücklicher als bei meinem Besuch. »Was denn nun, Unfall oder Mord? Sie wissen doch, daß da verschiedene Abteilungen zuständig sind.«

»Ich möchte nur wissen, wann Schuler in die Gerichtsmedizin kommt.«

»Weil Sie dann Ihren Freund von den Städtischen Krankenanstalten anrufen, der die Gerichtsmedizin anruft – was machen Sie eigentlich selbst? Was mich angeht… Am Dienstag… meine Frau… ich… Also morgen ist mein letzter Arbeitstag, und am Abend gibt es bei uns ein kleines Abschiedsfest, und wir würden uns freuen, wenn Sie kämen, Sie und Ihre Freundin. Kommen Sie?«

Er klang, als fürchte er, zu dem Fest käme niemand. Ich hatte seine Frau und ihn immer erlebt, als bräuchten sie eigentlich keine Freunde, als seien sie einander genug, und manchmal darum beneidet. Sie saßen im Atelier, er baute aus Streichhölzern den Münchener Justizpalast, sie las den *Prozeß* von Kafka vor, und vor dem Schlafengehen tranken sie noch einen Schluck Wein. Funktionieren eheliche Symbiosen nur bis zur Pensionierung?

Auf der Fahrt nach Schwetzingen wurde ich beschattet. Schon auf dem Weg vom Büro um zwei Ecken zum Auto hatte ich das Gefühl, mir folge jemand. Aber wenn ich mich umdrehte, war da niemand, und Gefühle können täuschen, auch wenn Brigitte meint, sie sprächen immer die Wahrheit und nur Gedanken würden lügen. Auf der Autobahn war nicht viel los. Der beige Fiesta, den ich vom Mannheimer Kreuz an im Rückspiegel sah, überholte mich zwar, als ich bei Pfingstberg auf dem Seitenstreifen anhielt, fuhr weiter und verschwand hinter der nächsten Biegung. Aber als auch ich weiterfuhr, hinter der nächsten

Biegung einen Lastwagen überholte und in den Rückspiegel sah, war er wieder hinter mir. Ich wiederholte das Spiel wenige hundert Meter vor der Abfahrt Schwetzingen. Als er mich überholte, heftete ich mich an seine Fersen, bis er die Abfahrt nahm, fuhr weiter und holperte ein paar Kilometer hinter Brühl über die Böschung auf einen Feldweg.

Daß vor Schulers Haus ein Polizeiwagen stand, wunderte mich nicht. Vor dem alten Lager stand keiner. Ich klingelte, kam ins Haus, kriegte die Tür zum Archiv aber nicht auf. Als ich im Auto losfuhr, hatte ich wieder den Fiesta im Rückspiegel.

Ich war müde. Ich war der Welt müde, in der ein harmloser, aktenseliger, schlechtriechender alter Mann mir nichts, dir nichts zu Tode erschreckt wurde. In der es zu viele gebrauchte Fünfzig- und Hundertmarkscheine gab. In der jemand in mein Büro spazierte und mir in einem beigen Fiesta folgte, von dem ich nicht wußte, wer er war und was er wollte. In der ich mit meinem Auftrag nicht im reinen war. Mein Auftrag interessierte mich nicht und konnte eigentlich auch meinen Auftraggeber nicht interessieren. Was mich statt dessen interessierte, waren mein Auftraggeber selbst, der Tod seiner Frau und der seines Archivars. Daran, daß ich mich dafür interessierte, hatte natürlich mein Auftraggeber kein Interesse. Aber woran hatte er Interesse? Und warum hatte er mir einen Auftrag gegeben, der ihn eigentlich nicht interessieren konnte?

Die Nachricht auf meinem Anrufbeantworter klang, als hätte Welker meine Gedanken gelesen. »Guten Tag, Herr Selb. Können Sie morgen vorbeikommen? Ich habe länger nicht von Ihnen gehört und wüßte gerne, wie es vorangeht und wo wir stehen. Die Sache wird nun doch immer drängender, und…« Er deckte die Sprechmuschel ab, und die Leitung rauschte wie die Muschel vom Timmendorfer Strand, an der mich meine Mutter, als ich klein war, das Meer hören ließ, und dazwischen hörte ich Wortfetzen, die ich nicht verstand. Dann sprach Samarin weiter. »Wir wissen, daß Herr Schuler bei Ihnen war. Daß er Geld bei Ihnen deponiert hat. Auch Sie müssen helfen, daß sein Ansehen nicht durch eine einmalige Torheit ruiniert wird. Das Geld gehört zurück in die Bank. Also morgen um drei.«

Ich war auch des Spiels müde, das Welker und Samarin spielten. Ich rief weder den einen noch den anderen an. Ich nahm mir vor, am nächsten Morgen Georg in Straßburg anzurufen und nach ersten Ergebnissen zu fragen. Ich nahm mir auch vor, mit Nägelsbach an seinem letzten Tag in der Polizeidirektion zu telephonieren. Daß ich von einem Fiesta beschattet worden war, hatte ich am Ende vergessen.

## 14

## *Nicht mit leeren Händen*

Aber der Fahrer des Fiesta hatte mich nicht vergessen. Am nächsten Morgen um halb neun stand er vor meiner Wohnungstür und klingelte. Er klingelte mehrmals. Später erklärte er mir, er sei ein besonders rücksichtsvoller Mensch; er habe mehrmals geklingelt, obwohl er die Tür mit Leichtigkeit hätte öffnen können. Das Schloß sei ein Witz.

Er stand vor meiner Wohnungstür wie ein Hausierer, das Gesicht zugleich herausfordernd und hoffnungslos und die Haltung lauernd. Er mochte fünfzig Jahre alt sein, war nicht groß und nicht klein, nicht dick und nicht dünn, hatte Backen voller geplatzter Äderchen und schütteres Haar. Er trug eine Hose aus schwarzer Kunstfaser, hellgraue Slipper, ein hellblaues Hemd mit dunkelblauer Paspel an Tasche und Knopfleiste und einen offenen Anorak. Der Anorak war ebenso beige wie der Fiesta.

»Also Sie waren das.«

»Ich?«

»Sie haben mich gestern beschattet.«

Er nickte. »Ihr Manöver bei Schwetzingen war nicht schlecht. Aber ich wußte, wohin Sie wollten. Sind Sie einfach runter von der Autobahn? Sozusagen über die grüne Grenze?« Er redete mit gönnerhafter Freundlichkeit. »Und der blaue Mercedes? Ist er Ihnen über die grüne Grenze gefolgt?«

Ich wollte mir nicht anmerken lassen, daß ich nicht wußte, wovon er redete.

Aber er sah es mir an. »Na, so was. Sie haben ihn gar nicht bemerkt. Und mich haben Sie erst gestern bemerkt.«

»Am liebsten würde ich Sie auch heute nicht bemerken. Was wollen Sie?«

Er schaute verletzt. »Warum reden Sie so mit mir? Ich habe Ihnen nichts getan. Ich wollte nur…«

»Ja?«

»Sie sind… Ich bin…«

Ich wartete.

»Sie sind mein Vater.«

Ich bin langsam, schon immer, und mit den Jahren werde ich nicht schneller. Meine Emotionen reagieren oft verspätet, und ich merke erst am Mittag, daß mich am Morgen jemand beleidigt hat, und erst am Abend, daß jemand mir beim Mittagessen etwas Nettes gesagt hat, worüber ich mich hätte freuen können. Ich habe keinen Sohn. Aber ich habe mein Gegenüber weder ausgelacht noch ihm die Tür vor der Nase zugemacht, sondern ihn ins Wohnzimmer gebeten, auf das eine Sofa gesetzt und mich auf das andere.

»Sie glauben mir nicht?« Er nickte. »Ja, Sie glauben mir nicht. Wir existieren für Sie nicht.«

»›Wir‹? Habe ich noch mehr Kinder?«

»Sie müssen sich nicht lustig machen.« Er erzählte, daß er in oder nach der Wende seine Akte in die Hände bekommen und darin gefunden hatte, daß er adoptiert und daß seine wahre Mutter Klara Selb aus Berlin war.

»Was für eine Akte?«

»Meine Kaderakte.«

»Kader…?«

»Ich war beim Ministerium für Staatssicherheit, und ich bin stolz darauf. Ich habe Schwerkriminalität ermittelt, und wir hatten Aufklärungsquoten, von denen ihr nur träumen könnt. Nein, bei uns war nicht alles schlecht, und ich lasse es nicht schlechtmachen und mich auch nicht.«

Ich fuchtelte abwiegelnd mit den Händen. »Wann sind Sie geboren?«

»Am 9.3.1942. Sie überfielen gerade mit der faschistischen Wehrmacht die Sowjetunion.«

Ich rechnete. Am 9.3.1942 lebte ich in Heidelberg im Hotel, hatte Polenfeldzug, Verwundung und Lazarett hinter mir, meinen Assessor gemacht und bei der Staatsanwaltschaft angefangen. Weil ich noch keine Wohnung gefunden hatte, lebte Klara bei ihren Eltern in Berlin. Oder reiste sie mit ihrer Freundin Gigi durch Italien? Oder versteckte sie sich irgendwo und brachte ein Kind zur Welt? Ich hätte gerne Kinder gehabt. Aber nicht das, das am 9.3.1942 geboren wurde. Vom Mai bis zum August 1941 war ich im Warthegau und mit Klara nicht eine einzige Nacht zusammen.

Ich schüttelte den Kopf. »Es tut mir leid, aber…«

»Ich wußte das. Ich wußte, daß Sie den Kopf schütteln und sagen würden: Es tut mir leid, aber ich habe mit Ihnen nichts zu schaffen. Von Brüdern und Schwestern reden – das habt ihr gekonnt, aber Brüder und Schwestern haben – da schüttelt ihr den Kopf und hebt die Hände.« Er schüttelte den Kopf und hob die Hände, wie wir es in seiner

Vorstellung taten. Er wollte höhnisch klingen, klang aber verzagt.

Ich hätte nicht sagen sollen, daß es mir leid tat. Es tat mir nicht leid, daß ich nicht sein Vater war. Außerdem provozierte meine Entschuldigung weitere Anschuldigungen, auf die wieder mein Entschuldigungsreflex reagierte. Ich war drauf und dran, für alle Unbilden um Entschuldigung zu bitten, die der Westen dem Osten zugefügt und die er ihm nicht zugefügt hatte.

»Dabei komme ich nicht mit leeren Händen. Sie haben den blauen Mercedes nicht bemerkt, als Sie nach Schwetzingen fuhren, und Sie haben ihn vermutlich auch am Morgen nicht bemerkt.« Er sah das Interesse in meinem Gesicht. »Jetzt möchten Sie mehr wissen. Ich will Ihnen auch mehr sagen. Der Mercedes kam, als der Alte Ihnen den Koffer gegeben hatte und ins Auto stieg. Er hielt, und nach dem Kladderadatsch stieg der Beifahrer aus und sah sich zuerst in Ihrem Büro und dann beim Auto des Alten um. Was er gesucht hat, muß ich Ihnen nicht sagen.«

»Wissen Sie auch, wer die Männer waren?«

»Ich weiß nur, daß der Mercedes ein Berliner Kennzeichen hatte. Aber ich werde es herausfinden. Wenn wir jetzt zusammenarbeiten, Sie und ich, ich meine, wo wir doch beide vom Fach sind und Sie nicht… nicht mehr lange…« Er stockte.

Er wollte tatsächlich mein Geschäft übernehmen, der Sohn vom Vater. Nicht sofort, aber nach einer Übergangszeit, in der wir »Private Ermittlungen. Gerhard Selb & Sohn« firmieren würden. Ich schlug ihm nicht »Gerhard Selb & Klara Selbs Sohn« vor. Ich machte ihm nicht klar, daß er vielleicht der Sohn meiner gestorbenen Frau, aber keinesfalls mein Sohn war. Ich wollte mit ihm nicht vertraulich werden, nicht über meine Ehe reden, mich nicht offenbaren und Klara nicht bloßstellen. Am Ende war unsere Ehe leer. Aber damals, als ich in Heidelberg bei der Staatsanwaltschaft angefangen hatte und Klara bald nachziehen sollte, war unsere Ehe jung und, wie ich dachte, voller Zauber gewesen und hatte Glück und Bestand versprochen. Es ließ mich nicht kalt, daß da ein anderer gewesen war, mit dem Klara ein Verhältnis gehabt und von dem sie ein Kind gekriegt hatte. Jemand, der sie nicht einmal so liebte, daß er auf ihrer Scheidung bestanden und sie geheiratet hätte. Oder war er gefallen? Mir kam ein befreundeter Offizier in Erinnerung, über den Klara zunächst viel gesprochen hatte und dann nicht mehr und der vor Moskau gefallen war. Ich suchte im Gesicht meines Gegenübers nach dessen Zügen, fand aber nichts.

»Wie heißen Sie?«

»Karl-Heinz Ulbrich, mit Bindestrich und ohne t.«

»Wo wohnen Sie?«

»Im Kolpinghaus in der… R 7 heißt die Adresse. So was Verrücktes! So nennt man Zigaretten, aber doch nicht Straßen.« Er schüttelte entrüstet den Kopf.

Ich verzichtete darauf, ihm die Mannheimer Quadrate zu erklären. Ich fragte ihn auch nicht, ob er sich als alter Kommunist nicht schäme, im Kolpinghaus zu übernachten.

Als wäre nicht alles schon schlimm genug, kam Turbo von einem Streifzug über die Dächer zurück, sprang vom Fenstersims aufs Sofa und strich beim Weg in die Küche

Karl-Heinz Ulbrich um die Füße. Der machte »tsstss«, schaute zufrieden hinter Turbo her und mich triumphierend an, als hätte er immer gewußt und wäre endlich bewiesen, daß im Westen die Tiere besser sind als die Menschen. Zum Glück sagte er's nicht.

Er stand auf. »Ich gehe jetzt wohl besser. Aber ich komme wieder.« Er wartete nicht auf einen Gruß von mir, sondern ging durch den Flur zur Tür, machte sie auf und von außen behutsam wieder zu.

## 15

## *Ohne Beichte keine Absolution*

Ich rief in Straßburg an. Aber ich erreichte Georg nicht, und ohnehin würde er nach einem knappen Tag vor Ort noch nicht viel berichten können. Also mußte ich mit dem auskommen, was ich von Schuler wußte.

Aber der Jurist in Straßburg, dessen Vor- oder Nachname mit C, L oder Z begann, ließ Welker und Samarin kalt. Als ich ihnen gegenübersaß und meinen Bericht gab, schaute Samarin offen gelangweilt und Welker mit verzweifelter Geduld.

Ich war fertig. »Ich habe die Straßburger Spur aufgenommen und kann sie verfolgen, kann es aber auch lassen. Ihnen ist der stille Teilhaber nicht mehr so wichtig?«

Welker versicherte, ihm sei an der Suche nach dem stillen Teilhaber unverändert gelegen. »Lassen Sie mich Ihnen einen weiteren Scheck ausschreiben. Straßburg wird nicht billig werden.« Er holte Scheckbuch und Füllfederhalter aus der Innentasche der Jacke und schrieb.

»Herr Selb, es scheint, daß Schuler Zugang zur Bank hatte und Geld genommen hat.« Samarin beugte sich im Sessel vor und fixierte mich. »Er hat das Geld bei Ihnen deponiert, und…«

»Er hat mir einen Koffer gebracht, und ich lasse ihn verwahren. Ich weiß nicht, ob ich ihn den Erben oder der Polizei geben soll. Ich weiß nicht einmal, wer die Erben sind und wie Schuler zu Tode gekommen ist.«

»Er hatte einen Autounfall.«

»Jemand hat ihm einen tödlichen Schrecken eingejagt.«

Samarin schüttelte den Kopf. Er tat es langsam, schwerfällig, und mit dem Schütteln des Kopfs wiegte er den Oberkörper hin und her. »Herr Selb«, er preßte die Worte heraus, »etwas zu nehmen, was einem nicht gehört, tut einem nicht gut.«

»Aber, aber…«, begütigte Welker, warf irritierte Blicke auf Gregor und auf mich und gab mir den Scheck. »Sie müssen verstehen. Herr Schuler war vor Jahrzehnten unser Lehrer, ein guter Lehrer, und das vergessen wir nicht. Sein Tod hat uns getroffen und der Verdacht wegen des Geldes auch. Ich glaube zwar nicht…«

Samarin brauste auf. »Du glaubst, was…«

»…was du sagst?« Einen Augenblick lang sah Welker Samarin und mich triumphierend an.

Samarin war so wütend, daß er beim Aufstehen beinahe den schweren Sessel umwarf. Aber er beherrschte sich. Langsam und drohend sagte er: »Herr Selb, Sie hören von mir.«

Ich ging am Schloßpark entlang zu Schulers Haus. Ich verstand nicht, worüber Welker triumphiert hatte. Und warum das verschwundene Geld ihn viel weniger zu beunruhigen schien als Samarin. Was immer mit den gebrauchten Fünfzig- und Hundertmarkscheinen nicht stimmte, ob Schuler sie genommen hatte oder nicht – eigentlich mußte es den Chef nervöser machen als den Gehilfen, auch wenn der Gehilfe fürs Praktische zuständig und anmaßend und

77

aufbrausend war. Oder spielten sie mit mir eine Variante des Good-cop-bad-cop-Spiels? Aber dann hätte Samarin explodieren können, statt sich zu beherrschen.

Ich sah mich um, aber niemand folgte mir, weder mein falscher Sohn noch ein blauer Mercedes. Die Frau, die aufmachte, war Schulers Nichte. Sie hatte geweint und heulte wieder los, kaum daß sie redete. »Er stank und hat gequengelt und genörgelt. Aber er war so ein lieber Mensch, so ein lieber Mensch. Alle haben es gewußt, und seine Schüler haben ihn gemocht und besucht, und er hat ihnen geholfen, wo er nur konnte.« Sie selbst war eine ehemalige Schülerin, und auch ihr Mann war ein ehemaliger Schüler; sie hatten sich kennengelernt, als sie Schuler zufällig gleichzeitig besuchten.

Wir saßen in der Küche, die sie ein bißchen aufgeräumt und geputzt hatte. Sie hatte Tee gemacht und bot mir eine Tasse an. »Zucker gibt's nicht. Das habe ich immerhin erreicht. Mit dem Alkohol hat er sich ja nichts sagen lassen.« Der Gedanke daran trieb ihr die Tränen in die Augen. »Lange hätte er's nicht mehr gemacht, aber das macht's nicht besser, verstehen Sie? Es macht es nicht besser.«

»Was sagt die Polizei?«

»Die Polizei?«

Ich erzählte ihr, daß ihr Onkel seinen Unfall vor meiner Tür hatte. »Ich bin gleich nach Schwetzingen gefahren, um es Ihnen zu sagen, aber da war schon die Polizei.«

»Ja, die Mannheimer haben die Hiesigen benachrichtigt, und die sind hier vorbeigekommen. Es war Zufall, daß ich gerade im Haus war. Ich komme nicht jeden Tag, er will… ich meine, er wollte…« Wieder weinte sie.

»Hat die Polizei sonst was gesagt oder von Ihnen wissen wollen?«

»Nein.«

»Als Ihr Onkel kurz vor dem Unfall bei mir war, war er in schlimmer Verfassung. Als stünde er unter Schock, als hätte ihn etwas furchtbar erschreckt.«

»Warum haben Sie ihn fahren lassen?« Sie sah mich aus verheulten Augen vorwurfsvoll an.

»Es ging alles viel zu schnell. Ihr Onkel… er war noch gar nicht da und schon wieder weg.«

»Sie hätten ihn doch festhalten können, ich meine, Sie hätten…« Sie kramte ein Taschentuch hervor und putzte sich die Nase. »Entschuldigen Sie, ich weiß, wie schwer es mit ihm war, wenn er sich was in den Kopf gesetzt hatte. Beinahe hätte ich Ihnen Vorwürfe gemacht. Das wollte ich nicht.« Jetzt sah sie mich nur traurig an, aber ich machte mir selbst die Vorwürfe, die sie mir nicht machte. Ja, warum hatte ich ihn nicht festgehalten? Warum hatte ich es nicht einmal versucht? Diesmal war ich nicht nur mit meinen Emotionen zu langsam gewesen.

»Ich…« Aber ich wußte nichts zu sagen. Ich sah sie an, ihre gebeugte Haltung, ihre ergeben um das Taschentuch gefalteten Hände, ihr warmherziges, gutgläubiges Gesicht. Sie hatte mich nicht gefragt, wer ich sei, sondern einfach als Freund ihres Onkels und Gefährten ihrer Trauer genommen. Ich fühlte mich, als hätte ich nicht nur vor Schuler, sondern auch vor ihr versagt, und suchte in ihrem Gesicht Absolution. Aber ich fand sie nicht. Ohne Beichte gibt es keine Absolution.

## 16

## *Kein Niveau*

Als Brigitte und ich zum Abschiedsfest in den Pfaffen-
grund kamen, war Nägelsbach schon von betrunkener, verzweifelter Fröhlichkeit. »Na, Herr Selb? Zuerst wollten die
Kollegen Ihren Freund nicht in die Gerichtsmedizin schaffen. Aber ich habe mit ihnen geredet, und dann haben sie's
doch getan. Apropos schaffen – das müssen Sie jetzt alleine, ich kann Ihnen nicht mehr helfen.«

Seine Frau nahm Brigitte und mich beiseite. »Sein Chef
hat gefragt, womit er ihm eine Freude machen kann. Ich
fürchte, er kommt als Überraschungsgast. Würden Sie sich
dann um ihn kümmern? Ich möchte nicht, daß er unvermittelt meinem Mann in die Hände fällt.« Sie hatte ein
langes, schwarzes Kleid an, ich wußte nicht, ob aus Trauer
um den Abschied ihres Manns aus dem Dienst, weil es
schön war und ihr gut stand oder weil sie jemanden dar-
stellen wollte, Virginia Woolf, Juliette Gréco oder Char-
lotte Corday auf dem Weg zum Schafott. Sie macht solche
Sachen.

Im Wohn- und Eßzimmer, durch eine offene Schiebetür
verbunden, drängten sich Gäste. Ich erkannte und begrüßte
den einen und anderen Polizeibeamten aus der Polizeidirektion Heidelberg. Brigitte flüsterte mir zu: »Gerichtsmedizin? Hat er von der Gerichtsmedizin geredet? Hast

du mit der Gerichtsmedizin zu tun?« Frau Nägelsbach brachte uns zwei Gläser Aprikosenbowle.

Es klingelte und klingelte, und mehr Gäste kamen. Die Tür zum Flur stand auf, und ich hörte eine Stimme, die ich kannte. »Nein, ich bin nicht eingeladen. Ich gehöre zu Herrn Selb und muß ihn sprechen.« Karl-Heinz Ulbrich in beigem Anorak über weißem Perlonhemd und geblümter Krawatte. Er kam gleich zu mir, nahm meinen Arm und manövrierte mich durch den Flur in die leere Küche.

»Es sind die Russen.« Er flüsterte, als stünden sie neben ihm und dürften es nicht hören.

»Wer?«

»Die Männer in der Bank und im blauen Mercedes. Russen oder Tschetschenen oder Georgier oder Aserbaidschaner.« Er sah mich bedeutungs- und erwartungsvoll an.

»Und?«

»Sie haben wirklich keine Ahnung.« Er schüttelte den Kopf. »Mit denen ist nicht zu spaßen. Die russische Mafia ist nicht so was Harmloses, wie ihr es im Westen habt, nicht wie eure Italiener oder Türken, sondern richtig übel.«

»Sie sagen es, als seien Sie stolz darauf.«

»Sie müssen aufpassen. Wenn die was wollen, kriegen sie es auch. Was immer im Koffer ist – es lohnt nicht, sich deswegen mit denen anzulegen.«

Machte er sich wichtig? Oder war er einer von ihnen, wer immer sie sein mochten? Neben der groben Tour von außen eine sanfte Tour von innen, um den Koffer wiederzukriegen? »Was ist denn im Koffer?«

Er sah mich traurig an. »Wie sollen wir zusammenarbeiten, wenn Sie mir nicht vertrauen? Und wie wollen Sie gegen die eine Chance haben, wenn wir nicht zusammenarbeiten?«

Brigitte kam in die Küche. »Der Chef ist gekommen, und Frau Nägelsbach…«

Aber es war schon zu spät. Wir hörten Nägelsbach seinen Chef mit übertriebener Höflichkeit begrüßen. Ob er ein Glas Bowle wolle? Oder zwei oder drei? Manche Situationen seien nur betrunken auszuhalten. Manche Menschen auch.

Brigitte und ich gingen ins Wohnzimmer, obwohl Ulbrich auf mich einredete. Der Chef hatte Nägelsbach als Abschiedsgeschenk eine Photographie der Heidelberger Polizeidirektion mitgebracht, als sie noch das Grand Hotel war, bemühte sich, nett zu sein, und verstand die Emotionen nicht, die er auslöste. Ich redete mit ihm über die Polizeien der Länder und des Bundes und die Nachrichtendienste, und er schien etwas von den Dingen zu verstehen, von denen er redete. Ich fragte ihn nach der russischen Mafia, und er zuckte mit den Schultern. »Wissen Sie, was mir neulich jemand von RTL gesagt hat? Die privaten Sender suchen Stoffe für Filme wie der Teufel die arme Seele, aber womit man dem Publikum auf keinen Fall kommen darf, ist die russische Mafia. Nicht weil es sie nicht gäbe. Aber sie hat kein Niveau und keinen Stil, keine Tradition und keine Religion – nichts von all dem, was man bei den Italienern mag. Sie ist nur brutal.« Er schüttelte bedauernd den Kopf. »Auch da hat der Kommunismus jede Kultur zerstört.«

Als ich mit Brigitte nach Hause aufbrach, war Ulbrich

verschwunden. Ich hoffte, daß es die Scheinwerfer seines Fiesta waren, die ich auf der Heimfahrt im Rückspiegel sah. Wenn nicht, dann wußten sie jetzt, daß es Brigitte gab.

## 17

# Der schwarze Koffer

Nachts lag ich wach. Sollte ich den schwarzen Aktenkoffer Samarin bringen? Oder der Polizei und mich dabei versichern, daß die im blauen Mercedes mir folgten und sähen, was ich tat? Oder sollte ich ihn an der Laterne vor meinem Büro abstellen, wenn sie ein paar Autos weiter parkten, und warten, bis sie aussteigen, ihn sich holen und davonfahren würden? Raus aus meinem Leben?

Als ich Nägelsbach am Morgen anrief, war er verkatert. Es war nicht einfach, ihm zu erklären, was ich von ihm wollte. Als er es schließlich begriff, war er empört. »In der Polizeidirektion Heidelberg, in der ich mein ganzes Leben…« Er legte auf. Eine halbe Stunde später rief er wieder zurück. »Wir können es im Polizeipräsidium Mannheim machen. Die kennen mich, und ich kann da gut eine Weile im Hof parken. Um fünf, sagten Sie?«

»Ja, und sagen Sie Ihrer Frau vielen Dank.«

Er lachte. »Sie hat ein gutes Wort für Sie eingelegt.«

Ich packte nicht viel ein. Es mußte in den schwarzen Koffer passen. Ich brauchte auch nicht viel. Mehr als ein paar Tage sollten es nicht werden.

Turbo spürte, daß ich verreisen wollte. Die Nachbarn würden sich um ihn kümmern, aber er schmollte und verschwand – wie kleine Kinder, die sich verstecken, wenn sie merken, daß Mama oder Papa zu einer Reise auf-brechen.

Ich nahm meine Sachen und fuhr bei Brigittes Massage-praxis im Collini-Center vorbei. Ich mußte warten und las in einem alten *Stern* über einen neuen Film, in dem ein junges Ossi-Paar vor der Vereinigung, aber nach Einfüh-rung der DM in der DDR wie Bonnie und Clyde die alten, schlecht gesicherten Banken überfällt und die neue Wäh-rung stiehlt. Bis sie es zu wild treiben, die Berliner Banken auszurauben beginnen und erschossen werden.

Als Brigitte ihre Patientin verabschiedet hatte, setzte sie sich zu mir. »Gleich kommt die nächste, Gott sei Dank. Die Gesundheitsreform hat mir ein Drittel meiner alten Patienten genommen, und neue zu finden, die kommen, auch ohne daß die Kasse zahlt, ist nicht leicht.«

Ich nickte.

»Ist was passiert?«

»Ich muß für ein paar Tage weg. Mein Fall kommt hier nicht vom Fleck, vielleicht anderswo. Außerdem ist mir hier nicht ganz geheuer. Wenn dich jemand nach mir fragt, kannst du das auch so sagen.«

Sie stand auf und schaute verletzt. »Das Skript kenne ich doch. ›Was ist?‹ fragt sie ihn. ›Nichts‹, sagt er und schaut mit steinernem Gesicht aus dem Fenster in die Dämme-rung. Dann dreht er sich um und sieht ihr tief in die Au-gen. ›Es ist besser so, Kleines. Es ist besser, du weißt von nichts. Ich will nicht, daß sie auch hinter dir her sind!‹«

»He, Brigitte! Ich erkläre es dir, wenn ich wieder-komme. Natürlich kannst du wissen, was ich weiß. Aber jetzt ist es besser, wenn du es nicht weißt. Glaub mir!«

»›Trau mir, mein Schatz.‹ Er sieht sie ernst an. ›Ich muß jetzt für uns beide denken.‹« Es klingelte. Brigitte ging zur Tür. »Paß halt auf dich auf!«

Nicht weit von meinem Büro fand ich einen Parkplatz auf der Augustaanlage. Als ich ausstieg und ins Büro ging, sah ich den blauen Mercedes nicht. Ich holte den schwarzen Koffer hervor und schüttete die Geldscheine in eine Mülltüte. Unter dem Schreibtisch standen der größere Topf und der Beutel mit Erde, die ich schon vor langem besorgt hatte, um meine größer gewordene Zimmerpalme umzutopfen. Ich bettete die Mülltüte im neuen Topf unter die Palme. So bekam die Palme zwar nicht ganz so viel Erde unter den Wurzeln, wie ich ihr ursprünglich zugedacht hatte. Aber wenn es ihr nicht paßte, sollte sie eingehen. Ich habe sie nie gemocht.

Mein Reisegepäck verstaute ich im Koffer. Als ich damit aus dem Büro trat, wartete auf der anderen Straßenseite der blaue Mercedes. Der Beifahrer machte die Tür auf, stieg aus und rannte los. Aber als er es durch den Feierabendverkehr auf meine Straßenseite geschafft hatte, saß ich schon in meinem Kadett und fuhr an. Er winkte, und der Mercedes hupte und schob sich in den Verkehr, wechselte an der Werderstraße trotz roter Ampel auf meine Straßenseite, ließ den Beifahrer einsteigen und war hinter mir, als ich durch Schwetzingerstadt fuhr.

Mollstraße, Seckenheimer Straße, Heinrich-Lanz-Straße – auf den Straßen fuhren Autos und Fahrräder, die Geschäfte waren offen, auf den Bürgersteigen liefen Leute, und vor der Heilig-Geist-Kirche spielten Kinder. Es war meine normale, harmlose Welt. Was sollte mir hier passieren? Aber der Mercedes fuhr so dicht hinter mir, daß ich im Rückspiegel seine Front nicht sehen, aber die humorlosen, konzentrierten Gesichter von Fahrer und Beifahrer deutlich erkennen konnte. In der Heinrich-Lanz-Straße fuhren sie auf mich auf, ein sanfter Kontakt von Stoßstange zu Stoßstange, und mir kroch die Angst den Rücken hoch. Als die Ampel an der Reichskanzler-Müller-Straße Rot zeigte und wir hielten, stieg der Beifahrer aus, trat an meine verriegelte Tür, und ich weiß nicht, was er gemacht hätte, wenn nicht ein Polizeiwagen vorbeigefahren und dann die Ampel grün geworden wäre.

Vor dem Polizeipräsidium fuhr ich halb auf den Bürgersteig und war mit dem Koffer raus aus dem Wagen, die Stufen hoch und in der Tür, ehe der Beifahrer auch nur ausgestiegen war. Ich lehnte an der Wand, den Koffer in meinen Armen vor der Brust, und schnaufte, als wäre ich von der Augustaanlage bis in die Bismarckstraße gerannt.

Im Hof wartete Nägelsbach mit seinem Audi. Er nahm mir den Koffer ab und legte ihn vor dem Beifahrersitz auf den Boden. Dann half er mir in den Kofferraum. »Meine Frau hat eine Decke reingelegt – läßt sich's aushalten?«

Als er mich auf dem Parkplatz des Flughafens in Neuostheim rausließ, war er sicher, daß ihm niemand gefolgt war. Er war auch sicher, daß niemand gesehen hatte, wie ich aus dem Kofferraum gekrochen war, und sich wundern konnte.

»Soll ich mitkommen?«

»Fängt es schon an, daß Sie nicht wissen, was Sie mit Ihrer vielen freien Zeit anfangen sollen?«

»Nein, ich muß von gestern aufräumen und abspülen.« Aber er stand unglücklich und unschlüssig da. »Na dann.«

Wenig später war ich in der Luft, sah auf Mannheim hinunter und hielt nach blauen Mercedes und beigen Fiestas Ausschau.

## 18

## Angst vorm Fliegen

Die Frau neben mir hatte Angst vor dem Fliegen. Sie bat mich, ihr die Hand zu halten, und ich hielt sie. Als wir starteten, beruhigte ich sie damit, die meisten Flugzeugunfälle passierten nicht beim Start, sondern erst bei der Landung. Als wir eineinhalb Stunden später unsere Flughöhe verließen, gestand ich ihr, ich hätte geschwindelt; in Wahrheit passierten die meisten Flugzeugunfälle doch nicht bei der Landung, sondern beim Start. Der liege lange hinter uns – sie könne ganz entspannt sein. Aber sie war's nicht und hastete im Flughafen Tempelhof grußlos davon.

Ich war seit 1942 nicht mehr in Berlin gewesen, und es hätte mich auch jetzt nicht hierhergezogen, wenn es mit dem Flugzeug und über Berlin nicht am schnellsten nach Cottbus ginge. Ich wußte, daß das viergeschossige Haus, in dem ich aufgewachsen war, mit den Nachbarhäusern 1945 zerstört und in den fünfziger Jahren durch einen fünfgeschossigen Wohnblock ersetzt worden war. Meine Eltern waren beim Angriff umgekommen. Klaras Eltern waren noch vor dem Ende des Kriegs aus ihrer Villa am Wannsee in eine Villa am Starnberger See gezogen. Die Kindheits- und Jugendfreunde waren in alle Winde zerstreut. In den siebziger Jahren gab es einmal ein Klassentreffen. Ich bin nicht hingefahren. Ich mochte mich nicht erinnern.

Wo sich Friedrichstraße und Unter den Linden kreuzen, fand ich ein billiges Hotel. Als ich am Fenster stand und auf den Verkehr sah, bekam ich Lust, loszulaufen und mich umzuschauen und vielleicht ein Gasthaus zu finden, in dem es wie früher schmeckte, wie zu Hause. Ich ging zum Brandenburger Tor, sah am Pariser Platz die Häuser wachsen und die Kräne sich in den Himmel recken. Am Potsdamer Platz hatte man der Stadt den Brustkorb aufgesägt und operierte sie am offenen Herzen: Scheinwerfer, Gruben, Kräne, Gerüste, Häuserskelette und manchmal schon Geschoß über Geschoß mit Mauerwerk, Balkonen und Fenstern. Ich ging weiter und erkannte das Luftfahrtministerium wieder, die Reste des Anhalter Bahnhofs und am Tempelhofer Ufer das Haus, in dem ich als Referendar beim Rechtsanwalt gearbeitet hatte. Die Straße meiner Kindheit mied ich.

Ich fand kein Gasthaus, in dem es wie früher zu schmekken versprach. Aber ich fand ein italienisches Restaurant, in dem der Barsch mit Bündner Fleisch und Salbei und die Crème caramel so waren, wie sie sein müssen, und der offene sardische Weißwein alle Frascati oder Soave oder Pinot Grigio, die es sonst offen gibt, deklassierte. Ich war's zufrieden, ließ mir die nächste U-Bahn-Station nennen und machte mich auf den Weg ins Hotel.

Am Halleschen Tor wollte ich umsteigen. Aber als ich aus dem letzten Wagen des Zugs trat, standen sieben oder acht junge Leute mit kahlrasierten Schädeln, dunklen Jakken und Springerstiefeln da, als hätten sie auf mich gewartet.

»He, Opa!«

Ich wollte weitergehen, aber sie ließen mich nicht durch, und als ich ihnen ausweichen wollte, ließen sie mich nicht vorbei. Sie drängten mich an den Rand des Bahnsteigs. Die U-Bahn ist hier als Hochbahn über den Landwehrkanal gebaut, und unter mir sah ich das dunkle Wasser.

»Wo geht's denn hin, Opa?«

Auf dem gegenüberliegenden Bahnsteig sah ich ein paar Jugendliche, die neugierig herüberschauten. Sonst waren die Bahnsteige leer. »Ins Hotel und ins Bett.«

Sie lachten, als hätte ich die witzigste Antwort gegeben. »Ins Hotel«, wiederholte der eine, beugte sich vor und schlug sich noch mal und noch mal mit den Händen auf die Schenkel, »ins Bett«. Dann sagte er: »Du warst doch noch dabei, Opa.«

»Bei was?«

»Beim Führer, was sonst. Hast du ihn mal gesehen?«

Ich nickte.

»Gib dem Opa von deinem Bier, er hat den Führer gesehen.« Der Wortführer stieß seinen Nebenmann mit dem Ellenbogen an. Der Nebenmann hielt mir eine Bierdose hin.

»Vielen Dank, aber ich habe heute abend genug getrunken.«

»Hört ihr, er hat den Führer gesehen!« Der Wortführer wandte sich an seine Gruppe und rief es auch den Jugendlichen auf dem gegenüberliegenden Bahnsteig zu. Dann fragte er mich: »Und wie hast du ihn gegrüßt?«

»Das wissen Sie doch.«

»Zeig's mir, Opa!«

»Ich möchte das nicht.«

»Du möchtest es mir nicht vormachen? Dann mach's mir nach!« Er knallte die Hacken zusammen, riß den rechten Arm hoch und rief: »Heil Hitler!« Von den anderen sagte keiner einen Ton. Er ließ den Arm sinken. »Na?«

»Ich möchte nicht.«

»Möchtest du lieber da unten schwimmen?«

»Nein, ich möchte einfach gehen, in mein Hotel und in mein Bett.« Diesmal lachte keiner. Der Wortführer kam näher, und ich wich zurück, bis ich das Geländer im Rücken spürte. Er hob die Hände und tastete mich ab, wie man jemanden auf Waffen abtastet. »Du hast keine Schwimmweste an, Opa. Du könntest ertrinken. Wenn du erst mal Wasser in die Nase kriegst…« Mit einem Ruck steckte er mir Zeige- und Mittelfinger in die Nasenlöcher und schob meinen Kopf zurück, bis ich drauf und dran war, das Gleichgewicht zu verlieren. »Na?« Er ließ mich los.

Die Nase tat weh. Ich hatte Angst. Ich konnte nicht schnell genug denken: Sollte ich mitspielen? War es klüger? War es feige? War es Verrat? War, worum es ging, eine Verletzung oder eine Erkältung wert? Dann packten sie mich, und ich stammelte: »Heil Hitler«, und weil der Wortführer verlangte, daß ich es lauter sagte, sagte ich es lauter, und als er sagte: »Noch lauter« und sie mich losließen, stand ich auf dem Bahnsteig und rief, so laut ich konnte: »Heil Hitler.«

Jetzt lachten sie wieder und klatschten. »Bravo, Opa, bravo.« Aber der Wortführer schüttelte stumm den Kopf, bis auch die anderen verstummten, und sagte: »Habt ihr nicht gesehen? Er hat den Arm nicht gehoben. Ohne Arm gilt nicht.« Sie schauten ihn an und mich und ihn und begriffen, ehe ich begriff. Sie packten mich an Armen und Beinen, johlten, schwangen mich hin und her, »eins und zwei und drei«, und als dröhnend die U-Bahn einfuhr, ließen sie mich übers Geländer in den Kanal fliegen. Als ich auftauchte, hörte ich sie immer noch johlen.

Am nahen Ufer war die steinerne Böschung zu steil, aber ich schaffte es an die andere Seite und über einen hölzernen Steg auf die Straße, und nachdem zwei Taxen weitergefahren waren, hatte die dritte Plastik auf den Sitzen. So war ich nach zwanzig Minuten im Hotel und unter der heißen Dusche.

Ich war nicht ernsthaft zu Schaden gekommen. Die eine Seite, mit der ich auf dem Wasser aufgeschlagen war, war am nächsten Morgen ein großer blauer Fleck. Ich hatte auch eine laufende Nase und ein bißchen Fieber. Aber weh tat etwas anderes. Ich hatte die Gelegenheit gehabt, richtig zu machen, was ich seinerzeit falsch gemacht hatte. Wann hat man das schon! Aber ich habe es wieder falsch gemacht.

## 19

## *Es wächst zusammen*

Die Sorbische Genossenschaftsbank liegt in Cottbus am Altmarkt. Ich ging hinein und sah mich um, bis ich aufzufallen drohte und mir an der Kasse DM 91,50 für den 50-Dollar-Schein auszahlen ließ, für den ich in der Deutschen Bank auf der anderen Straßenseite DM 99,50 bezahlt hatte.

Alles war wie in allen Banken. Das moderne Mobiliar aus Holz und Stahl und an den Wänden großflächige abstrakte Kunst. Anders als anderswo war der lebensgroße Hans Kleiner, der im Holzrelief neben der Tür stand und Eingang und Ausgang bewachte. Anders war auch, daß die Leiterin Vera Soboda einen Schreibtisch in der Schalterhalle hatte – genossenschaftliches oder sozialistisches Erbe oder der letzte Schrei moderner Geschäfts- und Menschenführung. Wenn die, die am Schreibtisch saß, auch Vera Soboda war, dann hatte die Sorbische Genossenschaftsbank eine Leiterin mittleren Alters, ein bißchen dick, ein bißchen derb, eher die Traktoristin einer LPG als eine Bankerin. Aber die Mitarbeiterinnen, die von den anderen Schreibtischen an ihren kamen, waren so rasch wieder weg, daß ich schloß, die Leiterin müsse sie kompetent und präzise belehrt haben.

Auch hier gab es neben dem Gebäude ein Hoftor. Aber obwohl ich mich den ganzen Tag frierend auf der anderen

Straßenseite, im einen und anderen Geschäft, bei Eduscho und in Toreinfahrten und Hauseingängen herumtrieb, sah ich kein Auto hinein- oder herausfahren. Ich sah auch keine jungen Männer in schwarzen Anzügen. Das zahlreiche Publikum bestand aus bodenständigen, bescheidenen Sparern, manche in Anoraks und hellen Slippern, wie Karl-Heinz Ulbrich sie trug, manche in farbigen, glänzenden Trainingsanzügen, manche in Nietenhosen und -jacken so blau, als versuche das Blau der FDJ-Hemden eine zweite Karriere in westlichem Design.

Nur noch die Kleider der Menschen kündeten vom anderen Deutschland. Die Geschäfte gehörten zu den gleichen Ketten wie in Mannheim und Heidelberg, Viernheim und Schwetzingen. Ich sah in die Seitenstraßen, und da waren ein paar mehr Straßen, die gerade aufgerissen waren, ein paar mehr Häuser, die gerade renoviert wurden, manchmal auch ein Haus im Zustand völligen Verfalls. Dafür gab es weniger Bausünden der sechziger und siebziger Jahre, und die Plattensiedlungen, die ich bei der Einfahrt des Zugs gesehen hatte, waren auch nicht schlimmer als die Siedlungen in Waldhof oder auf dem Boxberg. Es wuchs zusammen, was zusammengehört.

Am Nachmittag regnete es, die Nase lief, das Fieber stieg, und ich holte mir in der Apotheke ein Medikament, das alle Schleimhäute in Pergament verwandelte. Nein, auch die Menschen hier waren anders. Sie trugen nicht nur andere, schäbigere Kleider. Sie hatten andere, müdere Gesichter. Sie bewegten sich langsamer, zögernder, vorsichtiger. Nichts von der gewohnten Munterkeit und Entschlossenheit in Ausdruck und Gesten. Sie erinnerten mich an früher.

Ich sah mich im Schaufenster, schäbig im alten, nassen Regenmantel, das Gesicht müde, und bewegt hätte ich mich am liebsten gar nicht. Gehörte ich eher in den Osten als in den Westen?

Am Nachmittag erreichte ich von der Telephonzelle vor der Sorbischen Genossenschaftsbank aus Georg in Straßburg. Er hatte einen Namen. Paul Laban – das L stimmte, die Zeit stimmte, als Professor an der Straßburger Universität und berühmter Gutachter war Laban ein reicher Mann, und er hatte einen Ruf an die Heidelberger Universität genau zu der Zeit, als sich der stille Teilhaber nach Häusern und Wohnungen in Heidelberg erkundigt hatte.

»Gibt es Erben?«

»Er hatte keine Kinder. Was aus dem Sohn und der Tochter seiner Schwester geworden ist, weiß ich noch nicht. Aber ich werde es rauskriegen.«

Um vier schloß die Bank. Um fünf gingen die Angestellten. Um sechs ging auch die Leiterin. Ich folgte ihr zur Straßenbahn. Der Wagen war leer, und wir saßen allein, sie vorne in der zweiten Reihe und ich hinter ihr in der siebten. Nach wenigen Stationen stand sie auf und blieb auf dem Weg zum Ausstieg bei mir stehen. »Dann kommen Sie halt mit.«

## 20

# Wie unsere früher

Wir liefen durch den Regen. Das Viertel war ein altes Villenviertel. Manche Häuser waren in altem Glanz wiederhergestellt, und Schilder zeigten die Firmen, Rechtsanwaltskanzleien oder Steuerberatungsbüros an, die eingezogen waren. Bei anderen bröckelte der Verputz, lagen die Backsteine bloß, waren Fenster und Türen sichtbar morsch und fehlte hier und da ein Balkon. Frau Soboda lief wortlos, und ich lief wortlos an ihrer Seite. Ich folgte ihr in eines der heruntergekommenen Häuser. Trennwand und Wohnungstür im zweiten Stock waren nachträglich eingebaut worden. Frau Soboda schloß auf und bat mich ins Wohnzimmer.

»Er ist nicht aus«, sie zeigte auf den großen grünen Kachelofen, »er ist nur runtergebrannt. Gleich wird es wärmer.« Sie schüttete Koks nach und machte die Lüftung auf.

»Ich…«

»Sie sind von der Polizei, ich weiß.«

»Wie…«

»Sie sehen genauso aus wie unsere früher. Ich meine die von der Firma. Von der Staatssicherheit. Wie Sie in die Bank gekommen sind und geschaut haben. Wie Sie die Bank den ganzen Tag nicht aus dem Auge gelassen haben – so, daß man es nicht gleich merkt, aber wenn man es doch merkt, kommt es auch nicht darauf an. Weil das Spiel ohnehin aus ist.« Sie musterte mich. »Sie sind aus dem Westen, und Sie sind älter als unsere früher. Trotzdem…«

Wir standen noch. »Kann ich meinen Mantel draußen aufhängen? Ich möchte Ihnen nicht den Teppich naß machen.«

Sie lachte. »Geben Sie her. Das hätten unsere früher nicht gefragt.« Als sie wiederkam, bot sie mir einen Sessel an, und als wir saßen, sagte sie: »Ich bin froh, daß es vorbei ist.«

Ich wartete, aber sie war in Gedanken verloren. »Mögen Sie einfach vorne anfangen?«

Sie nickte. »Lange habe ich nichts gemerkt. Ich denke, deswegen haben die mich auch die Bank leiten lassen. Ich habe mein Handwerk vor 1990 gelernt, von dem Bankgeschäft, wie ihr es kennt, nichts verstanden und mich erst langsam und mühsam eingearbeitet.« Sie strich die Decke auf dem kleinen Tisch zwischen ihrem und meinem Sessel glatt. »Ich habe wirklich geglaubt, das ist die Chance meines Lebens. Von den anderen Sparkassen wurden viele geschlossen, viele Kolleginnen und Kollegen entlassen, und die, die bleiben durften, mußten sich ganz hinten anstellen. Und hier war ich und wurde von der Kassiererin zur Leiterin. Eine Weile habe ich befürchtet, ich sei es nur geworden, damit einer von uns die Kolleginnen und Kollegen entläßt und von euch sich keiner die Finger schmutzig machen muß. Ich muß Ihnen nicht sagen, daß es oft genug so gelaufen ist. Aber nein, bei der Sorbischen ist niemand entlassen worden. Also hatte ich das große Los gezogen, und ich habe gebüffelt, bis… bis… bis die Ehe kaputt war.« Sie schüttelte den Kopf. »War keine gute Ehe. Wäre auch sonst kaputtgegangen. Aber vielleicht nicht gerade vor einem Jahr, als ich wie eine Besessene gelesen und gelernt habe. Und gemerkt habe, daß ich es schaffe, daß sich alles, was ich gelesen, gelernt, gesehen und richtig gemacht habe, richtig oft mit mehr Glück als Verstand, zusammenfügt. Inzwischen würde ich mir zutrauen, jede Bank vergleichbarer Größe im Westen zu leiten.« Sie sah mich stolz an. »Aber man wird mir keine geben, ohnehin nicht und jetzt schon gar nicht.«

Ich sagte, auch als Abbitte für die Traktoristin: »Wenn ich eine Bank hätte, würde ich Sie zur Leiterin machen.«

»Aber Sie haben keine.« Sie lächelte. Als sie geredet hatte, hatte ich die Klugheit in ihrem derben Gesicht gesehen. Jetzt sah ich den verhaltenen Liebreiz.

»Wann haben Sie gemerkt, was los ist?«

»Vor einem halben Jahr. Zuerst habe ich nur gemerkt, daß was nicht stimmt. Es hat ein bißchen gedauert, bis ich wußte, was. Dann wäre ich am liebsten zur Polizei gegangen. Aber der Rechtsanwalt, mit dem ich vorsichtig geredet habe, war nicht sicher, daß ich überhaupt zur Polizei gehen darf; es gibt anscheinend im Arbeitsrecht den Whistle Blower, der seinen Arbeitgeber verpfeift und gefeuert werden darf, obwohl der Arbeitgeber was gemacht hat, was er nicht hätte machen dürfen, und der Arbeitnehmer ihn zu Recht verpfiffen hat. Aber ich hatte nicht nur Angst, daß ich meine Arbeit verliere. Wissen Sie«, sie guckte mich herausfordernd an, »ich falle schon wieder auf die Füße. Aber was wird aus den Kolleginnen und Kollegen in der Sorbischen? Wir sind viele, wahrscheinlich viel zu viele, und ich glaube nicht, daß sich die Sorbische hält, wenn alles auffliegt.«

Je länger sie redete, desto mehr mochte ich sie. Früher dachte ich, daß die Männer die Pragmatiker und die Frauen die Romantikerinnen sind. Heute weiß ich, daß es umgekehrt ist und daß pragmatische Männer und romantische Frauen sich und den anderen nur etwas vormachen. Ich weiß auch, daß eine pragmatische Frau mit Herz und ein romantischer Mann mit Verstand selten und wunderbar sind. Vera Soboda war so eine Frau.

»Wie sind Sie hinter alles gekommen?«

»Durch Zufall, wie sonst. Man rechnet ja nicht damit und sucht nicht danach. Eine Sparerin bestand darauf, sie hätte vor einer Woche fünfzig Mark eingezahlt, ihr Sparbuch nicht dabeigehabt, und jetzt, wo sie es dabeihabe und die fünfzig Mark eintragen lassen wolle, wisse das System nichts von ihrem Geld.«

»Was haben Sie gemacht?«

»Ich kenne Frau Sellmann seit ewigen Zeiten. Eine alte Frau, vermutlich geizig wie ein Eichhörnchen, aber gewissenhaft bis zur Pedanterie. Sie hatte die Einzahlungsquittung dabei, und die läßt sich zwar leicht fälschen, aber Frau Sellmann fälscht nicht. Also habe ich die fünfzig Mark in ihr Sparbuch eingetragen und abends zu suchen angefangen, wo sie im System geblieben sind. Denn Tanja, die die Quittung unterzeichnet hat, ist ebenso gewissenhaft wie Frau Sellmann; daß sie vergessen haben sollte das Geld einzugeben, konnte ich mir nicht vorstellen.«

»Haben Sie die fünfzig Mark gefunden?«

»Wir haben ein System, mit dem wir arbeiten, und ein

File, das alle Arbeitsschritte protokolliert. An das kommen wir nicht ran; weil wir mit ihm kontrolliert werden sollen, sollen wir es nicht manipulieren können. Aber ich bin ganz gut mit dem Computer, und da habe ich versucht, ins Protokoll-File reinzukommen.«

»Und?«

Sie lachte. »Sie sind richtig gespannt.«

Ich nickte. Mein Fieber wurde schlimmer, und ich hatte das Gefühl, nicht mehr lange durchzuhalten, nur noch eine kleine Weile, und in dieser kleinen Weile alles erfahren und verstehen zu müssen.

»Ich bin ins Protokoll-File reingekommen, und da war die Einzahlung der fünfzig Mark registriert. Aber gleichzeitig gab's eine Einzahlung von fünfunddreißigtausend Mark, mehr als selbst Frau Sellmann mit ihrem Geiz jemals zusammengetragen haben konnte. Die hatten aus Versehen im Protokoll-File vermerkt, was nicht auf Frau Sellmanns richtiges, sondern auf ihr fiktives Konto gegangen war, und weil beide Einzahlungen gleichzeitig waren, hatten sie die fünfzig mit den fünfunddreißigtausend auf dem fiktiven Konto gebucht. Als ich weitersuchte, habe ich das System mit den fiktiven Konten und auf Frau Sellmanns Konto die gerade eingezahlten fünfzig und fünfunddreißigtausend und insgesamt hundertzwanzigtausend Mark gefunden, rund hunderttausend Mark mehr als auf ihrem richtigen Konto. Ich habe auch alle anderen Konten gefunden, auf denen meine armen Sorben reiche Leute sind. Und die, auf denen meine armen toten Sorben reiche lebendige Leute sind.«

»Das Ganze ist eigentlich einfach.« Ich hoffte, sie würde mir so beipflichten, daß ich es begreifen würde.

»Ja. Wenn man eine Bank hat, ist Geldwaschen nicht schwierig – auf diese und vermutlich auch auf andere Weise. Ist das Geld erst mal in der Bank, muß die Bank es nur noch so investieren, daß es verlorengeht. Das meiste Geld haben sie in Rußland investiert.«

»In ihren eigenen Unternehmen.«

»Ich nehm's doch an.« Sie sah mich an. »Wie geht es weiter? Was passiert, wenn Sie Welker und Samarin festnehmen? Was wird aus der Sorbischen?«

»Ich weiß nicht. Früher hätte ich Nägelsbach fragen können, aber der ist in Pension, und ich will mein Geld gerne von der Badischen Beamtenbank auf die Sorbische Genossenschaftsbank transferieren, aber das wird nicht reichen. Daß ich kein Genosse bin, macht nichts, oder? Ich bin auch kein Beamter. Schuler war ein pensionierter Beamter, aber er ist tot. Verstehen Sie das? Daß Schuler tot ist, verstehe ich noch immer nicht.«

Sie sah mich alarmiert an.

Ich stand auf. »Ich muß gehen. Ich will Ihnen keine Antwort schuldig bleiben. Aber ich muß ins Bett. Ich bin krank. Ich habe Fieber. Ich bin gestern von Skins in den Landwehrkanal geworfen worden, was mir in gewisser Weise recht geschehen ist, und habe heute den ganzen Tag im Regen und in der Kälte gestanden. Meine Nase läuft nur deswegen nicht, weil ich in der Apotheke ein Medikament gegen laufende Nase genommen habe. Dafür ist mein Kopf so schwer und dumpf, daß ich lieber keinen hätte. Außerdem ist mir kalt.« Meine Zähne schlugen aufeinander.

Sie stand auch auf. »Herr…«

»Selb.«

»Herr Selb, soll ich Ihnen eine Taxe rufen?«

»Das beste wäre, wenn ich mich hier auf das Sofa legen würde und Sie würden sich zu mir legen, bis mir wieder warm ist.«

Sie legte sich nicht zu mir. Aber sie bettete mich auf das Sofa, häufte auf mich, was sie an Federbetten und Wolldecken hatte, gab mir zwei Aspirin, machte mir einen Grog und hielt ihre kühle Hand auf meine heiße Stirn, bis ich einschlief.

## 21

## *Kindergesichter*

Als ich aufwachte, war heller Tag. Mein Anzug hing ordentlich über dem Stuhl. Auf dem Tisch lag ein Zettel: »Ich versuche, schon um vier zu Hause zu sein. Gute Besserung!« Ich machte mir in der Küche einen Tee, nahm ihn ans Sofa und legte mich noch mal hin.

Ich hatte wieder alle fünf Sinne beieinander. Aber die Nase lief, der Hals tat weh, und ich fühlte mich so schwach, daß ich am liebsten liegengeblieben wäre und den Tag verdämmert hätte. Aus dem Fenster geguckt und gesehen, wie der Wind die grauen Wolken über den blauen Himmel treibt und die kahlen Zweige der Platane bewegt und wie die Regentropfen die Fensterscheiben hinunterlaufen. Dem Regen zugehört. Nicht an Schuler gedacht, den ich hätte retten können, wenn ich nicht zu langsam gewesen wäre, nicht an die Skins, von denen ich mich hatte zum Narren machen lassen, und nicht an Karl-Heinz Ulbrich, der mich rührte, obwohl ich ihn nicht mochte. Aber wenn ich wegdämmerte, waren sie da, Ulbrich auf der Suche nach meiner väterlichen Anerkennung und Zuwendung, die Skins und meine Angst, der taumelnde Schuler mit dem Aktenkoffer. Also stand ich auf, setzte mich an den Kachelofen und dachte an das, was mir Vera Soboda erzählt hatte. Sie hatte recht, wenn man eine Bank hat, ist Geldwaschen nicht schwierig. Das schmutzige Geld ging auf die fiktiven Konten der Kunden der Sorbischen Genossenschaftsbank, die in einem zweiten System geführt wurden, und wurde von dort in Unternehmen investiert, die nur Verluste brachten und vielleicht nicht einmal wirklich existierten. So waren die Kunden das Geld, von dessen Existenz sie ohnehin nichts gewußt hatten, auch schon wieder los, und die, denen sowohl das schmutzige Geld als auch die Unternehmen gehörten, hatten das Geld saubergewaschen. Frau Sellmann hatte hunderttausend zuviel auf ihrem Konto – selbst wenn das Prinzip nicht war, jedem hunderttausend dazuzulegen, sondern nur das Drei- oder Vierfache seines Guthabens, konnten bei ein paar tausend Kunden Millionen über Millionen gewaschen werden.

Schuler mußte mitgekriegt haben, wo schmutziges Geld verwahrt wurde. Warum war er damit nicht zur Polizei gegangen? Warum zu mir? Weil ihm nicht geheuer war, Welker hochgehen zu lassen? Seinen ehemaligen Schüler, den Sohn seines Freundes und Gönners?

Es war zwölf Uhr. Ich lief durch die Wohnung. Die Küche war einmal Teil des Bads gewesen, das Wohnzimmer war auch ihr Schlafzimmer, das Sofa auch ihr Bett, und sie hatte die Nacht im Wintergarten geschlafen, ihrem Arbeitszimmer mit Schreibtisch, Computer und Hängematte. Als Leiterin der Bank mußte sie sich mehr leisten können. Was machte sie mit ihrem Geld? Neben ihrem Schreibtisch hingen Photographien von ihr ohne und mit Mann und ohne und mit Kind, einem Mädchen mit hoher Stirn und blondem Haar, so zierlich, wie Frau Soboda kräftig war. War es nicht die Tochter, sondern eine Nichte? Ich nahm ein Blatt von ihrem Schreibtisch.

Liebe Frau Soboda,

ich danke Ihnen für alles, was Sie für mich getan haben. Es war schön bei Ihnen, auch wenn es mich getroffen hat, daß ich aussehe, als wäre ich von der Staatssicherheit. Ich habe lange geschlafen, das Fieber ist fast weg, und ich bin wieder froh, daß ich meinen Kopf habe.

Ich bin nicht von der Polizei. Ich bin Privatdetektiv, und Sie werden es nicht glauben – Herr Welker hat mich beauftragt, und ich ermittele für ihn in einer Angelegenheit, von der ich ziemlich sicher bin, daß sie nur ein Vorwand ist. Aber ich weiß nicht, wofür.

Ich wüßte es gerne, ich wüßte gerne auch sonst mehr, ehe ich der Polizei sage, was ich weiß. Ich werde Sie wissen lassen, wenn es soweit ist.

Ich grüße Sie herzlich,

Ihr Gerhard Selb.

Dazu notierte ich meine Adresse und Telephonnummer. Dann ließ ich eine Taxe kommen und mich zum Bahnhof bringen. Am späten Nachmittag war ich wieder in Berlin.

Ich weiß nicht, was für ein Teufel mich geritten hat. Statt meinen Flug vom nächsten auf diesen Tag umzubuchen oder auch verfallen zu lassen und am gleichen Tag den Zug zu nehmen, quartierte ich mich noch mal Unter den Linden ein, lief noch mal durch Berlin und landete noch mal am Halleschen Tor. Wonach habe ich gesucht? Ja, ich war auch noch in der Straße, in der ich aufgewachsen bin. Der Hydrant, an dem ich mit dem großen Schwengel Wasser pumpte, nur so, mochte derselbe sein, an dem ich schon als Kind Wasser gepumpt habe. Sicher war ich nicht.

Am Halleschen Tor waren es diesmal die anderen. Schwarze Hosen und Jacken und ein paar Mädchen in schwarzem Schlabberzeug. Ich erkannte sie nicht wieder. Aber sie erkannten mich. »Das ist doch der Alte, der neulich ›Heil Hitler‹ gebrüllt hat. Alter Nazi, was?«

Ich sagte nichts. Hatten sie nicht gesehen, daß ich nicht freiwillig mitgemacht hatte und am Ende im Kanal gelandet war? Weil die U-Bahn eingefahren war?

Sie kamen näher und drängten mich ans Geländer. Was für Kindergesichter, dachte ich, was für eifrige, dumme Kindergesichter. Außerdem dachte ich, daß ich für das »Heil Hitler« vor zwei Tagen genug bestraft worden war. Für die »Heil Hitler« vor vielen Jahren und für das Unheil, das ich als Staatsanwalt damals angerichtet hatte – vielleicht verdiente ich dafür mehr Strafe. Aber nicht von diesen Kindern.

»Lassen Sie mich bitte durch.«

»Wir sind die Antifa!« Auch sie hatten einen Wortführer, einen langen, dünnen Kerl mit Brille. Als ich mich zwischen ihnen durchschlängeln wollte, hielt er mir die Hand auf die Brust. »Wir mögen keine Faschisten in unserer Stadt.«

»Gibt es nicht genug Junge, denen Sie's zeigen können?«

»Eines nach dem anderen. Vor den Jungen kommen die Alten.« Er hielt mir weiter die Hand vor die Brust.

Da habe ich die Beherrschung verloren. Ich schlug seine Hand weg und gab ihm zwei Ohrfeigen in sein dummes Gesicht, eine links und eine rechts. Er ging auf mich los, drückte mich gegen und über das Geländer. Kein »eins und zwei und drei«, die anderen halfen stumm und verbissen, ich wehrte mich stumm und verbissen, bis ich kopfüber hing. Ich fiel und platschte ins Wasser.

Als ich am Straßenrand stand, fuhr eine Taxe nach der anderen zunächst langsam, wenn der Fahrer mich winken sah, und dann, wenn er meine nassen Sachen sah, schnell weiter. Der Polizeiwagen machte es genauso. Schließlich erbarmte sich eine junge Frau, lud mich ein und setzte mich vor dem Hotel ab. Der Portier, der vor zwei Abenden Dienst gehabt hatte, hatte wieder Dienst, erkannte mich und lachte laut heraus. Ich fand es nicht komisch.

## 22

## Der alte Zirkusgaul

Der Abschied von Berlin fiel mir nicht schwer. Als das Flugzeug am Samstag morgen in großem Bogen über die Stadt flog, sah ich hinunter. Viel Wasser, viel Grün, gerade und krumme Straßen, große und kleine Häuser, Kirchen mit Türmen und Kirchen mit Kuppeln – alles, was eine Stadt braucht. Dagegen, daß Berlin groß ist, ist nichts zu sagen. Daß die Berliner unfreundlich sind, ihre Kinder unerzogen, ihre Taxifahrer ungastlich, ihre Polizisten unfähig und ihre Portiers unhöflich – vielleicht kann es bei einer Stadt, die seit Jahrzehnten ausgehalten wird, nicht anders sein. Aber ich mag es nicht.

Humorlos, erkältet und fiebrig, wie ich aus Berlin abflog, kam ich in Mannheim an. Nägelsbach hatte mir auf dem Anrufbeantworter hinterlassen, mein Auto stehe in der Werderstraße; er hatte erreicht, daß die Polizei es nicht auf der Friesenheimer Insel vor den Toren der Stadt, sondern bei mir um die Ecke abstellen ließ, und hatte mir auch den Bußgeldbescheid erspart. Georg war aus Straßburg zurück und wollte mir berichten. Brigitte fuhr übers Wochenende mit Manu nach Beerfelden. Welker drängte auf ein Treffen. Es müsse spätestens am Sonntag morgen sein; er sei über das Wochenende da und erwarte meinen Anruf und meinen Besuch. Dazwischen quengelte Karl-Heinz

Ulbrich. So gehe es nicht. Wir müßten dringend miteinander reden. Er habe inzwischen ein Handy, und ich solle ihn anrufen. Ich löschte die Nachricht, ohne mir die Nummer zu notieren.

Die paar Schritte vom Büro nach Hause waren wie Waten durch Schlick, und auf der Treppe hatte ich Angst, ich würde es wieder nicht schaffen, wie damals vor Weihnachten. Als ich im Bett lag, rief ich Philipp an. Er hatte keinen Dienst und kam auf der Stelle.

»Ich kann gar nicht sagen, wie froh ich bin, daß du da bist. Hörst du mich ab? Und verschreibst mir was und besorgst es mir? Ich muß morgen wieder auf den Beinen sein.«

Er packte sein Hörrohr aus. »Mal gucken, ob es noch tut. Ich habe es seit meiner Assistenzarztzeit nicht mehr benutzt.« Ich hustete, hielt den Atem an, atmete ein und aus. Es rasselte, auch ich hörte es. Er schaute ernst und stand auf. »Du kriegst ein Antibiotikum, ich gehe los und hole es. Aber morgen aufstehen ist eine Schnapsidee.«

»Ich muß.«

»Wenn ich wieder da bin, erklärst du's mir, und ich red's dir aus.« Er nahm meinen Schlüssel und ging. Oder stand er immer noch an meinem Bett? Nein, er war wieder zurück, hatte das Medikament besorgt und in der Küche ein Glas Wasser gefüllt. »Nimm!« Ich hatte geschlafen.

Er holte einen Stuhl aus der Küche und setzte sich ans Bett. »Es ist nur eine Frage der Zeit, bis du deinen nächsten Herzinfarkt kriegst. Obwohl du weniger rauchst. Wenn du angeschlagen bist, wie jetzt, und dich auch noch anstrengst, bist du besonders gefährdet. Du machst, was du willst, ich weiß. Die Frage ist einfach: Ist, was immer du morgen vorhast, das Risiko wert? Gibt es nicht Sachen, die es mehr lohnen? Wichtigere Aufträge, ein Abenteuer mit Manu, eine wilde Nacht mit Brigitte?«

»Früher hättest du die wilde Nacht mit Brigitte an erster Stelle genannt. Oder mir zwei rassige Krankenschwestern empfohlen.«

Er grinste. »Was habe ich dir früher für Offerten gemacht! Alles Perlen vor die Säue. Sei froh, daß du Brigitte hast. Ohne sie wärst du ein griesgrämiger, sauertöpfischer, nörgeliger Alter.«

»Und du?«

»Ich? Ich bin froh, daß ich Fürzchen habe. Ich werde noch mal einen Anlauf machen und sie heiraten.«

Ich dachte an den ersten Anlauf. Daran, wie ich mit Füruzan, der stolzen, schönen, türkischen Krankenschwester, ihrer Mutter und ihrem Bruder auf Philipp gewartet hatte. An den sternhagelvollen Philipp, der vor dem Eingang zum Standesamt bekannte, er schaffe es nicht, und den Füruzans Bruder mit einem Messer niederstach. Ich dachte an Philipp, der im Krankenhaus lag, vom Messerstich genas und am Leben und an den Frauen irre wurde. »Nichts mehr mit anderen Frauen?«

Er hob die Hände und ließ sie sinken. »Wenn mich eine anguckt, gucke ich zurück. Ich bin wie der alte Zirkusgaul. Wenn der das Dschingderassabum hört, dreht er seine Runden. Aber lieber würde er im Stall stehen und am Hafer knabbern. Und wie das Publikum beim Zirkusgaul merkt, daß er alt ist, obwohl er noch seine Runden läuft, merken es die Frauen bei mir, obwohl ich gucke und flirte und weiß, was sie gerne hören und wie sie gerne angefaßt werden.« Er sah vor sich hin.

»Hast du das kommen sehen?«

»Ich dachte, wenn es soweit ist, entschädigen mich die Erinnerungen für das, was mir die Gegenwart vorenthält. Aber das Erinnern funktioniert nicht. Ich kann mir erzählen, was war und wie es war und daß es toll war, ich kann mir auch Bilder vors innere Auge halten. Aber das Gefühl stellt sich nicht ein. Ich weiß dann, daß ihre Brüste sich gut angefühlt haben oder ihr Hintern oder daß sie eine Art hatte, sich auf mir zu bewegen, die einfach… oder daß sie mir… Aber ich weiß es nur. Ich erlebe es nicht. Ich fühle das Gefühl nicht.«

»Das ist nun mal so. Erinnerungen sind Erinnerungen.«

»Nein.« Er reagierte heftig. »Wenn ich mich erinnere, wie ich mich geärgert habe, als der OP umgebaut wurde, ist wieder der Ärger da. Wenn ich mich erinnere, wie zufrieden ich über den Kauf meines Boots war, werde ich wieder zufrieden. Nur die Liebe entzieht sich der Erinnerung.« Er stand auf. »Du mußt schlafen. Mach morgen keinen Quatsch.«

Ich lag und sah in die Dämmerung. Entzog sich die Liebe der Erinnerung? Oder war es die Lust? Hatte mein Freund Lust und Liebe verwechselt?

Ich nahm mir vor, am nächsten Tag Welker nicht anzurufen. Ich wußte ohnehin noch nicht, was ich ihm sagen, womit ich ihm drohen, wie ich ihn stoppen sollte. Ich würde ausschlafen und ausruhen. Ich würde Turbo die Dose Makrelen servieren, die ich ihm aus Cottbus mitgebracht hatte. Ich würde ein Buch lesen und eine Partie Schach spielen, gegen Keres oder Euwe oder Bobby Fisher. Ich würde kochen. Ich würde Rotwein trinken; Philipp hatte nichts davon gesagt, daß mein Antibiotikum keinen Rotwein oder daß Rotwein nicht mein Antibiotikum vertrüge. Ich würde meinen nächsten Herzinfarkt auf später verschieben.

## 23

## *Katz und Maus*

Aber um neun Uhr weckte mich Welkers Anruf.

»Woher haben Sie meine Nummer?« Seit fünf Jahren steht sie nicht mehr im Telephonbuch.

»Ich weiß, es ist Sonntag morgen. Aber ich muß darauf bestehen, daß Sie hier vorbeischauen. Parken Sie im Hof, das macht's Ihnen immerhin…« Er redete nicht weiter. Inzwischen kannte ich das Spiel: Welker begann, dann wurde die Telephonmuschel abgedeckt, dann fuhr Samarin fort. »Wir erwarten Sie gegen Mittag. Zwölf Uhr.«

»Wie komme ich in den Hof?«

Er zögerte. »Klingeln Sie dreimal.«

Also nichts mit Ausschlafen und Ausruhen, Kochen, Lesen und Schachspielen. Ich ließ Wasser in die Wanne laufen, gab eine Portion Rosmarin dazu und legte mich hinein. Turbo kam, und ich ärgerte ihn mit gezielten Wassertropfen. Wasser auf den Daumen und mit dem Zeigefinger schnippen – mit Training kann man es darin zur Meisterschaft bringen. Ich habe jahrelang trainiert.

Warum zögerte ich, wie ich mich zur Geldwäsche meines Auftraggebers verhalten sollte? Eigentlich gab es keine Wahl. Die russische Mafia, die kein Niveau und keinen Stil hatte, keine Tradition, keine Religion und vermutlich auch keinen Humor – auch wenn RTL sich nicht für sie interessierte, die Polizei würde es tun, und das war recht so. Warum rief ich sie nicht an? Warum hatte ich sie nicht schon gestern angerufen? Ich merkte, daß ich es einfach nicht konnte, solange Welker noch mein Auftraggeber war.

Also hatten der frühe Anruf und die Verabredung auf zwölf doch ihr Gutes. Ich konnte meinen Auftrag abschließen. Ich holte das Telephon an die Wanne und rief Georg an, der mir die traurige Geschichte der Familie Laban zu Ende erzählte. Labans Nichte war Anfang der dreißiger Jahre in Davos an Tuberkulose gestorben, der Neffe hatte sich und seine Frau in der Reichskristallnacht umgebracht. Der Sohn des Neffen und seine Frau waren kinderlos in London gestorben. Die Tochter hatte es nicht mehr ins Ausland geschafft; sie war untergetaucht, als die Deportationen anfingen, und seitdem verschollen. Da war niemand mehr, der Erbansprüche geltend machen konnte.

Ich stieg aus der Wanne und trocknete mich ab. Ich finde, daß Dorian Gray übertrieben hat; man muß nicht Jahr um Jahr wie zwanzig aussehen wollen, wenn man älter wird, und er durfte sich nicht wundern, daß es mit ihm kein gutes Ende nahm. Aber warum kann ich nicht wie sechsundsechzig aussehen? Mit welchem Recht sind meine Beine und Arme so dünn geworden? Mit welchem Recht hat ihr Fleisch seine alte Heimat verlassen und unter meinem Bauchnabel eine neue gefunden? Kann es mich nicht fragen, ehe es in meinem Körper auf Wanderschaft geht?

Klaglos zog ich den Bauch ein, als ich die Cordhose anzog, die ich lange nicht mehr getragen hatte. Ein Rollkragenpullover, die Lederjacke, und schon sah ich fast wie sechsundsechzig aus. Zum Frühstück legte ich Udo Jürgens auf. Um Viertel nach zwölf war ich in Schwetzingen.

Samarin brachte mich in die Wohnung im ausgebauten Dach. Auf dem Weg durch die alte Schalterhalle und die neuen Büroräume spielten wir Katz und Maus miteinander.

»Ich höre, Sie waren auf der Mannheimer Polizei.«

»Ich habe Ihren Rat befolgt.«

»Meinen Rat?«

»Ihren Rat, nicht zu behalten, was mir nicht gehört. Ich habe es auf die Polizei gebracht. Da kann sich melden, wer es vermißt.«

Welker war nervös. Meinem Bericht über den stillen Teilhaber hörte er kaum zu. Er sah auf die Uhr, noch mal und noch mal, und hielt den Kopf, als horche und warte er auf etwas. Als ich mit meinem Bericht fertig war, dachte ich, es kämen Fragen. Fragen, wenn nicht zum stillen Teilhaber, dann zu Schuler, zum schwarzen Koffer, zu meiner Flucht zur Polizei oder zu meinem Verschwinden aus Mannheim. Fragen, die drängten und deshalb am Sonntagmorgen beantwortet werden mußten. Aber es kam nichts. Welker saß da, als gehe es eigentlich um etwas anderes und als könne er kaum erwarten, daß es zur Sprache kommt. Aber er sagte nichts, sondern stand auf.

Ich stand auch auf. »Das war's. Sie kriegen noch die Rechnung.« Allerdings würde mein ehemaliger Auftraggeber vielleicht schon morgen im Gefängnis sitzen und meine Rechnung erst nach Jahren lesen. Sechs? Acht? Was gab's für Organisierte Kriminalität?

»Ich bringe Sie zu Ihrem Wagen.«

Vorneweg Samarin, dann ich und hintendrein Welker.

gingen wir durch die Büros und die Treppe hinunter. In der Halle nahm ich von den alten Schaltern mit den hölzernen Gittern, von den Intarsien und den Sitzen mit den samtenen grünen Kissen Abschied. Schade, ich hätte gerne eine Weile auf einem der Sitze gesessen und über die Zeitläufte und die Wechselfälle des Lebens nachgedacht. Im Hof verabschiedete ich mich von Welker. Er war in einem Zustand eigentümlicher nervöser Erregung, hatte schweißkalte Hände, rote Flecken im Gesicht, und seine Stimme zitterte. Ahnte er, was ich tun würde? Aber wie konnte er es ahnen?

Samarin reagierte auf meinen Gruß nicht. Er drückte den unteren der beiden Knöpfe neben der Tür, und das Hoftor schwang auf. Ich ging zu meinem Wagen, setzte mich hinein und schnallte mich an. Ein Blick zurück, Welkers Gesicht so angespannt, so verzweifelt, daß ich beinahe erschrak, und Samarin kräftig, grimmig und zugleich zufrieden – ich war froh, daß ich wegkam.

Ich ließ den Wagen an und fuhr los.

## ZWEITER TEIL

I

## *Fahren Sie!*

Ich fuhr los, und im selben Moment machte Welker einen Sprung, ich sah sein Gesicht mit aufgerissenem Mund und aufgerissenen Augen am anderen Fenster und hörte seine Fäuste gegen die Tür schlagen. Was will er, dachte ich. Ich bremste, beugte mich rüber und kurbelte das Fenster herunter. Er griff durch das Fenster, entriegelte das Schloß, riß die Tür auf, sprang in den Wagen, ließ sich auf den Sitz fallen, griff über mich, drückte an meiner Tür den Riegel herunter, machte das gleiche an seiner Tür und kurbelte sein Fenster hoch. Dabei schrie er: »Fahren Sie! Fahren Sie, verdammt noch mal!«

Ich reagierte nicht sofort. Aber dann sah ich, daß das Hoftor zuschwang, legte den Rückwärtsgang ein und schaffte es raus, in letzter Sekunde und mit ein paar Schrammen an den vorderen Kotflügeln. Samarin lief neben dem Auto her und versuchte, die Tür aufzureißen. »Fahren Sie«, schrie Welker weiter und hielt die Tür von innen fest, als hätte er, wenn die Verriegelung versagen würde, gegen Samarin eine Chance. »Fahren Sie!«

Ich schaltete und fuhr über den Schloßplatz in die Schloßstraße. Welker streckte die Hand aus. »Schnell, geben Sie mir Ihr Handy!«

»Ich habe keines.«

»O Gott!« Welker schlug mit den Fäusten auf die Ablage. »Wieso haben Sie kein Handy?«

Ich bog auf den Parkplatz an der Hebelstraße und wollte vor der Telephonzelle halten und ihm meine Telephonkarte geben. »Fahren Sie weiter. Fahren Sie hin, wo Menschen sind!«

Der Parkplatz war noch sonntagmorgendlich leer. Aber wovor hatte er Angst? Daß Samarin mit ein paar jungen Männern in dunklen Anzügen auftauchen und ihn entführen würde? Ich fuhr zum Schwetzinger Bahnhof, keine Stätte pulsierenden Lebens, aber es gab Taxen, einen wartenden Bus, einen offenen Kiosk, einen besetzten Schalter und ein paar Reisende. Welker nahm meine Karte, spähte vorsichtig in alle Richtungen und ging zum Telephon. Ich sah ihn den Hörer abnehmen, die Karte einschieben, wählen, warten und reden. Dann hängte er den Hörer zurück und lehnte sich an die Wand. Er lehnte, als würde er, wäre die Wand nicht da, einfach umfallen.

Ich wartete. Dann stieg ich aus und ging zu ihm. Er weinte. Er weinte tonlos, die Tränen liefen ihm über das Gesicht, sammelten sich am Kinn und tropften auf den Pullover. Er wischte sie nicht weg, seine Arme hingen herunter, als seien sie ohne Kraft und nicht zu gebrauchen. Er merkte, daß ich vor ihm stand. »Sie haben die Kinder. Vor einer halben Stunde sind sie losgefahren.«

»Wo losgefahren? Wohin?«

»In Zürich, zurück ins Internat. Aber sie werden im Internat nur ankommen, wenn ich wieder zurückgehe.« Jetzt richtete er sich auf und wischte die Tränen ab.

»Würden Sie mir sagen, was passiert ist? In was Sie stecken? Um was es geht?«

»Sind Sie als Privatdetektiv zum Schweigen verpflichtet? Wie ein Arzt oder ein Priester?« Aber er wartete nicht auf meine Antwort. Er fing an und redete und redete. Es war kalt, und nach einer Weile taten mir vom Stehen die Beine und der Bauch weh. Aber er unterbrach sich nicht, und ich unterbrach ihn nicht. Dann wollte eine Frau ans Telephon, und wir setzten uns ins Auto, ich ließ den Motor an und stellte die Heizung hoch, Umwelt hin, Umwelt her. Am Ende weinte er wieder.

## 2

## *Doppelt abgesichert*

Sein Bericht begann mit dem August 1991. In Moskau hatten Generäle zu putschen versucht, Gorbatschows Stern sank, und Jelzins stieg. Gregor Samarin schlug vor, Weller & Welker sollte ihn nach Rußland reisen und nach Investitionsmöglichkeiten schauen lassen. Mit dem gescheiterten Putsch sei das Schicksal des Kommunismus besiegelt und der Siegeszug des Kapitalismus unaufhaltsam. Jetzt sei der richtige Zeitpunkt, Fonds mit russischen Anteilen aufzulegen. Weller & Welker hätte mit seinen, Gregors, Kenntnissen von Sprache, Land und Leuten einen Wettbewerbsvorteil, den es zu nutzen gelte.

Bis dahin war Gregor Mädchen für alles gewesen, vom Chauffieren über Botengänge und -fahrten, Reparaturen in Bank, Haus und Hof bis zur Aushilfe am Schalter, bei der Buchhaltung und Aktenführung. Er hatte Abitur gemacht, bestand aber nicht darauf zu studieren, und niemand ermutigte ihn dazu. Schon als Schüler hatte er sich anstellig gezeigt und nützlich gemacht, und es war angenehm, daß er nun umfassend zur Verfügung stand. Er wohnte in der Einliegerwohnung im Haus des alten Welker an der Gustav-Kirchhoff-Straße, bezog ein bescheidenes monatliches Gehalt und bekam für Anschaffungen oder Urlaub, worum immer er bat. Aber er bat selten. Wegen der Mutter hatte er in der Schule Russisch gelernt, und einmal im Jahr reiste er nach Rußland. Er fuhr die abgelegten Wagen der Familien. Er war vertrautes Inventar.

Von seinem Vorschlag waren alle überrascht. Aber warum nicht? Warum sollte er sich nicht auch einmal zu beweisen versuchen? Wenn es nichts würde, wäre er ein bißchen raus- und rumgekommen, eine Art von Urlaub. Wenn es was würde, woran niemand recht glaubte – um so besser. Also ließ man ihn gehen.

Er blieb fast ein halbes Jahr weg. Er rief an, meldete sich über Fax und Mail, schlug die verschiedensten Investitionen im Energiesektor vor, von Elektrizitätswerken in Moskau und Swerdlowsk bis zu Bohrrechten in Kamtschatka, und kündigte manchmal russische Geschäftsleute an, die Geld im Westen anlegen wollten und sich in Schwetzingen meldeten. Die Vorschläge bewährten sich nicht und die russischen Geschäftsleute auch nicht. Aber als Gregor zurückkam, war er wie ausgewechselt. Nicht nur, daß er einen russischen Akzent mitbrachte. Er kleidete sich, bewegte sich und benahm sich anders – als gehörte er in die Leitung der Bank. Der alte Weller war gerade ausgeschieden und hatte sich auf das Altenteil im Augustinum zurückgezogen. Bertram und Stephanie wollten Gregor nicht kränken. Hatten sie sich nicht vorgenommen, als Chefs anders zu sein als ihre Väter, keinen Hochmut, keinen Dünkel zu haben? Waren Bertram und Gregor nicht zusammen aufgewachsen? Hatte Gregor sich nicht immer für die Familien und die Bank eingesetzt?

Dann fing er an, von der Übernahme der Sorbischen Genossenschaftsbank zu reden. Bertram und Stephanie versuchten, ihm klarzumachen, warum die Übernahme ein Fehlgriff sei. Die Zukunft von Weller & Welker liege in der Anlageberatung, nicht in der Sparerbetreuung. Die Krise der achtziger Jahre sei überwunden worden, weil man kleiner geworden sei, das Unwesentliche abgestoßen und sich auf das Wesentliche konzentriert habe. Aber Gregor ließ nicht locker. Eines Tages kam er von einer Reise nach Berlin mit der Nachricht wieder, er habe die Verhandlungen mit der Treuhand, die er seit Wochen geführt habe, abgeschlossen und die Sorbische Genossenschaftsbank für einen Appel und ein Ei gekauft. Er habe die Vollmacht getürkt, und sie könnten ihn anzeigen, vor Gericht und ins Gefängnis bringen. Wenn sie schnell und entschlossen genug gegen ihn vorgingen, könnten sie vielleicht auch vom Geschäft mit der Treuhand wieder loskommen. Aber ob das ein gutes Licht auf Weller & Welker werfe? Ob die Kunden gerne vom Durcheinander in der Leitung der Bank läsen? Ob es nicht besser sei, ihn mit der Sorbischen Genossenschaftsbank machen zu lassen? Er werde sie schon flottkriegen. Es sei eine Bank der kleinen Leute, und von denen verstehe er was, er sei selbst einer von ihnen. Und schuldeten sie ihm nicht eine Chance?

Sie gaben nach, und siehe da, es schien zu klappen. Nach einem Jahr hatte die Sorbische zwar keinen Gewinn, aber auch keinen Verlust gemacht, obwohl die Hauptstelle in Cottbus und die Filialen auf dem Land hergerichtet und die Auflagen der Treuhand, das Personal zu halten, erfüllt wurden. Anscheinend gab es bei den Ossis mehr Geld, als gemeinhin angenommen wurde. Gregor schien auch ein

Talent darin zu sein, Landes-, Bundes- und europäische Fördermittel zu besorgen. Ein Ost-Erfolg!

Bis Stephanie dahinterkam. Sie traute dem schönen Schein nicht, sie traute Gregor nicht, und sie hatte keine Skrupel, an Gregors Unterlagen im Aktenschrank und im Computer zu gehen und mit Hilfe eines emigrierten russischen Ökonomen, den sie in Berlin fand, zu übersetzen, was sie nicht verstand. Sie informierte Bertram, und zusammen konfrontierten sie Gregor. Er habe einen Monat, seine schmutzigen Geschäfte und sich selbst aus ihrer Bank und ihrem Leben herauszuziehen. Sie würden ihn nicht anzeigen. Sie wollten ihn aber auch nicht mehr sehen.

Aber Gregor reagierte anders, als sie erwartet hatten. Was Stephanie und Bertram sich einbildeten? Er, Gregor, habe ihnen nichts getan, er habe ihnen sogar etwas gebracht, und sie wollten ihn ruinieren. Er sei Geschäftsmann, habe Verpflichtungen und könne sich nicht leisten, seine Verpflichtungen nicht zu erfüllen. Er werde überhaupt nichts herausziehen. Und wenn man schon dabei sei: Er habe es satt, das Geld, das im Westen anfalle, erst in die Lausitz schaffen zu müssen; er werde es künftig in Schwetzingen vereinnahmen und einspeisen.

»Einen Monat«, sagte Stephanie, »dabei bleibt es. Zwing uns nicht, zur Polizei zu gehen.«

Zwei Wochen später war Stephanie tot. Wenn Bertram nicht mitspielen würde, wären als nächstes seine Kinder dran, zuerst das eine und dann das andere, und als letztes er selbst – er, Gregor, werde, was er sich erarbeitet habe, nicht aufgeben.

Seitdem waren die Kinder im Internat in der Schweiz,

und in ihrer Nähe waren immer zwei junge Männer in dunklen Anzügen. Oder in Ski- oder Tennis- oder Jogging- oder Wandersachen. Bertram hatte der Internatsleitung erklären müssen, es seien Bodyguards; nach dem mysteriösen Verschwinden der Mutter, hinter dem sich vielleicht eine Entführungs- und Erpressungsgeschichte verberge, sei Vorsicht geboten. Die Internatsleitung hatte keine Einwände. Die jungen Männer hielten sich auch zurück, so gut es ging.

»Was mit mir war, haben Sie selbst gesehen. Ich mußte aus meinem Haus in die Bank ziehen und konnte keinen Schritt mehr alleine machen. Dann sind Sie gekommen, und ich habe Sie mit der Geschichte vom stillen Teilhaber ins Spiel bringen können, weil Gregor Ihre Recherchen harmlos fand und außerdem Angst hatte, es mache Sie mißtrauisch, wenn er Sie rausschmeißt. Ich habe Sie nicht wegen des albernen stillen Teilhabers engagiert. Ich habe gehofft, Sie würden mitkriegen, was hier läuft, und zur Stelle sein, wenn es soweit ist. Aber Sie waren's nicht.«

Ich sah ihn verständnislos an.

»Um Gottes willen, ich mache Ihnen keinen Vorwurf. Ja, ich hatte gehofft, Sie würden merken, was los ist. Wenn Gregor mich nicht hat telephonieren lassen, wenn er sich nicht um das geschert hat, was ich gesagt habe, wenn er gesagt hat, ich hätte zu denken, was er sagt, oder wenn ihm der Koffer so wichtig war, der mir egal war – ich dachte, es würde Ihnen zeigen, was in der Bank los ist. Ich hatte auch gehofft, Sie würden heute früher kommen. Aber ich hatte auch gedacht, die Kinder würden länger bleiben. Ich wollte mit Ihrer Hilfe aus Gregors Fängen entkommen, während die Kinder bei meinen und ihren Freunden in Zürich zu Besuch sind. Verstehen Sie? Er hat sich doppelt abgesichert: Wenn die Kinder an der langen Leine sind, hat er immer noch mich, und wenn ich an der langen Leine bin, bei einem geschäftlichen Kontakt oder gesellschaftlichen Ereignis, bei dem er mir nicht das Wort verbieten kann, hat er immer noch die Kinder. Als sie bei den Freunden in Zürich waren, hatte er sie nicht. Jetzt hat er sie wieder.«

»Wir sollten zur Polizei gehen.«

»Sind Sie verrückt? Die haben meine Kinder! Die bringen sie um, wenn ich zur Polizei gehe.« Er starrte auf seine Hände. »Ich kann nur zurück. Ich kann nur zurück.« Diesmal weinte er wie ein Kind, mit zuckenden Schultern und jammervollen Schluchzern.

## 3

### *Nicht mehr meine Welt*

Ich machte Welker klar, daß er mit dem Zurückgehen ein paar Stunden warten konnte. Den Kindern würde nichts geschehen, solange Samarin keinen Kontakt mit ihm hatte. Samarin brauchte die Kinder nicht tot. Er brauchte sie, um mit ihrem Tod drohen zu können. Und er konnte mit ihrem Tod nur drohen, wenn er mit Welker redete.

»Wofür soll das Warten gut sein?«

»Ein paar Stunden ohne Gregor – ist das nichts? Ich würde auch gerne mit einem alten Freund reden, einem pensionierten Polizisten. Ich weiß, Sie wollen keine Polizei. Aber so geht es nicht weiter, für die Kinder nicht und für Sie nicht. Es muß etwas geschehen. Und wir können alle Hilfe brauchen, die wir kriegen.«

»Wenn Sie meinen.«

Also rief ich Nägelsbach an, und weil Gregors Leute wußten, wo ich wohne, und weil sie mir womöglich schon zu Nägelsbach und zu Brigitte gefolgt waren, rief ich Philipp an und bat ihn um Aufnahme. Wir mieden die Autobahn, mäanderten über Plankstadt, Grenzhof, Friedrichsfeld und Rheinau zu Philipps Wohnung am Waldparkdamm. Kein blauer Mercedes weit und breit, auch kein schwarzer oder grüner, keine jungen Männer in dunklen Anzügen. Auf dem Stephanienufer schoben Mütter und Väter, die schon zu Mittag gegessen hatten, ihre Kinderwagen, und auf dem Rhein tuckerten friedlich die Lastschiffe.

Welker war mißtrauisch. Nägelsbach brachte seine Frau mit, und Philipp wollte, wenn bei ihm geredet wurde, auch hören, was geredet wurde. Welker sah vom einen zum anderen, durch die halboffene Tür in Philipps Schlafzimmer mit dem Spiegel an der Decke über dem Wasserbett und dann zu mir. »Sind Sie sicher, daß…«

Ich nickte und begann, seine Geschichte zu erzählen. Manchmal ergänzte er, schließlich übernahm er und erzählte selbst weiter. Am Ende kamen ihm wieder die Tränen. Frau Nägelsbach stand auf, setzte sich auf die Lehne seines Sessels und nahm ihn in die Arme.

»Das ist nicht mehr meine Welt.« Nägelsbach schüttelte traurig den Kopf. »Nicht daß in meiner Welt alles gestimmt hätte. Ich wäre nicht Polizist gewesen, wenn alles gestimmt hätte. Aber Geld war Geld, eine Bank war eine Bank, und ein Verbrechen war ein Verbrechen. Ein Mord hatte mit Leidenschaft, Eifersucht oder Verzweiflung zu tun, und wenn mit Gier, dann mit heißer. Dieses kalkulierte Morden, dieses Waschen von Millionen, diese Bank, die ein Irrenhaus ist, in dem die Irren die Ärzte und Schwestern eingesperrt haben – es ist eine fremde Welt.«

»Ach, hör auf.« Frau Nägelsbach war ärgerlich. »Seit Wochen redest du so. Kannst du deinen Pensionierungsschmerz nicht mal vergessen? Oder verdrängen? Oder verarbeiten, indem du diesem armen Kerl und deinen Freunden was sagst, womit sie was anfangen können? Du warst ein guter Polizist, und ich war immer stolz auf dich und will es weiter sein.«

Philipp schaltete sich ein. »Ich verstehe ihn. Es ist auch nicht mehr meine Welt. Ich weiß nicht genau, was daran schuld ist: das Ende des kalten Kriegs, der Kapitalismus, die Globalisierung, das Internet oder daß die Leute keine Moral haben.« Ich muß ihn verdutzt angeschaut haben. Er schaute gelassen zurück. »Du denkst, Moral sei nicht mein Thema? Aber daß ich viele Frauen geliebt habe, heißt nicht, daß ich keine Moral habe. Außerdem werden, wo Geld gewaschen wird, auch Frauen ausgebeutet. Nein, ich bin nicht bereit, meine Welt kampflos aufzugeben, und ich hoffe, ihr seid es auch nicht.«

Ich schaute erstaunt vom einen zum anderen. Frau Nägelsbach schüttelte den Kopf. »Kämpfen? Ihr müßt der Welt nicht beweisen, daß ihr noch nicht zum alten Eisen gehört. Daß ihr's den Jungen noch zeigen könnt. Ruft die Polizei, und sorgt dafür, daß sie Samarin nicht kopfscheu macht. Du kennst doch die richtigen Leute, Rudi. Wenn Samarin begreift, daß das Spiel aus ist, wird er nicht so verrückt sein, den Kindern etwas zu tun.«

»Ich glaube es auch nicht. Aber sicher – nein, sicher bin ich nicht. Sind Sie's? Daß das Spiel aus ist, kann einen zur Vernunft, aber auch um den Verstand bringen. Ich habe nie erlebt, daß Samarin die Beherrschung verloren hätte. Aber neulich war er nahe dran, und ich fürchte, wenn er tatsächlich explodiert, ist er zu allem fähig.«

»Sie können sich darauf verlassen: Er kann explodieren. Er kann morden. Nein, keine Polizei. Vielen Dank, aber ich…« Welker stand auf.

»Setzen Sie sich hin. Wir müssen nutzen, was wir haben: einen Arzt, einen Krankenwagen…«

Philipp nickte.

»…einen Polizisten in Uniform…«

Nägelsbach lachte. »Wenn ich noch reinpasse – ich habe sie seit Jahren nicht mehr angehabt.«

»…und die Wahl des Orts. Herr Welker, schaffen Sie, am Telephon so überzeugend in Panik zu geraten, daß Samarin einen Schreck kriegt und sich mit Ihnen lieber da trifft, wo Sie wollen, als riskiert, daß Sie durchdrehen? Schaffen Sie das?«

Philipp grinste. »Mach dir keine Sorgen. Ich kriege ihn dahin.«

»Am Wasserturm.« Nägelsbach setzte den Aschenbecher als Wasserturm in die Mitte des Tischs, legte eine Zeitung als Kaiserring davor und zeigte mit seinem Kugelschreiber. »Natürlich wird Samarin seine Leute um den Wasserturm postieren. Und wenn er vier Autos hat, wird er sie bei den vier Fahrbahnen warten lassen, die vom Wasserturm weg-führen. Aber er kann nicht alle seine Leute in Autos set-zen, und wenn er…«

Nägelsbach plante, erklärte, beantwortete Fragen, be-dachte Einwände, und das Unternehmen gewann Gestalt. Frau Nägelsbach schaute ihm stolz zu. Auch ich war stolz auf meine Freunde. Mit welcher Ruhe, Konzentration und Autorität Philipp bei der Sache war! Plante er so seine Ope-rationen? Bereitete er seine Mitarbeiterinnen und Mit-arbeiter so auf ihre Rollen im Team vor, wie er Welker für seine Rolle am Telephon vorbereitete? Er redete auf ihn ein, verhörte ihn, verspottete ihn, beruhigte ihn, herrschte ihn an und hatte ihn nach einer Weile so weit, daß er, als er Gregor anrief, tatsächlich beinahe durchdrehte.

Samarin ließ sich auf das Treffen ein, fünf Uhr am Wasserturm. »Keine Polizei. Wir reden miteinander, du redest übers Handy mit deinen Kindern, und dann fahren wir zurück nach Schwetzingen.«

# 4

## *Schlag auf Schlag*

Wenn das Wünschen helfen würde, würde ich in einem Rondell auf einem der beiden Sandsteinhäuser Ecke Friedrichsplatz und Augustaanlage wohnen. Statt neben dem Wasserturm herumzustehen, wo ich nicht wirklich gebraucht wurde, hätte ich einen Liegestuhl auf die Terrasse gestellt, das Zeiss-Fernglas hervorgeholt, das ich von meinem Vater geerbt habe, und mir das Geschehen angeschaut.

Welker war schon lange vor fünf da, lief um den Wasserturm herum, sah in die leeren Becken und wandte den Kopf suchend vom Rosengarten zur Kunsthalle. Ihm war nicht wohl; er kreuzte die Arme vor der Brust, als wolle er sich festhalten, lief zu schnell, und wenn er stand, trat er nervös von einem Bein auf das andere. Nägelsbach saß auf einer Bank, in ziviler Haltung, aber in Uniform. Neben ihm saß seine Frau.

Vermutlich hätte ich von oben auch alle von Samarins Leuten im Blick gehabt. Ich sah den blauen Mercedes; er stand am Bushalteplatz auf dem Kaiserring, und einer saß am Steuer. Die anderen jungen Männer sah ich nicht. Ich sah auch Samarin nicht, bis er über den Kaiserring auf Welker zukam. Er lief mit schwerem, festem Gang, als könne ihn nichts erschüttern oder aufhalten. Vermutlich hatte er das Terrain umkreist und sich versichert, daß alles normal war. Wenn Welker die Polizei eingeschaltet hätte, würde sie keinen Polizisten in Uniform und mit Frau an den Treffpunkt setzen. Sie würde auch mich nicht am Treffpunkt dulden. Samarin schaute prüfend zum Wasserturm hoch, schüttelte den Kopf und lachte vor sich hin.

Ich habe Welker später zu fragen vergessen, was Samarin zu ihm gesagt und was er erwidert hatte. Lange haben sie nicht miteinander geredet. Wir hatten alles Schlag auf Schlag geplant.

Der Krankenwagen wartete in der Kunststraße, bis die Ampel grün war. Er fuhr über den Kaiserring, um den Brunnen vor dem Wasserturm und schaltete Blaulicht und Sirene genau dann an, als er wenige Meter neben Welker und Samarin hielt. Samarin war irritiert; er schaute zum Krankenwagen, aus dem vorne Philipp in Weiß und hinten Füruzan und eine Kollegin in Schwesterntracht und mit Trage sprangen, sah sich um, sah die von der Bank gesunkene, auf dem Boden hingestreckte Frau Nägelsbach und war gerade in dem Augenblick nicht mehr irritiert, in dem Philipp ihm den Arm um die Schulter legte und die Spritze in den Arm trieb. Er taumelte, und es sah aus, als faßte Philipp ihn um die Schulter, um ihn zu halten und zu stützen. Dann sank er auf die Trage, auf der er im Handumdrehen in den Krankenwagen geschoben wurde. Die Schwestern zogen die Türen von innen zu, Philipp sprang ans Steuer, und der Krankenwagen war auf dem Friedrichsring, auf und davon. Nägelsbach kümmerte sich um seine Frau, die ihre Rolle genoß und nicht zu sich kommen mochte. Sie richtete sich erst auf, als die Sirene des Krankenwagens nicht mehr zu hören war, und ließ sich von Nägelsbach zur Taxe am Stand vor der Deutschen Bank führen. In einer Minute war alles vorbei.

Der Mercedes startete mit quietschenden Reifen, wendete über den Grünstreifen und die Schienen und fuhr auf den Friedrichsring, ohne Chance, den Krankenwagen einzuholen. Die anderen jungen Männer sah ich noch immer nicht. Von den Passanten und Flaneuren blieb niemand stehen; niemand wunderte sich, sprach andere an, wollte wissen, was sie gesehen hatten und was geschehen war. Es war alles so schnell gegangen, daß niemand neugierig werden konnte.

Ich setzte mich auf die Bank, auf der das Ehepaar Nägelsbach gesessen hatte, und zündete mir eine meiner seltenen Zigaretten an. Die seltenen Zigaretten schmecken nicht; sie schmecken wie die erste, die auch nicht geschmeckt hat. In einer halben Stunde würde Samarin im Krankenhaus zu sich kommen, in einem fensterlosen Abstellzimmer, in einer Zwangsjacke, ans Bett geschnallt. Ich würde mit ihm verhandeln; wir kannten uns. Welker bestand darauf, seine Kinder und Samarin leibhaftig gegeneinander auszutauschen. Er wollte, daß Samarin seine Niederlage auch wirklich erlebte. »Sonst läßt er mich nie in Ruhe.«

5

## Im Dunkeln

Als ich zu Samarin kam, hatte er die Augen geschlossen. Für einen Stuhl war kein Platz; ich lehnte mich an die Wand und wartete. Er hatte die Zwangsjacke an und war ans Bett geschnallt.

Dann machte er die Augen auf, und ich merkte, daß er sie nur geschlossen gehalten hatte, um zu spüren, zu hören, zu riechen, in welcher Verfassung und Stimmung ich war. Er sah mich mit starrem Blick an und sagte nichts.

»Welker will seine Kinder. Seine Kinder gegen Sie. Und er will, daß Sie aus seinem Leben und seiner Bank verschwinden.«

Samarin lächelte. »Damit die Welt wieder stimmt. Die da oben unter sich, und wir da unten unter uns.«

Ich sagte nichts.

»Wie lange wollen Sie mich hier festhalten?«

Ich zuckte die Schultern. »So lange wie nötig. Der Raum wird nicht gebraucht. Sollten Sie hier lästig werden, werden Sie mit Tabletten vollgepumpt und dem Richter vorgeführt, der Sie in die Psychiatrie einweist. Obwohl Sie als Mörder eigentlich vor Gericht gehören. Vielleicht folgt das später.«

»Wenn ich nicht bald bei meinen Leuten bin, tun sie den Kindern was. So war es abgemacht; wenn mir was passiert, passiert den Kindern was.«

Ich schüttelte den Kopf und stand auf. »Denken Sie nach. Ich komme in einer Stunde wieder.«

Philipp, Füruzan und ihre Kollegin tranken im Schwesternzimmer Cognac. Füruzan himmelte Philipp an. Ihre Kollegin war geschmeichelt, daß sie auf eine Mission, die sie nicht ganz begriff, die aber anscheinend wichtig und gefährlich war, mitgenommen worden war. Philipp, wieder der leichtfertige, liebenswerte Schwadroneur, freute sich noch mal und noch mal: »Sein Blick, als er die Nadel gespürt hat! Wie Frau Nägelsbach auf dem Boden lag! Wie alles ruck, zuck ging! Die Fahrt mit Sirene und Blaulicht!«

Von Welker fiel die Anspannung erst langsam ab. Er hatte sich am Wasserturm wortlos zu mir auf die Bank gesetzt. Nach wenigen Minuten waren wir in die Taxe gestiegen, die Nägelsbachs vom Taxenstand zu uns geschickt hatten. Ehe wir uns zum Krankenhaus fahren ließen, kurvten wir durch Mannheim, bis wir sicher waren, daß uns niemand folgte. Während der Fahrt saß Welker bleich und stumm in der Ecke. Jetzt hörte er Philipp zu, als könne er's nicht fassen. »Kann ich auch einen Cognac haben?«

Als die Stunde um war, ging ich wieder zu Samarin.

»Und mein Geld?«

»Ihr Geld?«

»Okay, mir gehört nur ein Teil. Gerade darum brauche ich es. Meine… Geschäftspartner werden es nicht schätzen, wenn ihr Geld weg ist.«

»Wenn Sie mit dem Geld verläßlicher verschwinden als ohne, wird Welker nichts dagegen haben, daß Sie es mitnehmen. Ich werde ihn fragen.«

Welker winkte ab. »Um Gottes willen, ich will sein

schmutziges Geld nicht. Wenn ich es finde, spende ich es. Wenn es weg ist, ist es weg, er soll es morgen holen.«

Samarin guckte verblüfft. »Das hat Welker gesagt? Der geizigste und gierigste Mensch, den ich kenne?«

»Das hat er gesagt.«

Samarin schloß die Augen.

»Sie brauchen noch mehr Zeit? Ich komme wieder.«

Philipp wollte mit den anderen los, essen, trinken, feiern. »Wir gehen vor, komm nach! Nägelsbachs kommen auch. Wenn Samarin endlich mitspielt, dauert es immer noch Stunden, bis die Kinder hier sind. Du mußt ihn nicht bewachen. Er kommt nicht los, und wenn er Ärger macht, gibt ihm die Nachtschwester eine Spritze.«

»Geht nur. Ich bleibe hier. Vielleicht schlafe ich eine Stunde oder zwei.« Ich saß im Schwesternzimmer und hörte ihrem Lachen nach. Dann ging die Fahrstuhltür zu, schluckte das Lachen, und es war still bis auf das leise Summen der Heizung. Ort und Zeit des Austauschs wollten wir Samarin so spät wie möglich sagen. So, daß er seine Leute gerade noch hindirigieren konnte. Jetzt sollte er sie nur anweisen, mit den Kindern nach Mannheim zu fahren. Ich ging wieder zu ihm.

»Ich muß… ich muß pinkeln.«

»Ich kann Sie nicht losmachen.« Obwohl in der Zwangsjacke und ans Bett geschnallt, sah er wuchtig und gefährlich aus. Ich suchte und fand im Schwesternzimmer eine Bettflasche. Als ich seine Hose aufknöpfte, die Unterhose herunterstreifte, sein Geschlecht hervorholte und es, so gut es ging, an die Öffnung der Flasche hielt, wandte er den Kopf ab. »Los«, sagte ich.

Als ich ihn wieder angezogen hatte, sah er mich an. »Danke.« Nach einer Weile fragte er: »Wen soll ich umgebracht haben?«

»Tun Sie nicht so. Zuerst Welkers Frau und dann... Ich kann es nicht beweisen. Aber ich bin sicher, daß jemand Schuler einen tödlichen Schrecken eingejagt hat. Ob Sie selbst es waren oder Ihre Mafiosi – ist das nicht egal?«

»Ich kannte Stephanie, seit ich ein kleiner Junge war. Schuler hat mir Lesen, Schreiben, Rechnen und Heimatkunde beigebracht. Der keltische Ringwall auf dem Heiligenberg, die Römerbrücke über den Neckar, die von Mélac angezündete Heilig-Geist-Kirche.«

»Das macht die Morde nicht besser.«

Er wartete wieder eine Weile, ehe er fragte: »Was soll ich mit der Mafia zu tun haben?«

»Ach, machen Sie mir nichts vor. Daß Sie für die russische Mafia Geld waschen, ist doch kein Geheimnis mehr.«

»Das macht mich und meine Leute zu Mafiosi?« Er schnaufte verächtlich. »Sie haben wirklich keine Ahnung. Meinen Sie, Welker würde noch leben, wenn wir die russische Mafia wären? Oder Sie? Oder die Hanswurste, die mich eingesackt haben? Ich bin unter der Fuchtel von Weller & Welker aufgewachsen und begebe mich nicht noch mal unter eine Fuchtel. Ja, ich wasche Geld. Ja, mir ist egal, für wen ich's wasche – wie jedem Banker. Ja, meine Leute sind Russen und Profis. Und ich«, er schnaufte noch mal nachdrücklich, »bin mein eigener Herr.«

Er schloß die Augen. Als ich schon dachte, er werde nichts mehr sagen, sagte er:

»Nein, ich habe die Familien nicht gemocht, nicht die

Familie Weller und nicht die Familie Welker. Bertrams Großvater und Stephanies Mutter hatten Herz. Aber Bertrams Vater… und Bertram… die beiden hätte ich umbringen sollen.«

»Hat Bertrams Vater Sie nicht großgezogen?«

Er lachte. »Sibirien wäre besser gewesen.«

»Was ist mit Welkers Kindern?«

»Was soll sein. Niemand hat ihnen ein Haar gekrümmt. Sie denken, meine Leute sind ihre Leibwächter, geben mit ihnen an, und die Kleine flirtet mit ihnen.«

»Rufen Sie Ihre Leute an? Damit sie sich mit den Kindern auf den Weg machen?«

Er nickte langsam. »Sie sollen gleich aufbrechen. Dann kann der Austausch noch heute nacht stattfinden. Ich mag hier nicht länger liegen.«

Ich fand sein Handy, wählte die Nummer, die er mir nannte, und hielt das Handy an sein Ohr. »Reden Sie deutsch!«

Er gab knappe Anweisungen. Dann wollte er von mir wissen: »Wo soll der Austausch sein?«

»Das kriegen Sie gesagt, wenn Ihre Leute hier sind. Bis wann schaffen sie es?«

»In fünf Stunden.«

»Gut, dann reden wir in fünf Stunden wieder.«

Ich fragte ihn, ob ich das Licht anlassen oder ausmachen solle. Er wollte im Dunkeln liegen.

# 6

## *Na dann*

Ich hatte wieder Fieber und ließ mir von der Nachtschwester zwei Aspirin geben. »Sie sehen nicht gut aus. Gehen Sie doch nach Hause und legen sich ins Bett!«

Ich schüttelte den Kopf. »Kann ich hier ein paar Stunden schlafen?«

»Wir haben am anderen Ende des Gangs eine zweite Abstellkammer. Ich stelle Ihnen ein Bett hinein.«

Als ich lag, gingen meine Gedanken zu Samarin. War die Luft bei ihm genauso stickig wie bei mir? Fühlte auch er die Enge des Raums? Hörte auch er das Summen der Heizung? Die Kammer hatte kein Fenster und war stockdunkel. Ich hielt meine Hände vor mein Gesicht, aber sah sie nicht.

Manchmal denke ich, eine Sache wäre vorbei, aber in Wahrheit geht sie erst richtig los. So war es mir am Morgen passiert, als Welker und Samarin mich ans Auto brachten. Manchmal denke ich auch, ich wäre in einer Sache mittendrin, und in Wahrheit ist sie schon vorbei. War, was wir in der Nacht zu Ende bringen wollten, in Wahrheit schon gelaufen? Natürlich war es noch nicht geschehen. Aber waren die Rollen schon so verteilt, die Einsätze schon so gegeben, daß das Geschehen, was immer wir überlegen und verabreden mochten, nur noch in einer Weise ablaufen konnte?

Es war nur ein Gefühl. Eine Angst. Die Angst, wieder zu langsam zu sein und nicht schnell genug zu merken, was in Wahrheit geschah. So ging ich denn noch mal alles durch: was Welker wollte und was Samarin, was beide bestenfalls kriegten und schlimmstenfalls verloren, womit sie einander und auch uns andere vielleicht überraschen könnten.

Darüber schlief ich ein. Um Mitternacht weckte mich die Nachtschwester. »Die anderen sind zurück.«

Philipp, Nägelsbach und Welker saßen im Schwesternzimmer und besprachen, wo der Austausch stattfinden sollte. Welker wollte einen versteckten, verschwiegenen Ort, am liebsten am Stadtrand.

Nägelsbach war für einen offenen, hellen Platz oder eine Straße mitten in der Stadt. »Ich will die anderen sehen!«

»Um sicherzugehen, daß sie keinen Hinterhalt legen? Wir sagen, wo und wann wir uns treffen. Wir geben die Zeit so vor, daß sie keinen Hinterhalt legen können.«

»Aber wo es hell und offen ist…«

»Wir sollten beim Austausch einen oder auch zwei von uns in Reserve haben, die alles sehen, aber nicht gesehen werden können. Die, wenn nötig, überraschend eingreifen können.«

Wir wählten den Luisenpark. Es gab dort Bäume und Gebüsch zum Verstecken und zugleich eine weite Rasenfläche. Die anderen sollten die Werderstraße hochfahren, und wir würden mit Samarin von der Lessingstraße kommen. In der Mitte des Parks würde der Austausch stattfinden.

»Machen wir ihn, Philipp? Während Sie beide in Reserve

bleiben?« Ich entschied, und die anderen nickten. Nägelsbach war auch bereit, wieder die Uniformjacke und -mütze anzuziehen. »Vielleicht sind wir froh, wenn wir so tun können, als wäre die Polizei auf unserer Seite.«

Dann konnten wir nur noch warten. Der alte, große, mechanische Wecker im Schwesternzimmer hackte die Zeit klein. Nägelsbach hatte zwei Schachteln mit Streichhölzern gefunden und baute ein Türmchen, immer zwei Hölzer längs und zwei quer und die Köpfe gleichmäßig in alle Richtungen. Welker hatte die Augen geschlossen; sein Gesicht war angespannt, als arbeite er konzentriert an einer komplizierten Rechenaufgabe. Philipp freute sich auf den Austausch wie auf ein Abenteuer.

Ich ging in die Abstellkammer, machte Licht an, und Samarin sprach mit seinen Leuten. »Sie stehen seit zehn Minuten in der Augustaanlage.«

»Sagen Sie ihnen, sie sollen dort warten, bis sie weitere Anweisungen bekommen.«

Danach schnallte ich ihn los und half ihm vom Bett.

»Und was ist damit?« Er schaute auf die Zwangsjacke, die ihm die Arme vor der Brust fesselte.

Ich hängte ihm seinen Mantel über die Schultern. »Die Jacke können Ihre Leute Ihnen gleich abmachen.«

Sogar in der Zwangsjacke sah er gefährlich aus. Als könne er mich mit seinem massigen, kräftigen Körper an der Wand zerquetschen. Ich hielt Abstand zu ihm, bis wir am Auto waren. Er sagte kein Wort, nicht als er die anderen sah, darunter Nägelsbach in Uniform, nicht als Nägelsbach und ich ihn zwischen uns auf die Rückbank nahmen, nicht während der Fahrt.

Wir parkten in der Lessingstraße, und Welker und Nägelsbach stiegen aus und gingen los. Ich erklärte Samarin, wo seine Leute halten und mit den Kindern in den Park gehen sollten, und er gab es weiter.

Dann stiegen auch wir aus und warteten am Eingang zum Park, Philipp auf der rechten und ich auf der linken Seite von Samarin. Ich sah Nägelsbach und Welker nicht. Aber ich sah das Gebüsch am anderen Ende des Parks, wo sie sich verstecken wollten. Es war Halbmond, hell genug, um die Büsche, Bäume und Bänke deutlich zu erkennen. Die weite Rasenfläche schimmerte grau. Ich hatte wieder die Angst, etwas übersehen zu haben, und versuchte, noch mal alles durchzugehen. Wir würden Samarin losschicken, und sie würden die Kinder losschicken. Oder würden sie Philipp und mich einfach erschießen? Würden sie sich gar nicht zur Übergabe einfinden, sondern uns beobachten und warten, bis wir erschöpft und mit bloßen Nerven abzögen, und dann zuschlagen? Würden sie... Aber das Fieber ließ mich nicht klar denken. Auf einmal fand ich die Situation unwirklich bis zur Lächerlichkeit. Irgendwo da vorne lauerten Nägelsbach und Welker, zwei Kinder, bereit, plötzlich hervorzuspringen, »huh« zu rufen und die anderen zu erschrecken. Neben mir stand Samarin wie ein Bär mit einem Ring in der Nase und einer Kette am Ring; es hätte mich nicht gewundert, wenn ich es bei jeder Bewegung hätte klirren hören. Philipp sah zugleich gespannt und zufrieden in die Dunkelheit, wie ein Jäger auf dem Anstand.

Auf der anderen Seite des Parks leuchteten zuerst die Scheinwerfer auf. Dann hielt der große Wagen, zwei Männer stiegen aus, machten die Hintertüren auf und halfen einem Jungen und einem Mädchen hinaus. Sie gingen los, und wir gingen los. Außer unseren Schritten auf dem Schotter war nichts zu hören.

Als wir zwanzig Meter voneinander entfernt waren, sagte ich zu Samarin: »Sagen Sie ihnen, sie sollen stehenbleiben und die Kinder losschicken.«

Er rief russische Kommandos. Die Männer blieben stehen, sagten zu dem Jungen und dem Mädchen etwas wie »los!«, und die beiden kamen.

»Na dann.«

Er nickte und ging. Er kam zu seinen Männern, sie wechselten ein paar Worte und gingen zur Werderstraße. Die Kinder fragten: »Was ist los? Wo ist Papa?« Philipp knurrte, sie sollten den Mund halten und sich beeilen. Als wir wieder am Eingang des Parks waren, sahen wir zurück. Wir sahen genau in dem Moment zurück, als es passierte.

Wir sahen nicht, woher der Schuß kam. Wir hörten ihn nur. Und nach dem ersten gleich noch einen. Wir sahen, wie Samarin zusammenbrach, wie die beiden Männer sich duckten, um nach ihm zu sehen oder Deckung zu suchen oder beides, ich dachte »o Gott«, hörte die Stille im Park und das Echo der Schüsse in meinem Kopf, und dann brach der Lärm los. Gregors Männer richteten sich auf, schossen, rannten schießend zu ihrem Wagen, sprangen hinein und waren weg.

Die Kinder ins Auto bringen, einen von uns bei ihnen lassen – ehe ich auch nur den Gedanken fassen konnte, waren sie schon losgerannt. »Papa!«

Welker war hinter dem Gebüsch am anderen Ende des Parks hervorgekommen, ging ihnen entgegen und nahm sie in die Arme. Philipp rannte zu Samarin. Als auch ich außer Atem ankam, richtete er sich gerade auf. »Er ist tot.«

»Wo ist Nägelsbach?«

Philipp sah sich um und fuhr Welker an: »Wo ist Nägelsbach?«

Welker zeigte auf die Büsche am Ende des Wegs. »Er hat sich dort…«

Da sahen wir ihn. Er kam mit schleppendem Schritt und preßte die Hand gegen die Seite.

»Sie Idiot«, sagte Philipp zu Welker. Ich hatte ihn noch nie so wütend gesehen. »Los, Gerd, wir müssen ihn zum Auto schaffen.« Wir liefen zu Nägelsbach, stützten ihn unter den Armen und machten uns auf den Weg zum Auto, langsam, Schritt für Schritt.

»Was soll ich…« Welker lief neben uns her.

»Warten Sie, bis die Polizei kommt!«

In einigen Häusern gingen Lichter an.

7

*Aberkennung der Pension?*

Wir schafften Nägelsbach zum Auto, ins Krankenhaus und in den Operationssaal. In zwei Stunden holte Philipp die Kugel heraus und nähte den Darm und den Bauch zu. Als er sich zu mir setzte, Kappe und Mundschutz abnahm, grinste er mich fröhlich an. »Ich hab was für dich.«

Ich nahm die Kugel. »Die braucht die Polizei.«

»Nein, die Polizei braucht die hier.« Er hielt noch eine Kugel zwischen Daumen und Zeigefinger.

Ich sah ihn verdutzt an.

»Er muß vor ewigen Zeiten einen Schuß abbekommen haben, und damals war es wohl zu gefährlich, die Kugel rauszumachen. Die alte Kugel ist gewandert und war heute nicht weit von der neuen.« Er sah sich um. »War die Polizei schon hier?«

Ich schüttelte den Kopf.

»Das war Welker, der auf Samarin geschossen hat, oder?«

»Samarin muß eine Waffe dabeigehabt haben, die Welker sich genommen hat. War er bei Samarin in der Abstellkammer?«

»Als du noch geschlafen hast? Er hat's nicht angekündigt, und ich hab nicht aufgepaßt. Hätte Samarin es nicht gemerkt? Hätte er nichts gesagt?«

»Gemerkt hat er es sicher. Aber gesagt… Nein, sich bei uns zu beschweren, daß Welker ihm die Waffe weggenommen hat, paßt nicht zu ihm.«

»Alles ging gut, bis dieser Idiot…«

»Reden Sie über mich?« Welker stand vor uns. »Sie haben es nicht sehen können. Gregor und seine Männer haben getuschelt, dann haben sie nach den Waffen gegriffen, und als sie gerade…«

»Das ist doch dummes Zeug. Samarin, der noch seine Zwangsjacke anhat, kann doch niemanden angreifen! Und warum haben Sie nicht auf seine Männer geschossen? Warum ihn in den Rücken?«

»Ich…« Welker kämpfte mit den Tränen. »Mir wurde klar, daß es nicht funktioniert. Daß Gregor die Runde verloren gibt, aber nicht den Kampf. Daß er weitermacht und daß ich bald wieder da bin, wo ich war.« Die Tränen, mit denen er kämpfte, waren Tränen der Wut. »Herrgott noch mal,  verstehen Sie nicht? Der Mann hat mich terrorisiert, Monat um Monat, er hat meine Bank in seine Gewalt gebracht und meine Frau ermordet, meine Kinder bedroht – nein, es tut mir nicht leid. Ich bin fix und fertig, aber es tut mir nicht leid.«

»Was hat die Polizei gesagt?«

»Ich habe nicht auf sie gewartet.«

»Sie sind abgehauen?«

Er setzte sich zu uns. »Ich habe am Collini-Center eine Taxe gefunden und die Kinder weggebracht. Für sie war der Tag die Hölle. Ich bin nicht bereit, sie der Schnelligkeit der Ermittlungen zu opfern.« Er legte seine Hand auf meinen Arm. »Ich war, ehrlich gesagt, auch nicht sicher, ob es

Ihnen ernst ist mit der Polizei. Ich bin nicht vom Fach, ich verstehe nichts vom Recht. Aber war alles koscher, was wir gemacht haben? Was Sie und Ihre Freunde gemacht haben? Wie geht es übrigens dem Polizisten?«

»Er kommt wieder auf die Beine.«

»Gerade bei ihm wußte ich nicht, was wird. Pensionierter Polizeibeamter sieht rot – gibt das ein Disziplinarverfahren? Die Aberkennung der Pension? Ich habe die Verantwortung nicht alleine tragen wollen, und darum rede ich mit Ihnen. Ich weiß auch nicht, ob wir sie zusammen tragen können, ohne mit dem Polizisten zu sprechen. Wann, meinen Sie, können wir mit ihm reden?«

»In ein paar Tagen.« Philipp schüttelte den Kopf. »Sie glauben doch nicht, daß wir uns raushalten können. Wir sind schon vier, und dann haben noch Füruzan, ihre Kollegin, die Nachtschwester und Frau Nägelsbach was mitgekriegt, und wer weiß, ob nicht jemand unser Auto hat ankommen und wegfahren sehen oder Gerd und mich mit dem verwundeten Nägelsbach. Und daß Gregor in Ihrer Bank gearbeitet hat, hat die Polizei im Handumdrehen raus. Was wollen Sie ihr dann sagen?«

»Die Wahrheit. Daß er mit der russischen Mafia zu tun hatte, daß er meine Bank für Geldwäsche zu mißbrauchen versucht hat, daß er Menschenleben auf dem Gewissen hat und daß… daß ihm schließlich alles aus dem Ruder gelaufen ist.«

Philipp hatte Frau Nägelsbach nach dem guten Ausgang der Operation angerufen. Jetzt stand sie vor uns und musterte uns. »Wer hat auf ihn geschossen?«

»Samarins Leute.«

»Warum?«

»Samarin ist erschossen worden.«

»Von wem?«

»Wir überlegen gerade, was wir zu den polizeilichen Ermittlungen eigentlich beitragen können und sollen.« Welker sah Frau Nägelsbach rat- und hilfesuchend an. »Und ob
Ihr Mann glücklich ist, wenn die Polizei… und die Öffent-
lichkeit…«

Sie las in Welkers Gesicht, daß er Samarin erschossen
hatte. Sie sah ihn an und schüttelte den Kopf. Dann sagte
sie zu Philipp: »Bring mich zu ihm. Ich will bei ihm sein,
wenn er aufwacht.«

Sie gingen. Welker wollte noch bleiben. »Ich warte auf
Ihren Freund. Was immer der Patient braucht – die Kosten
spielen keine Rolle, es soll ihm an nichts fehlen. Sie müssen
mir glauben: Daß er den Schuß abbekommen hat, tut mir
furchtbar leid.« Er sah mich an, als tue es ihm wirklich
furchtbar leid.

Ich nickte.

## 8

### *Ein sensibles Kerlchen*

Ich trat vors Krankenhaus und hoffte, am Stand eine Taxe zu finden. Aber es war noch zu früh am Morgen.

Jemand kam auf mich zu. Zuerst erkannte ich ihn nicht. Es war Karl-Heinz Ulbrich. »Kommen Sie, ich fahre Sie nach Hause.«

Ich war zu krank und zu müde, um abzulehnen. Er führte mich zu seinem Auto – kein beiger Fiesta mehr, sondern ein hellgrüner Polo. Er hielt die Beifahrertür auf, bis ich saß. Die Straßen waren leer, aber er fuhr nicht schneller als erlaubt.

»Sie sehen schlecht aus.«

Was sollte ich sagen.

Er lachte. »Kein Wunder bei den vierundzwanzig Stunden, die Sie hinter sich haben.«

Ich sagte wieder nichts.

»Am Wasserturm – das hat mir imponiert. Aber im Park haben Sie mehr Glück als Verstand gehabt.«

»Sie sind wirklich nicht mein Sohn. Sie mögen der Sohn meiner gestorbenen Frau sein, aber ich bin nicht Ihr Vater. Als Sie… als Sie gezeugt wurden, war ich in Polen, weit weg von meiner Frau.«

Aber er ging nicht darauf ein. »Vermutlich wissen Sie es inzwischen schon – die im blauen Mercedes sind Russen.

Sie kommen aus Moskau und sind seit zwei oder drei Jahren in Deutschland, zuerst in Berlin, dann in Frankfurt und jetzt hier. Ich habe russisch mit ihnen geredet, aber sie sprechen nicht schlecht deutsch.«

»Das Beschatten hat man Ihnen wirklich phantastisch beigebracht.«

»Es war immer meine Spezialität. Begreifen Sie jetzt, daß wir ein gutes Team wären?«

»Wir ein Team? Mir kommt's vor, als würden Sie eher gegen mich arbeiten als für mich.«

Er war gekränkt. »Sie lassen mich ja nicht. Außerdem ist es immer gut, mehr zu wissen.«

Ich wollte ihn nicht kränken. »Es geht nicht um Sie. Ich will kein Team. Ich habe nie eines gewollt, nie eines gehabt, und jetzt, auf meine alten Tage, fange ich auch nicht mehr damit an.« Dann dachte ich, ich könnte ruhig die ganze Wahrheit sagen. »Außerdem sind die Tage der kleinen Privatdetekteien gezählt. Ich habe mich so lange halten können, weil ich alles hier gut kenne: die Gegend, die Menschen, das Leben. Und weil ich weiß, wen ich wann und wo um Hilfe bitten kann. Aber heute reicht das nicht mehr. Die paar Fälle, die ich noch kriege, tragen kaum das Büro. Zu zweit würden wir auch nicht mehr kriegen.«

Er fuhr am Luisenpark entlang. Die Polizei war wieder weg. Wiese und Büsche und Bäume lagen friedlich im Grau der Dämmerung.

»Könnten Sie nicht... Ich weiß nicht, ob Sie nicht mein Vater sind oder ob Sie es nicht sein wollen. Ich würde gerne mal ein Bild von meiner Mutter sehen und wissen, was für ein Mensch sie war. Und wenn Sie es nicht sind – wer könnte mein Vater sein? Sie müssen doch einen Verdacht haben! Ich weiß, Sie wollen, daß ich Sie in Ruhe lasse. Aber Sie können doch nicht tun, als gäbe es mich und uns nicht!«

»Uns?«

»Sie müssen nicht immer wieder dieselbe Frage stellen. Sie wissen schon, wovon ich rede. Wir sind euch lästig, und ihr hättet am liebsten, daß wir drüben bleiben und ihr von uns nichts hört und nichts seht.« Er war wieder gekränkt. Was die Staatssicherheit für sensible Kerlchen rekrutiert hatte!

»Das stimmt nicht. Ich war gerade in Cottbus und fand es eine hübsche kleine Stadt. Ich bin einfach nicht Ihr Vater, und wenn Sie aus Sinsheim wären, wäre ich's auch nicht mehr als jetzt, wo Sie aus… woher sind Sie?«

»Aus Prenzlau, nördlich von Berlin.«

Ich sah ihn von der Seite an. Sein braves, gekränktes Gesicht. Sein ordentlich gescheiteltes Haar. Seinen beigen Anorak. Seine glänzende schwarze Plastikhose und seine hellgrauen Slipper. Ich hätte ihm lieber was zum Anziehen gekauft als was von Klara erzählt. Aber mir war klar, daß ich nicht darum herumkam.

»Wie lange bleiben Sie noch in Mannheim? Wollen Sie am nächsten Sonntag zu mir kommen? Und mich bis dahin in Ruhe lassen?«

Er nickte. »Ist vier recht?«

Wir verabredeten uns auf vier. Dann waren wir auch schon in der Richard-Wagner-Straße. Er eilte ums Auto und hielt wieder die Beifahrertür auf.

»Danke!«

»Gute Besserung!«

## 9

### *Reversi*

Ich blieb den ganzen Tag im Bett. Turbo kringelte sich auf meinen Beinen und schnurrte. Brigitte kam über Mittag und brachte Hühnersuppe. Am Abend rief Philipp an. Er machte sich Vorwürfe, daß er mich am Sonntag nicht nach Hause geschickt hatte. Ob mein Herz alles verkraftet habe? Nägelsbach gehe es ordentlich, und am Mittwoch könne ich ihn besuchen. Dann sollten wir drei auch miteinander reden. »Die Polizei war heute nicht hier. Kannst du dir vorstellen, daß wir uns raushalten können? Ich kann's nicht.«

Aber wir konnten. Nur Welker wurde von der Polizei vernommen. Er berichtete von Gregor Samarins russischer Herkunft, seinen Reisen nach Rußland, dem halben Jahr, das er dort verbracht hatte, seinen obskuren Kontakten und seinen Versuchen, für angebliche russische Anleger große Mengen Bargeld bei Weller & Welker einzuzahlen. In einem Mülleimer im Luisenpark nahe dem Eingang Werderstraße fand die Polizei die Pistole, mit der Gregor erschossen worden war – eine Malakov. Er hatte eine Zwangsjacke an und war von hinten erschossen worden – eine Hinrichtung. Nachbarn hatten Schüsse, Autotüren zuschlagen und Autos wegfahren hören – eine Bandenangelegenheit.

Der *Mannheimer Morgen* titelte am Dienstag »Exekution im Luisenpark?« und am Mittwoch »Bandenkrieg in Mannheim?«. Ein paar Tage später fragte er, ob die russische Mafia sich im kriminellen Milieu Mannheims und Ludwigshafens festgesetzt habe. Aber das war nur noch eine kleine Notiz.

Philipp und ich saßen an Nägelsbachs Krankenbett und waren eigentümlich befangen. Wie Buben, die einen Streich gespielt haben, der zwar für sie glimpflich verlaufen ist, bei dem aber jemand anders zu Schaden kam. So hatten's die Buben nicht gewollt. Aber nichts ließ sich mehr in Ordnung bringen. Wahrscheinlich gehörte Welker verurteilt. Wahrscheinlich gehörten Nägelsbach und Philipp disziplinarisch belangt. Wahrscheinlich gehörte ich des fahrlässigen Ichweißnichtwas angeklagt.

»Ach Teufel… Eigentlich bin ich jeden Tag optimistischer, daß die Polizei nichts von uns will – heute schon vier- und morgen achtmal so optimistisch wie Montag.« Philipp grinste.

»Sie werden mich nicht verstehen«, Nägelsbach sah uns um Entschuldigung bittend an, »aber ich will die Polizei nicht raushalten. Ich war immer im reinen mit mir und dem Gesetz. Gut, ich habe mit Reni über meine Fälle gesprochen, was ich nicht hätte tun dürfen. Aber sie ist völlig verschwiegen, und außerdem habe ich den einen und anderen Fall nur dank ihrer Hilfe gelöst. Das hier ist was anderes. Welker gehört vor Gericht. Was Samarin ihm angetan hat, ist sicher ein mildernder Umstand. Aber wie der zu Buche schlägt, ob es ein paar Jahre gibt oder Bewährung oder Freispruch – das muß der Richter entscheiden.«

»Was meint Ihre Frau?«

»Sie meint…« Er wurde rot. »Sie sagt, daß es um meine Seele geht. Und daß sie und ich die Konsequenzen schon verkraften und daß sie, wenn's sein muß, arbeiten geht.«

»Um Ihre Seele?« Philipp sah Nägelsbach an, als wäre der nicht bei Trost. »Und was ist mit meiner?«

Nägelsbach sah ihn unglücklich an. »Ich kann nicht mein Leben lang dafür arbeiten, daß Leute für das, was sie getan haben, zur Verantwortung gezogen werden, und auf einmal…«

»Das Gesetz verlangt von Ihnen nicht, daß Sie zur Polizei gehen und Welker vor Gericht bringen. Sie bleiben mit ihm im reinen, wenn Sie's nicht machen.«

»Ach, Herr Selb, Sie wissen schon, was ich meine.«

Philipp stand auf, schlug sich mit der Handfläche vor die Stirn und ging aus dem Zimmer. Nägelsbach spielt nicht Schach, und so hatte ich Reversi mitgebracht. »Spielen wir?«

Wir saßen, setzten die Steine und wendeten sie von der roten auf die grüne und von der grünen auf die rote Seite. Als das erste Spiel fertig war, spielten wir schweigend noch eines und dann noch eines.

»Ja, ich verstehe, was Sie meinen. Ich verstehe auch, was Ihre Frau gesagt hat. Es hat auch sonst was für sich, zur Polizei zu gehen. Erinnern Sie sich an den Menschen, der in Ihre Abschiedsparty geplatzt ist und mich sprechen wollte? Er hat uns beobachtet, und ich halte für möglich, daß er uns erpressen will. Wahrscheinlich eher Welker als Sie oder Philipp oder mich.«

»Nein, ich erinnere mich nicht.« Er lächelte verlegen. »Ich war auf meiner Abschiedsparty ein bißchen aus dem Tritt.«

»Ich riskiere von uns dreien am wenigsten, wenn Sie zur Polizei gehen. Fahrlässige Tötung, weil wir Welker Samarins Pistole haben nehmen lassen – das läßt sich konstruieren. Aber klingt's nicht wirklich arg konstruiert? Anders als für Sie und Philipp gibt es für mich kein Disziplinarverfahren. Und für einen Privatdetektiv ist unsere Aktion auch kein Publicity-Problem, im Gegenteil. Für einen Polizeibeamten im Ruhestand und den Chirurgen an den Städtischen Krankenanstalten sieht das anders aus. Auf mich müssen Sie keine Rücksicht nehmen. Aber wir waren nun mal zu dritt, haben die Sache gemeinsam geplant, vorbereitet und durchgeführt und können jetzt auch nur gemeinsam entscheiden, ob wir die Polizei informieren oder nicht. Also entweder überzeugen Sie Philipp, oder Sie müssen ertragen, daß Welker nicht vor Gericht gestellt wird.«

Ich wartete, aber er sagte nichts. Er lag mit geschlossenen Augen.

»Was übrigens Welkers Rechtfertigung angeht – ich glaube, daß er recht hat. Daß Samarin ihn nicht in Ruhe gelassen hätte. Wie hätten Polizei und Gericht ihm dagegen geholfen? Gar nicht – Sie wissen es ebenso wie ich.«

Langsam öffnete er die Augen. »Ich muß über alles noch mal nachdenken. Ich…«

»Zur Seele will ich noch was sagen. Sie verlieren doch Ihre Seele nicht, wenn Sie mal mit sich und dem Gesetz nicht im reinen sind! Es ist gerade umgekehrt: Wenn Sie mit sich und dem Gesetz immer im reinen sind, brauchen Sie keine Seele. Die ist dazu da, daß wir mit uns ins reine kommen, wenn wir's eigentlich nicht sind. Ich mag keine korrupten Polizisten. Aber ich kenne welche, die sich mal etwas haben zuschulden kommen lassen, die nicht leicht daran getragen haben, aber damit ins reine gekommen sind und gerade deswegen besonders überzeugende Polizisten geworden sind. Polizisten mit viel Seele.«

»Kenne ich auch. Allerdings habe ich sie immer ein bißchen verachtet.« Er richtete sich im Bett auf, zeigte mir mit einer Armbewegung das Zimmer, den leeren Platz für das zweite Bett, den Fernsehapparat, das Telephon und die Blumen und versuchte einen Scherz. »Sehen Sie, auch ich werde korrumpiert. Ich selbst könnte das alles nicht zahlen. Welker zahlt.«

## 10

## Wie ein Auftrag

Am Abend saß ich in meinem Büro und schrieb Vera Soboda einen Brief. Daß mit der Geldwäsche bei Weller & Welker Schluß sei. Daß die Bank ein Irrenhaus gewesen sei, in dem die Irren die Ärzte und Schwestern eingesperrt und sich selbst als Ärzte und Schwestern ausgegeben hätten. Daß Samarin, der Anführer der Irren, tot sei. Und daß das Haus wieder vom Arzt Welker geleitet werde. Nägelsbachs Gleichnis hatte mir gefallen.

Von Welker war ein Brief in der Post. Er bedankte sich mit einem Scheck über zwölftausend Mark. Außerdem lud er mich auf den übernächsten Samstag zum Fest des Wiedereinzugs in die Gustav-Kirchhoff-Straße ein. Da würden wir uns alle noch mal wiedersehen.

Ich fragte mich, ob ich ihm noch die detaillierte Rechnung ausstellen sollte, die ich ihm bei der Erteilung des Auftrags versprochen hatte. Meistens erstatte ich meinen Auftraggebern nach Abschluß des Falls auch einen schriftlichen Bericht. War der Fall abgeschlossen? Mein Auftraggeber wollte nichts mehr von mir. Er hatte sich bedankt, mich bezahlt, und das Wiedersehensfest, zu dem er einlud, war ein Abschiedsfest. Was ihn anging, war der Fall abgeschlossen. Und was mich anging?

Wer hatte Schuler zu Tode erschreckt? Samarin hatte es

weder ausdrücklich zugegeben noch ausdrücklich bestritten. Ich konnte nicht glauben, daß er Schuler einfach des Geldes wegen aus dem Weg geräumt hatte. Sonst hätte er nicht erwähnt, daß Schuler ihm Lesen und Schreiben beigebracht hatte. Wenn er ihn umgebracht hatte oder hatte umbringen lassen, steckte mehr dahinter als der Koffer mit dem Geld. Was? Und wie war Schuler zu Tode erschreckt worden?

Oder machte ich mir etwas vor? Wollte ich nicht wahrhaben, daß ich der Grund für Schulers Tod war? Suchte ich deshalb nach Anschlägen, wo es nur seine Altersschwäche und -verwirrtheit und meine Langsamkeit gab? Eine schwache Konstitution, ein schlechter Tag, eine verwirrende Menge Geld – langte das nicht, um Schuler in die Verfassung zu bringen, in der er mir begegnet war?

Ich stand auf und trat ans Fenster. Da hatte seine Isetta gestanden, da hatte er mir den Koffer gegeben, da war er in einer langen Schräge über die Straße und zwischen Ampel und Baum auf die Grünanlage gezogen. Dort war er am Baum gestorben. Die Ampel wurde rot, gelb, grün und wieder gelb und rot. Ich konnte die Augen nicht von ihr lassen: der Totenlampe für den Lehrer a. D. Adolf Schuler.

Ob Samarin ihm einen tödlichen Schrecken eingejagt oder das Alter ihn in die üble Verfassung gebracht hatte – ich hätte ihn retten können und hatte ihn nicht gerettet. Ich war in seiner Schuld. Ändern konnte ich an seinem Tod nichts, ich konnte ihn nur noch aufklären. Es war wie ein Auftrag.

Rot, gelb, grün, gelb, rot. Nein, ich schuldete nicht nur Schuler die Aufklärung seines Tods, sondern auch mir die

Aufklärung meines letzten Falls. Denn das war dieser Fall: mein letzter. Außer ihm, den ich dank einer zufälligen Begegnung auf der Hirschhorner Höhe bekommen hatte, hatte es seit Monaten keinen Auftrag mehr gegeben. Vielleicht würde man mich noch mal auf die Suche nach falschen Kranken schicken. Ich würde es nicht mehr wollen.

Schade, daß man sich den letzten Fall nicht aussuchen kann. Einen Höhepunkt, einen Abschluß, einen, der alles Getane rund und stimmig macht. Statt dessen ist der letzte so zufällig wie alle anderen. So ist das: Man macht dies, und man macht das, und auf einmal war's ein Leben.

## 11

## *Tausend Möglichkeiten*

Ich erwischte Philipp auf dem Flur. »Am liebsten würde ich nicht mehr reingehen.« Er deutete mit dem Kopf zu Nägelsbachs Krankenzimmer.

»Hast du den Bericht der Gerichtsmedizin?«

»Gerichtsmedizin?« Dann fiel ihm ein, was ich wollte, und auch, daß er den Bericht auf dem Schreibtisch hatte. »Komm mit!«

Auf den beiden Stühlen vor dem Schreibtisch lagen Akten und Post, und so setzte ich mich auf die Untersuchungsliege, als wollte Philipp gleich mit dem Schlag seines Hämmerchens auf mein Knie meine Reflexe testen. Er blätterte. »Brust und Bauch eingedrückt, lebenswichtige Organe verletzt, Genick gebrochen – war ein übler Unfall.«

»Ich habe ihn kurz davor erlebt. Mit ihm stimmte was nicht. Als hätte jemand ihm einen furchtbaren Schrecken eingejagt.«

»Vielleicht war er krank. Vielleicht hatte er aus Versehen zu viele Schlaftabletten genommen. Vielleicht waren seine Medikamente schlecht eingestellt. Vielleicht hat er ein neues Beruhigungsmittel schlecht vertragen oder ein neues Blutdruckmittel. Mein Gott, Gerd, es gibt tausend Möglichkeiten, warum jemand schlecht drauf ist und einen Unfall hat.«

Daß Schuler nur mal versehentlich ein falsches Blutdruckmittel oder zu viele Schlaftabletten genommen haben sollte, wollte mir nicht in den Kopf. Schuler war kein Trottel. Seine Bücher- und Aktenberge wirkten chaotisch und waren doch wohlgeordnet. Er sollte mit seinen Medikamenten nicht zurechtgekommen sein?

Philipp drängte. »Was anderes, Gerd. Du mußt…«

»Und wenn ich rausfinde, was für Medikamente er genommen hat? Wenn ich seinen Arzt rauskriege und du ihn anrufst?«

»Was soll er sagen?«

»Ich weiß nicht. Vielleicht hat er Schuler tatsächlich nur ein neues Medikament verschrieben, das ihm schlecht bekommen ist. Oder Schuler hat sich selbst Tabletten besorgt, und der Arzt weiß, daß sie sich mit den verschriebenen nicht vertragen haben. Aber vielleicht erfahre ich von ihm auch, daß Schuler eine Erdbeerallergie hatte und daß jemand ihn gezwungen haben könnte, eine Erdbeere zu essen. Daß er Asthma hatte und einen tödlichen Schrecken bekommen hätte, wenn man ihm das Sprühfläschchen weggenommen hätte, mit dem Asthmatiker sich Erleichterung verschaffen. Wenn ich weiß, was ihn erschreckt haben könnte, kann ich besser nach dem suchen, der es war.«

»Wenn du was rausfindest, kümmere ich mich darum.« Er gab sich Mühe, engagiert zu klingen, aber ihn beschäftigte etwas anderes. »Du mußt Nägelsbach stoppen. Du mußt ihn stoppen, ehe es zu spät ist. Ich hab's dir nicht erzählt, weil man ungelegte Eier nicht begackern soll, aber ich bin im Gespräch für die Leitung der chirurgischen Abteilung einer wirklich phantastischen privaten Klinik. Gerade jetzt brauche ich ein Verfahren wie einen Kropf.«

»Ich dachte, du würdest pensioniert.«

»Werde ich auch. Aber die Privaten handhaben die Altersgrenze flexibler. Von morgens bis abends die Blumen auf dem Balkon pflegen und das Boot bewegen – es ist nichts für mich. Und die Schwestern… Stell dir vor, ich kriege die Chance, noch mal von vorne anzufangen. Wo zu arbeiten, wo Füruzan nicht ist, mich nicht im Auge hat und die anderen nicht wegbeißt. Vielleicht fühle ich mich überhaupt nur deshalb als alter Zirkusgaul. Weil sie immer nebendran steht.«

»Ich habe schon mit Nägelsbach geredet.«

»Seine Seele, seine Seele… Meine Seele geht vor die Hunde, wenn ich das Krankenhaus nicht mehr habe.« Er sah mich völlig verzweifelt an. War's das, was die Frauen an ihm mochten? Daß er, wenn er in einer Stimmung war, ganz und gar in ihr war?

»Auch wenn du es nicht gerne tust – wenn du was von Nägelsbach willst, mußt du mit ihm reden.«

»Ich bin bei so was nicht gut.«

»Versuch's. Er ist nicht verbohrt, er ist nur furchtbar gewissenhaft. Aber er nimmt ernst, was du ihm sagst.«

Philipp sagte traurig: »Ich werde heftig, auch wenn ich's nicht werden will. Die Schwestern mögen es, wenn ich sie anbrülle. Nägelsbach wird's nicht mögen.« Er sah auf die Uhr und stand auf. »Ich muß los. Was, meinst du, wird er machen?«

»Er geht gleich nach der Entlassung zur Polizei oder gar

nicht, und ehe er geht, sagt er es uns. Aber bis zur Entlassung mußt du wohl warten.«

Er lachte und schüttelte den Kopf, als müßte ich es eigentlich besser wissen. »Wie soll ich so lange warten?«

## 12

## *Verreist*

Ich bin nach Schwetzingen gefahren, habe bei Schulers Nachbarn geklingelt und nach der Adresse von Schulers Nichte gefragt, bis einer mich hinter die Bahnlinie in die Werkstraße schickte. Das Gartentor war offen, und an der Haustür fand ich einen Zettel, Frau Schubert sei gleich wieder zurück.

Ich wartete. Im Kleingarten auf der anderen Straßenseite wurden Gartenzwerge in einer Zinkwanne gebadet, tauchten schmutzig und traurig ein und sauber und fröhlich wieder auf.

Sie kam auf dem Fahrrad. »Ach, Sie sind's. Ich mach uns Kaffee.«

Ich half, die Einkäufe ins Haus zu tragen. Dann kam der Getränkeauslieferer, für den sie den Zettel an der Haustür gelassen hatte, und ich trug die Bier-, Limonade- und Sprudelkisten ins Haus, die er am Gartentor absetzte. Als ich fertig war, war der Kaffee durch die Maschine gelaufen.

Sie war ein bißchen verlegen. »Ich hab Ihren Namen nicht behalten und Ihnen keine Todesanzeige geschickt. Kommen Sie deswegen? Die Beerdigung ist nächste Woche Dienstag.«

Ich versprach zu kommen, und sie lud mich zum anschließenden Leichenschmaus ein. Als ich von Büchern redete, die ich ihrem Onkel geliehen hätte und wieder bräuchte, war sie bereit, mit mir in Schulers Haus zu fahren und mich nach den Büchern suchen zu lassen. Auf der Fahrt erzählte sie von dem Angebot, das sie für die Bibliothek ihres Onkels bekommen hatte.

»Stellen Sie sich vor – fünfzehntausend Mark!«

»Erben Sie alles?«

»Er hatte keine Kinder, und mein Vetter ist vor ein paar Jahren mit dem Drachenflieger abgestürzt. Ich erbe sein Haus, und daran ist so viel zu machen, daß ich über das Geld für die Bücher froh bin.«

Ich weiß nicht, was alte Bücher wert sind. Aber ich lief durch Schulers Haus und sah, daß er eine besondere Bibliothek zusammengetragen hatte. Bücher zum einen über das Land zwischen Edingen und Waghäusel und zum anderen über die Eisenbahnen und Banken in Baden – ich konnte mir nicht vorstellen, daß es dazu Gedrucktes geben sollte, das ich nicht hier fände. Das meiste waren kleine Broschüren, aber dazwischen gab es dicke, in Leinen oder Leder gebundene, manchmal mehrbändige Werke aus dem 19. Jahrhundert etwa über die Justierung des Rheins und die Meliorisierung seiner Auen durch Oberst Tulla, die Viadukte und Tunnels der Eisenbahn im Odenwald oder die Schiffahrtspolizei auf Rhein und Neckar von ihren Anfängen bis auf den heutigen Tag. Ich widerstand der Versuchung, die Begebenheiten beim Bau des Bismarckturms auf dem Heiligenberg als eines der Bücher auszugeben, die ich Schuler geliehen hatte, und mitzunehmen.

Im Badezimmer war die Ablage über dem Waschbecken voll mit Medikamenten. Tabletten für Herz und Blutdruck, gegen Schlaflosigkeit und Kopfschmerz, Verstopfung und Durchfall, für die Kräftigung der Prostata und die Beruhigung des vegetativen Nervensystems, Venen- und Rheumasalben, Hühneraugenpflaster und -messer – vieles mehrfach, vieles über dem Verfallsdatum, manche Tuben eingetrocknet und manche Tabletten gelb, die einmal weiß gewesen waren. Ich ließ die Messer, Pflaster und Salben, die Verstopfungs- und Durchfalltabletten und die Aufbau- und Kräftigungsmittel. Die Beruhigungs- und Schlafmittel, Herz- und Blutdrucktabletten steckte ich ein, sieben Päckchen. Die Ablage war immer noch voll genug.

Frau Schubert hatte alle Fenster aufgemacht, und die Frühlingsluft kämpfte gegen den Schulerschen Gestank an. In der Küche roch es nicht mehr nach fauligem Essen und Keller, sondern nach Putzmittel mit Zitrone, und es war blitzblanke Ordnung eingekehrt.

»Sie haben Ihre Bücher nicht gefunden?« Frau Schubert sah meine leeren Hände.

»Ihr Onkel hat zu viele. Ich hab's aufgegeben.«

Sie nickte, mitfühlend und stolz zugleich.

»Wie Medikamente – von denen hatte er auch zu viele. Ich mußte ins Bad, und da ist alles voll mit ihnen.«

»Er hat halt nichts wegwerfen können. Außerdem hat er die alten Medikamente gemocht, die in den Fläschchen. Die neuen in Plastik und Aluminium hat er mit seinen gichtigen Fingern nicht aufgekriegt. Ich habe ihm die Tabletten immer rausmachen und umfüllen müssen.« Sie wischte sich eine Träne aus dem Auge.

»Bei wem war er in Behandlung?«

»Bei Dr. Armbrust in der Luisenstraße.«

Beim Weg zur Haustür kamen wir an der Wand vorbei, an der Schuler seine Photographien aufgehängt hatte. Eine zeigte ihn selbst, wie er jung und mit breitem Grinsen neben seiner Isetta steht und die Hand auf sie legt wie ein Feldherr auf den Kartentisch. Wir schauten sie so lange an, bis Frau Schubert wieder weinte.

Von der Telephonzelle an der Hebelstraße, von der Welker seinerzeit nicht hatte telephonieren wollen, rief ich Philipp an. »Dr. Armbrust in der Luisenstraße in Schwetzingen.«

»Ach, Gerd.« Ich war ihm hörbar lästig. Aber er fügte sich. »Ich rufe sofort an.«

Als ich ihn wenig später wieder anrief, erfuhr ich, daß Dr. Armbrust für drei Wochen in Urlaub war. »Gibst du jetzt Ruhe?«

»Kannst du ihn zu Hause anrufen? Statt in der Praxis? Es ist doch nicht ausgeschlossen, daß er nicht weggefahren ist.«

»Du meinst…«

»… gleich. Ja, ich meine gleich.«

Philipp seufzte. Aber er suchte die Nummer heraus und sagte zu mir: »Bleib dran, ich ruf ihn mit dem Handy an.« Dr. Armbrust war ebensowenig zu Hause wie in der Praxis. Die Haushälterin erklärte, er sei bis zum letzten Urlaubstag verreist.

## 13

### *Gedeckter Apfelkuchen und Cappuccino*

Am Sonntag nachmittag kam Ulbrich. Er nahm mir nicht mehr übel, daß ich mich nach wie vor weigerte, sein Vater zu sein. Ich hatte mal gelesen, daß Ossis es gerne gemütlich haben, und am Samstag gedeckten Apfelkuchen gebacken. Er aß ihn mit Behagen und fragte nach Schokoladenstreuseln, um mit ihnen und der Sahne, die ich geschlagen hatte, aus seinem Kaffee einen Cappuccino zu machen. Turbo ließ sich von ihm kraulen, und ich kann mir nicht vorstellen, daß es im Sozialismus gemütlicher war.

Ich hatte ihm ein paar Photos von Klara rausgesucht. Fünf Alben stehen im Regal, eines mit Klara als Baby und kleines Kind, mit Bruder und Eltern, eines mit Klara als Tennis-, Ski- und Tanzstundenschönheit, eines von unserer Verlobung, Hochzeit und Hochzeitsreise, eines aus den letzten Monaten in Berlin und den ersten Jahren in Heidelberg. Alle Alben machen mich traurig. Am traurigsten macht mich das letzte aus der Nachkriegszeit und den fünfziger und sechziger Jahren. Klara, die von einem strahlenden Leben an der Seite eines Staatsanwalts mit glänzender Karriere geträumt und dabei selbst gestrahlt und geglänzt hatte, mußte sich statt dessen mit kärglichen Verhältnissen bescheiden und wurde bitterer und bitterer. Damals hatte ich ihre Bitterkeit und ihre Vorwürfe übelgenommen. Ich konnte nun einmal nicht mehr Staatsanwalt sein, zuerst, weil man mich wegen meiner Vergangenheit nicht mehr haben wollte, und dann, weil sich in mir alles dagegen sträubte, mit den anderen zu tun, als hätten wir keine Vergangenheiten, auch wenn man uns dazu aufforderte. Ich war Privatdetektiv – konnte sie das nicht akzeptieren? Konnte sie mich nicht lieben, wie ich war? Jetzt weiß ich, daß die Liebe ebenso wie dem Gesicht, dem Lachen, dem Witz, der Klugheit oder der Fürsorglichkeit des anderen auch seiner Stellung in der Welt und den Umständen seines Lebens gelten kann. Ob sie eine glückliche Mutter geworden wäre? Nach Karl-Heinz Ulbrich konnte sie keine Kinder mehr haben; bei seiner Geburt mußte etwas schiefgelaufen sein.

Aber man sah es ihr nicht an. Auf dem Photo vom April 1942, das ich nach ihrer Rückkehr vom angeblichen Italienurlaub mit Gigi vor dem Haus in der Bahnhofstraße aufgenommen hatte, lachte sie. Auch das vom Juni 1941, auf dem sie Unter den Linden entlanggeht, zeigte sie fröhlich. Ob der andere es gemacht hatte? Dazu hatte ich ein Photo aus der Schulzeit gelegt, eines aus den fünfziger Jahren, auf dem sie endlich wieder Tennis spielt, weil ich immerhin dafür wieder genug verdiene, und eines kurz vor ihrem Tod.

Ulbrich sah die Bilder langsam an, ohne ein Wort zu sagen. »Woran ist sie gestorben?«

»Sie hatte Krebs.«

Er machte ein bekümmertes Gesicht und schüttelte den Kopf. »Gerecht ist es trotzdem nicht. Ich meine, ein Kind will nicht nur gekriegt werden, sondern auch…« Er fuhr nicht fort.

Was hätte ich gemacht, wenn Klara das Kind hätte behalten wollen? Hatte sie sich die Frage gestellt? Und dahin gehend beantwortet, daß ich es nicht verkraften würde?

Er schüttelte wieder den Kopf. »Nein, da ist nichts gerecht. Was für eine wunderschöne Frau sie war. Der Mann… der Mann war sicher auch ein schöner Mann. Und jetzt schauen Sie mich an.« Er hielt mir sein Gesicht hin, als würde ich es noch nicht kennen. »Wenn Sie der Vater wären, ginge es noch. Aber so…«

Ich mußte lachen.

Er verstand nicht, warum. Er machte sich noch einen Cappuccino und nahm noch ein Stück Kuchen.

»Ich habe den *Mannheimer Morgen* gelesen. Ich muß sagen, eure Polizei macht es sich sehr leicht. Bei uns wäre das anders gelaufen. Aber vielleicht läuft es auch hier anders, wenn man der Polizei auf die Sprünge hilft.« Jetzt schaute er nicht mehr bekümmert, sondern herausfordernd wie bei unserer ersten Begegnung. Nahm er mir heute nichts übel, weil er sich obenauf fühlte?

Ich sagte nichts.

»Sie haben eigentlich nichts getan. Aber der andere, der von der Bank…« Er wartete, und als ich nichts sagte, tastete er sich weiter vor. »Ich meine, es war ihm offensichtlich lieber, der Polizei nicht zu sagen, daß er… Dann ist ihm wohl auch lieber, wenn kein anderer der Polizei sagt, daß…«

»Sie?«

»Sie brauchen das nicht so scharf zu sagen, als würde ich… Ich meine nur, er sollte nichts dem Zufall überlassen. Arbeiten Sie noch für ihn?«

Wollte er Welker erpressen? »Sind Sie so schlecht dran?«

»Ich…«

»Sie sollten wieder dorthin, wo Sie herkommen. Auch dort wird das Sicherheitsgewerbe florieren, wie überall, auch dort werden Betriebe Vertreter und Versicherungen Agenten suchen, die ihre Pappenheimer kennen. Hier gibt's für Sie nichts zu gewinnen. Ihr Wort gegen unser Wort – was soll das!«

»Mein Wort? Was sage ich denn? Ich habe nur mal gefragt. Ich meine…« Nach einer Weile sagte er leise: »Ich hab's bei der Schutz- und Wachgesellschaft versucht und als Versicherungsagent und als Tierpfleger. So einfach ist das nicht.«

»Es tut mir leid.«

Er nickte. »Es ist nichts mehr umsonst.«

Als er gegangen war, rief ich Welker an. Ich wollte ihn warnen; Ulbrich sollte ihn, falls er ihn aufsuchte, nicht unvorbereitet antreffen. »Vielen Dank, daß Sie mich anrufen!« Er ließ sich den Namen und die Adresse geben und war ganz gelassen. »Bis Samstag!«

## 14

## *Eins und eins, das macht zwei*

Am meisten genossen die Kinder Welkers Fest. Sie waren im richtigen Alter, Manu und Welkers Sohn Max ein bißchen älter als Anne, die Tochter von Füruzans Kollegin beim Einsatz am Wasserturm, und Welkers Tochter Isabel. Anfänglich ließen die Jungen die Mädchen links liegen und saßen am Computer. Die Mädchen zogen sich zurück und bretzelten sich auf. Brigitte hätte sie lieber am Computer sitzen statt in die Frauenfalle tappen sehen und rümpfte die Nase. Aber über den aufgebretzelten Mädchen vergaßen die Jungen den Computer und flirteten, Manu mit Isabel, die von der Mutter das dunkle Haar und die Glut in den Augen geerbt hatte, und Max mit Anne, beide blond. Der Garten war groß, und als Brigitte und ich einen Spaziergang bis zum Birnbaum am Zaun machten, sahen wir das eine Paar auf der Bank unter dem Schlehdorn schmusen und das andere auf der Mauer bei den Rosen. Es war ein traulicher, harmloser Anblick. Trotzdem war Brigitte beunruhigt, als es dunkel wurde und die Kinder nicht an die Tafel kamen, die im Garten gedeckt war, und suchte sie. Sie saßen auf dem Balkon, tranken Cola, aßen Kartoffelchips und redeten über die Liebe und den Tod.

Nägelsbachs waren gekommen, Philipp und Füruzan, Füruzans Kollegin und ihr Freund, Brigitte und ich. Philipp sah ich die Erleichterung darüber an, daß Nägelsbach nicht zur Polizei gegangen war. Außerdem war eine junge Frau da, die Welker uns als Max' Lehrerin am Kurfürst-Friedrich-Gymnasium vorstellte und der er mit der Bewunderung begegnete, die ein junger Witwer mit zwei Kindern mit Anstand zeigen kann. Die anderen Gäste habe ich vergessen; es waren Nachbarn und Freunde oder Bekannte vom Tennisclub.

Zuerst war das Gespräch holprig, aber der Wein, ein Chardonnay aus der Pfalz, trank sich so selbstverständlich, das Essen war von der Grünkernsuppe über den Victoriabarsch bis zum Brombeerquark so einfach und überzeugend und der Schein der Kerzen so heimelig, daß die Befangenheit sich verlor. Welker hielt eine kleine Rede; er freue sich, wieder zurück und mit den Kindern zusammenzusein. Und dankte dem Wasserturm-Kommando. Warum er weg gewesen war und wofür er uns dankte, ließ er lieber im dunkeln. Aber alle waren's zufrieden.

Als es kühl wurde und im Haus der Kamin brannte, nahm Welker mich beiseite. »Machen wir, ehe wir reingehen, ein paar Schritte durch den Garten?« Wir gingen über die Wiese und setzten uns auf die Bank unter dem Schlehdorn.

»Ich habe viel über Gregor nachgedacht – und über uns, die Welkers. Wir haben ihn aufgenommen, aber alles, was wir gaben, waren Almosen. Weil wir überhaupt gaben, haben wir auch noch seine Dienste in Anspruch genommen. Ich hatte als Kind das Zimmer im Dach und er das im Keller, damit er im Winter die Heizung versorgen konnte, die damals noch nicht mit Öl, sondern mit Kohle befeuert wurde.« Er schüttelte langsam den Kopf. »Ich habe mich zu erinnern versucht, wann ich in unserer Kindheit das erste Mal gemerkt habe, daß er mich haßt. Es ist mir nicht eingefallen. Es hat mich damals einfach nicht interessiert, und so habe ich es mir auch nicht gemerkt.« Er sah mich an. »Ist das nicht furchtbar?«

Ich nickte.

»Ich weiß, daß ich ihn erschossen habe, ist noch furchtbarer. Aber irgendwie ist es dieselbe Furchtbarkeit. Verstehen Sie, was ich meine? Was in unserer Kindheit geschehen ist, hat Frucht getragen, wie es in der Bibel heißt, bei ihm war's der Mord an meiner Frau und alles andere und bei mir, daß ich mich nur noch so vor ihm retten konnte.«

»Er sagte, er hat Ihre Frau gemocht.«

»Er hat Stephanie gemocht, wie der Diener die Tochter des Herrn mögen kann, den er haßt. Letztlich steht sie auf der anderen Seite, und wenn es hart auf hart geht, zählt nur noch das. Als Stephanie sich gegen ihn gestellt hat, ging es hart auf hart.«

Im Haus gingen die Lichter an, und der Schein fiel auf die Wiese. Unter dem Schlehdorn blieb es dunkel. »Eins und eins, das macht zwei« – jemand legte Hildegard Knef auf, und ich wollte Brigitte im Arm halten und mit ihr Walzer tanzen.

»Wo sie Stephanie… Ob sie gleich bei der Hütte auf sie gewartet haben? Ich habe keine Ahnung, wie sie uns folgen konnten, ohne daß wir es gemerkt haben. Wir dachten, wir wären allein.« Er preßte die Handballen gegen die Augen und seufzte. »Ich bin den Alptraum noch immer nicht los.

Dabei ist das alles, was ich will: aus ihm aufwachen und ihn vergessen.«

Er tat mir leid. Zugleich wollte ich, was er mir erzählte, nicht wirklich wissen. Ich war nicht sein Freund. Ich hatte für ihn einen Auftrag erledigt. Jetzt hatte ich einen anderen Auftrag. »Worüber haben Sie mit Schuler gesprochen, als Sie ihn abends besucht haben?«

»Schuler…« Falls ich ihn durch den Wechsel des Themas gekränkt hatte, ließ er es sich nicht anmerken. »Gregor und ich waren zusammen bei ihm. Er erzählte von seiner Arbeit mit den Akten und von der Straßburger Spur des stillen Teilhabers, die Sie später verfolgt haben. Sonst…«

»Haben Sie ihn nach dem Geld gefragt? Dem Geld im Koffer?«

»Er hat davon geredet, allerdings habe ich es damals nicht recht begriffen. Daß man mißtrauisch wird, wenn man Geld im Keller findet, hat er gesagt. Daß man sich fragt, wem es gehört. Daß unrecht Gut nicht gedeiht – ob wir das vergessen hätten. Dabei hat er Gregor angeschaut.«

»Was haben Sie…«

»Ich war gar nicht die ganze Zeit dabei. Ich hatte… hatte Durchfall und war oft auf der Toilette. Schuler muß in dem Teil des alten Kellers, in dem er eigentlich nichts zu suchen hatte, Geld gefunden haben, das Gregor dort gelagert hatte. Er hat sich Gedanken gemacht und Gregor verdächtigt, weil ich ein Welker bin und Gregor nicht zur Familie gehört. Dann wollte er seinen ehemaligen Schüler wieder auf den richtigen Weg führen.« Er lachte, spöttisch und traurig zugleich. »Sie werden noch wissen wollen, in was für einer Verfassung Schuler war. Er roch schlecht, aber es ging ihm gut. Übrigens hat er nicht gedroht. Er hat nicht einmal gesagt, daß er das Geld hat. Das hat Gregor erst am nächsten Tag herausgefunden.«

Das Lied war zu Ende, es wurde geklatscht, gelacht, gerufen, und dann fing es noch mal an, lauter. Wenn schon nicht mitgetanzt, hätte ich gerne mitgesungen. »Der liebe Gott sieht alles und hat dich längst entdeckt.«

Er legte mir die Hand aufs Knie. »Ich werde, was Sie für mich getan haben, nicht vergessen. Irgendwann wird die Erinnerung an die letzten Monate blasser werden, Gott sei Dank. Bis jetzt sind mir die guten Sachen, die mir zugestoßen sind, immer besser im Gedächtnis geblieben als die schlechten, und was Sie als mein Privatdetektiv für mich getan haben, war eine gute Sache.« Er stand auf. »Gehen wir?«

Als Hildegard Knef das Lied zum dritten Mal sang, tanzte ich mit Brigitte.

## DRITTER TEIL

I

## *Zu spät*

Warum konnte es nicht so bleiben? So leicht, heiter und beschwingt, mit ein bißchen Trauer und ein bißchen Wehmut, Trauer um Stephanie Welker, Adolf Schuler und Gregor Samarin, ja, auch um das zerstörerische, zerstörte Leben von Gregor Samarin, und Wehmut, weil wir erst jetzt die Selbstverständlichkeit entdeckten, mit der unsere Füße die richtigen Schritte fanden und wir uns miteinander bewegten und aneinander freuten? Warum konnten wir nicht so durch das Jahr tanzen, durch dieses und noch eines und noch eines, so viele oder wenige Jahre uns eben gegeben waren?

Ich sah dasselbe Glück, das ich fühlte, auf den Gesichtern der anderen; Nägelsbachs lächelten, als teilten sie ein kostbares Geheimnis, aus Philipps Gesicht war der Verdruß über das Altern verschwunden und aus Füruzans die Müdigkeit des langen Wegs von Anatolien nach Deutschland und der viel zu vielen Nächte, in denen sie das Geld verdiente, das sie nach Hause schickte, und Brigitte strahlte, als werde endlich alles gut. Welker tanzte nicht. Er lehnte mit verschränkten Armen am Türrahmen und schaute uns freundlich zu, als warte er darauf, daß wir gingen. Als es für die Kinder Zeit wurde, brachen wir auf.

Ein paar Tage später reiste ich mit Brigitte nach Sardinien. Manu hatte Schulferien und wurde von seinem Vater überraschend zum Skifahren abgeholt. Brigitte, die vom Kommen des Vaters nichts geahnt und in der Praxis keine Termine gemacht hatte, um für Manu frei zu sein, sagte: »Jetzt oder nie.« So weit war es gekommen: Für das, was wir taten oder ließen, zählte nicht mehr mein Kalender, sondern ihrer.

Zehn Tage Sardinien – wir waren noch nie so lange zusammengewesen. Die Pracht unseres Hotels war vergangen, das dunkelrote Leder auf den Sesseln und Sofas in der Halle war brüchig, die Kandelaber im Speisesaal brannten nicht mehr, und aus den messingnen Armaturen im Badezimmer dampfte anfangs rostiges Wasser. Aber wir wurden aufmerksam bedient und versorgt. Das Hotel lag zwischen den Bäumen eines überwachsenen Parks an einer kleinen Bucht mit Kieseln, und ob wir im Park oder am Strand verweilen mochten – kaum hatten wir's gedacht, brachte jemand zwei Liegestühle, einen kleinen Tisch, wenn nötig einen Sonnenschirm und nach Wunsch Espresso, Wasser, Campari oder sardischen Weißwein.

Die ersten Tage haben wir nur gelegen, durch die Blätter in die Sonne geblinzelt und über das Meer zum Horizont geträumt. Dann haben wir ein Auto gemietet und sind entlang der Küste und in die Berge gefahren, auf schmalen, kurvigen Straßen zu kleinen Dörfern mit Kirche und Marktplatz und Blick ins Tal und manchmal bis zum Meer. Auf den Marktplätzen saßen die alten Männer, und ich hätte mich gerne dazugesetzt, zugehört, was für gefährliche Briganten sie früher waren, erzählt, was für ein tüchtiger Detektiv ich einst war, und mit Brigitte angegeben. In Cagliari stiegen wir Treppen über Treppen, bis wir von der Terrasse der Bastion auf den Hafen und die Dächer der Stadt schauten, keines wie das andere. In einer kleinen Hafenstadt war ein Fest mit Prozession, Chor und Orchester, die so herzzerreißend sangen und spielten, daß Brigitte die Tränen kamen. Die letzten Tage lagen wir wieder unter den Bäumen und am Strand.

In Sardinien habe ich mich in Brigitte verliebt. Das klingt dumm, ich weiß. Wir sind seit Jahren zusammen, und was hat mich mit ihr verbunden wenn nicht die Liebe. Aber erst in Sardinien gingen mir die Augen auf. Wie schön Brigitte war, wenn sie sich nicht sorgen und hetzen mußte. Wie anmutig sie lief, zugleich leichtfüßig und zielstrebig. Was für eine wunderbare Mutter sie Manu war, trotz vieler Ängste voller Vertrauen in ihn. Wie witzig sie sein konnte. Wie nett sie mich auf den Arm nahm. Wie liebevoll sie überhaupt mit mir und meinen Eigenheiten und Gewohnheiten umging. Wie sie meinen Rücken massierte, wenn er weh tat. Wie sie Helligkeit und Fröhlichkeit in mein Leben brachte.

Ich versuchte, mich an die unerfüllten Wünsche zu erinnern, die sie manchmal geäußert hatte, und sie zu erfüllen. Mal ohne weiteren Anlaß etwas Liebes sagen, Blumen schenken, etwas vorlesen, etwas Schönes ausdenken, was wir noch nie gemacht hatten, sie mit einer Flasche des Weins überraschen, der ihr im Restaurant geschmeckt, oder mit der Tasche, die ihr im Schaufenster gefallen hatte – es waren alles Kleinigkeiten und ich schämte mich, daß ich sie so lange vorenthalten hatte wie ein Geizkragen.

Die Tage vergingen wie im Flug. Ich hatte Bücher mitgenommen, las aber keines zu Ende. Wenn ich im Liegestuhl lag, sah ich lieber Brigitte beim Lesen zu, statt selber zu lesen. Oder ich sah ihr zu, wie sie schlief und aufwachte. Manchmal wußte sie nicht sofort, wo sie war. Sie sah den blauen Himmel, das blaue Meer, war ein bißchen verwirrt, bis ihr alles wieder einfiel und sie mich verschlafen und glücklich anlächelte.

Ich lächelte glücklich zurück. Zugleich war ich traurig. Wieder war ich langsam gewesen, hatte Jahre gebraucht, wo Wochen oder Monate hätten genügen sollen. Und weil ich die Erfahrung, daß ich langsam bin, immer dann gemacht habe, wenn ich etwas durch meine Langsamkeit unwiederbringlich versäumt und verloren habe, hatte ich auch hier das Gefühl, es sei für unser Glück eigentlich schon zu spät.

## 2

## *Matthäus 25, Vers 14–30*

Manu kam braungebrannt aus den Skiferien und machte Brigitte mit dem Satz »Schon schön, wieder hier zu sein« glücklich. Mich überraschte er mit der Mitteilung, er wolle am nächsten Morgen in die Kirche. In den Skiferien wie schon in Brasilien habe sein Vater ihn in die Messe mitgenommen. Hier sei seine Mutter noch nie mit ihm in einem Gottesdienst gewesen.

So bin ich am Sonntag mit ihm in die Christuskirche gegangen. Die Sonne schien, am Wasserturm blühten Narzissus und Tulipan viel schöner als Salomonis Seide, und von der Spitze der Kuppel der Christuskirche grüßte uns der goldene Engel mit seiner goldenen Trompete. Was der Pfarrer zum Gleichnis vom anvertrauten Geld und zu dem Diener zu sagen wußte, der seinen Anteil vergräbt, statt mit ihm zu arbeiten, und sich dadurch um seine Verantwortung drückt, traf mich. Was wollte ich mit dem Geld machen, das ich unter der Zimmerpalme vergraben hatte? Es in den Klingelbeutel tun? Ich hatte es vergessen.

Auch Manu hatte bei der Predigt aufgepaßt. Beim Mittagessen erfuhren wir, daß sein Freund einen Bruder hatte, wenige Jahre älter, der übers Internet Aktien kaufte und verkaufte und so sein Geld mehrte. Manu wollte daraus und aus Matthäus 25, Vers 14–30 ableiten, daß seine Mutter oder sein Vater ihm einen Computer mit Internet-Anschluß besorgen müßten. Dann sah er mich an. »Oder willst du?«

Am Nachmittag fuhren wir nach Schwetzingen in den Schloßpark, den ich über der Arbeit am Fall so oft aus der Ferne gesehen hatte. Wir liefen durch die Allee, die mit den neuen, kleinen Kastanien so jung aussah, an der Orangerie vorbei zum römischen Aquädukt, über die Chinesische Brücke und am See entlang zum Merkurtempel. Brigitte zeigte uns, wo ihre Eltern für sie und ihre Geschwister hier früher Ostereier versteckt hatten. An der Moschee deklamierte Manu »Allah lenkt zu seinem Licht, wen er will«, was er in der Schule gelernt hat, als sie den Islam behandelt haben. Dann setzten wir uns auf dem Schloßplatz in die Sonne, tranken Kaffee und aßen Kuchen. Ich erkannte die Bedienung wieder, aber sie mich nicht. Ich sah zu Weller & Welker hinüber.

Auf dem Schloßplatz flanierten Touristen und Schwetzinger, ein quirliges Treiben. Durch das Treiben bahnte sich langsam und geduldig ein Auto seinen Weg, ein dunkler Saab. Er hielt vor der Bank; das Tor schwang auf und ließ das Auto herein.

Das war alles. Ein Auto, das vor dem Tor hält, das Tor, das aufschwingt und einen Augenblick aufbleibt, das einfahrende Auto und das Tor, das wieder zuschwingt. Es war nicht das Bild, das ich von dem Nachmittag, an dem ich das erste Mal die Bank beobachtet hatte, in Erinnerung hatte. Damals war der Schloßplatz leer, heute war er voll, damals waren die ein- und ausfahrenden Autos nicht zu übersehen, heute ging der dunkle Saab im Getriebe des Platzes beinahe unter.

Aber es traf mich wie ein elektrischer Schlag. Man führt den Schlüssel ins Schloß des Autos, schaltet den Radioapparat ein oder tritt auf den Balkon, vielleicht in Nachthemd und Morgenmantel, um nach dem Himmel zu sehen und die Temperatur zu prüfen, und stützt die Hände auf das metallene Geländer. Der Schlag tut kaum weh. Was einen trifft, ist nicht der Schmerz, sondern das plötzliche Bewußtsein, daß Auto, Radio oder Geländer, daß überhaupt alles, was uns vertraut ist und womit wir rechnen, eine unberechenbare, bösartige Seite hat. Daß es nicht so stimmt, wie wir es als stimmig und verläßlich voraussetzen. Das einfahrende Auto und das auf- und zuschwingende Tor – wie damals hatte ich das Gefühl, daß an dem, was sich vor meinen Augen abspielte, etwas nicht stimmte.

Ein Kunde am Sonntag? Ausschließen konnte ich es bei einer kleinen Bank und einem wichtigen Kunden natürlich nicht. Aber das Geschäft, das gewiß an keinem Sonn- und Feiertag ruhen würde, war die Geldwäsche.

Als eine halbe Stunde später das Tor sich öffnete, den dunklen Saab rausließ und sich wieder schloß, stand ich in der Nähe. Der Wagen hatte ein Frankfurter Kennzeichen. Die Scheiben waren getönt. Am Rand des Kofferraums hing kein Fünfzigmarkschein fest, den man beim Auspacken übersehen hatte.

Als ich Brigitte am Abend im Bett sagte, ich wollte für ein paar Tage verreisen, fragte sie skeptisch: »Der einsame Cowboy reitet wortlos in die untergehende Sonne?«

»Der Cowboy reitet nach Cottbus, nicht in die unter-, sondern in die aufgehende Sonne. Er reitet auch nicht wortlos.« Ich erzählte ihr von der Geldwäsche in der Sorbischen Genossenschaftsbank und daß ich wissen wollte, ob sie aufgehört hatte oder weiterging. Ich erzählte von Vera Soboda. Ich erzählte von Schuler und seinem Geld. »Es kommt aus dem Osten und soll wieder in den Osten. Vielleicht finde ich einen Pfarrer oder eine Einrichtung, die was Vernünftiges damit machen. Und vielleicht finde ich was, was Schulers Tod aufklären hilft.«

Brigitte verschränkte die Arme hinter dem Kopf und schaute an die Decke. »Ich kann auch was Vernünftiges mit dem Geld machen. Was ich gerne statt der Praxis machen würde, was ich für die Praxis brauche, was Manu sich wünscht – alles vernünftige Sachen.«

»Es ist Drogen-, Prostitutions- und Erpressungsgeld. Es ist kein gutes Geld. Ich bin froh, wenn es weg ist.«

»Geld stinkt nicht – hat man dir das nicht beigebracht?«

Ich richtete mich auf und sah Brigitte an. Nach einer Weile wandte sie die Augen von der Decke und sah mir ins Gesicht.

Ihr Blick gefiel mir nicht. »Komm, Brigitte…« Ich wußte nicht weiter.

»Vielleicht bist du deswegen, was du bist. Ein einsamer, schwieriger, alter Mann. Du siehst das Glück nicht, wenn es dir über den Weg läuft, und festhalten – wie sollst du es festhalten, wenn du es nicht siehst. Hier wird es dir sogar in die Hände gelegt, aber du läßt es durch die Finger rinnen. Wie du unser Glück durch die Finger rinnen läßt.« Sie sah wieder an die Decke.

»Ich will unser Glück nicht…«

»Ich weiß, Gerd. Du willst es nicht. Aber du tust es.«

Ich hörte ihren Worten nach. Ich war nicht bereit, mich einsam, schwierig und alt auf die Seite zu drehen. Nicht nach den Tagen in Sardinien. »Brigitte?«

»Ja.«

»Was würdest du lieber als die Praxis machen?«

Sie schwieg so lange, daß ich dachte, sie wollte nichts mehr sagen. Dann weinte sie ein paar Tränen. »Ich hätte gerne Kinder mit dir gehabt. Manu habe ich trotz der Sterilisation bekommen. Mit dir habe ich keine bekommen, obwohl ich nicht verhütet habe. Wir hätten es in vitro versuchen müssen.«

»Du und ich im Reagenzglas?«

»Du denkst, der Arzt schüttelt uns im Reagenzglas wie der Mixer den Cocktail im Shaker? Er bettet deine Samenzelle und meine Eizelle auf einem flachen Glas, und dann machen die beiden, was man auf einem Bett eben macht, wenn man sich liebt.«

Ich freute mich an den beiden Zellen auf dem Glas. Es war ein hübsches Bild.

»Jetzt ist es zu spät dafür.«

»Es tut mir leid, Brigitte. Ich habe dir eben von Schuler erzählt – er würde noch leben, wenn ich nicht zu langsam gewesen wäre. Ich bin immer wieder zu langsam, nicht erst seit ich älter werde. Dich hätte ich am Morgen nach unserer ersten Nacht fragen sollen, ob du mich heiraten willst.« Ich streckte den Arm aus, und nach kleinem Zögern hob Brigitte den Kopf, und ich schob den Arm darunter.

»Dafür ist es nicht zu spät.«

»Willst du?«

»Ja.« Sie kuschelte sich an mich und nickte in meine Achsel.

»Ich mache nur noch den Fall zu Ende. Es ist mein letzter.«

## 3

## *Traktoren stehlen*

Diesmal habe ich Berlin gemieden. Ich fuhr mit dem Auto, verließ bei Weimar die Autobahn und mäanderte übers Land. Vor Cottbus gab es einen Park, angelegt von Fürst Pückler mit einer Pyramide für sich und seine Frau, einer für sein Lieblingspferd und einer für seinen Lieblingshund. Seine ägyptische Geliebte mußte sich mit einem Grab auf dem Friedhof begnügen; sie war jung, schön und dunkel und mit ihren zarten orientalischen Bronchien dem Klima der Sorben nicht gewachsen gewesen. Ich verstand sie. Ich war dem Klima bei meinem letzten Besuch auch nicht gewachsen gewesen.

Ich hatte Vera Soboda am Morgen zu Hause angerufen, und sie hatte mich zum Abendessen eingeladen. Es gab Kartoffeln mit Quark und dazu Lausitzer Urquell, ein Bier aus der Gegend, mit hopfigem Biß, aber weich im Abgang.

»Was bringt Sie nach Cottbus?«

»Die Sorbische. Sehen Sie, wie ich an die Daten herankommen kann, von denen Sie mir erzählt haben?«

»Ich arbeite dort nicht mehr. Ich bin gekündigt worden.« Sie lachte. »Schauen Sie nicht so verdutzt. Wissen Sie, ich war nicht wirklich die Chefin. Ich hab mich nur um alles gekümmert, weil einer es tun mußte und die Stelle nicht besetzt war. Vor zwei Wochen wurde sie mit einem Dumm-kopf besetzt, der vom Bankgeschäft nichts versteht. Am dritten Tag bin ich mit ihm aneinandergeraten, und er hat mich rausgeschmissen. Es ging blitzschnell.

Er stand an meinem Schreibtisch und sagte: ›Frau Soboda, Sie sind gekündigt. Sie haben eine halbe Stunde, Ihren Schreibtisch von Ihren persönlichen Gegenständen zu leeren. Dann verlassen Sie das Objekt.‹ Er blieb neben mir stehen und sah mir zu, als ob ich sonst den Locher oder die Büroklammern oder den Kugelschreiber mitgenommen hätte. Dann brachte er mich zur Tür und sagte: ›Ihr Geld kriegen Sie noch sieben Monate. Nichts für ungut.‹«

»Waren Sie beim Anwalt?«

»Der hat den Kopf gewiegt und wollte nichts versprechen. Ich hätte dem neuen Chef die Meinung vielleicht ein bißchen zu deutlich gesagt. Also habe ich aufgegeben. Wir sind im Prozessieren nicht geübt. Und wenn ich verliere – wie soll ich das zahlen.«

»Was jetzt?«

»Zu tun gibt's hier genug. Das Problem ist: Was wir brauchen, bringt kein Geld, und was Geld bringt, brauchen wir oft genug nicht. Aber es wird schon werden. Der liebe Gott wird eine gute Kommunistin nicht im Stich lassen, wie die Chefin immer sagte, bei der ich gelernt habe.« Ich traute ihr zu, daß sie's schaffen würde. Sie sah wieder aus wie die Traktoristin, mit der man gerne losziehen und Traktoren stehlen würde. Sie runzelte die Stirn. »Was für Daten wollen Sie?«

»Ich wüßte gerne, ob noch Geld gewaschen wird.«

»Sie haben mir geschrieben …«

»Ich weiß. Aber ich bin nicht sicher, ob es stimmt. Ich habe das Gefühl, daß…«

»Verstehen Sie was von Computern?«

»Nein.«

Sie stand auf, stützte die Arme auf die Hüften und sah mich von oben bis unten an. »Ich soll mit Ihnen bei Nacht und Nebel in die Sorbische einsteigen und den Computer anschalten und nach Daten suchen, weil Sie ein Gefühl haben? Ich soll für ein Gefühl von Ihnen Kopf und Kragen riskieren? Meinen Sie, ich kann bei irgendeiner Bank auch nur putzen, wenn ich in der Sorbischen erwischt werde? Was bilden Sie sich…« Sie stand vor mir und schimpfte, wie ich seit meiner Mutter niemanden habe schimpfen hören. Wäre ich aufgestanden, hätte ich sie um Kopfeslänge überragt und den Zauber zerstört. So blieb ich sitzen und starrte sie begeistert an, bis sie aufhörte, sich hinsetzte und lachte.

»Habe ich was von Einsteigen gesagt?«

»Nein«, lachte sie, »ich. Ich habe was davon gesagt, und ich würde auch gerne einsteigen und die Programme und Dateien durcheinanderwirbeln. Aber es geht nicht. Auch nicht mit Ihnen, der nichts von Einsteigen gesagt, aber daran gedacht hat.«

»Ohne Sie? Könnte ich ohne Sie einsteigen und den Computer einschalten und nach den Daten suchen?«

»Haben Sie mir nicht gerade gesagt, daß Sie von Computern nichts verstehen?«

»Können Sie mir, was Sie damals gemacht haben, nicht beschreiben? Schritt für Schritt? Ich…«

»In einem Tag ein Hacker werden? Vergessen Sie's.«

»Ich…«

»Gleich ist es elf, und bei den Sorben geht's früh ins Bett. Wir trinken noch ein Bier, und dann richte ich Ihnen das Sofa.«

## 4

## *Im Sicherungsschrank*

»Nur als Gedankenspiel – käme man überhaupt bei Nacht und Nebel in die Sorbische rein?«

Ich fragte sie beim Frühstück, und sie antwortete so schnell, daß auch sie nachts darüber nachgedacht haben mußte. »Man würde es nicht bei Nacht und Nebel machen. Man würde nachmittags mit dem Dietrich die Teeküche aufschließen und sich dort im Sicherungsschrank verstekken, bis alle weg sind. Dann hätte man die Bank für sich. Schwierig ist nicht das Rein-, sondern das Rauskommen. Morgens um sieben, wenn die Putzfrauen kommen, müßte man sich eigentlich wieder verstecken, bis die Sorbische aufmacht und man sich unter die Kunden mischen kann. Aber im Sicherungsschrank geht's nicht, da sind die Putzsachen untergebracht, in der Toilette, im Kopierraum, hinter den Schaltern oder unter den Schreibtischen machen die Putzfrauen sauber, und in den Raum mit den Schließfächern oder in den Tresorraum kommt man nicht.«

»Wo kommen die Putzfrauen rein?«

»Sie haben einen Schlüssel für den Seiteneingang.«

»Kann man, wenn sie aufmachen, an ihnen vorbei rausstürzen?«

Sie überlegte. Es gab Eier mit gebratenem Speck und Kartoffeln und dazu Marmeladenbrot und Kaffee. Sie aß, als hätte sie lange nichts gekriegt und als würde es lange nichts mehr geben. Als ich vor dem zweiten Ei kapitulierte, aß sie auch meinen Teller leer. »Morgens wie ein Bischof, mittags wie ein Priester, abends wie ein Bettelmönch. Die Putzfrauen bekämen einen Schreck und würden die Polizei rufen. Warum nicht?« Sie wischte beide Teller mit einem Stück Brot blank.

»Spielen wir das Gedankenspiel noch ein bißchen weiter?«

Sie lachte. »Tut niemandem weh, oder?«

»Wenn man in der Bank wäre und am Computer säße und mit den Programmen und Daten nicht zurechtkäme und ein Handy hätte und jemanden anrufen könnte, der was davon verstünde, müßte man doch…«

Sie lachte wieder. Sie lachte mit hüpfendem Bauch und hielt sich am Tisch fest, als würde es sie anders vom Stuhl reißen.

Ich wartete, bis sie sich beruhigt hatte. »Frau Soboda, können Sie mir an Ihrem Computer zeigen, was ich heute nacht tun muß? Und können Sie mir heute nacht helfen, wenn ich nicht weiterkomme und Sie mit meinem Handy anrufe? Ich weiß, daß ich wenig Chancen habe, was zu finden, aber ich habe keine Ruhe, wenn ich es nicht immerhin versuche.«

Sie schaute auf die Uhr. »Sechs Stunden. Sie haben ein Handy?«

Ich ließ mir den Weg zum einschlägigen Laden beschreiben und besorgte mir eines. Als ich zurückkam, setzte sich Frau Soboda mit mir an den Computer. Sie zeigte und erklärte, ich fragte und übte. Einschalten. Password eingeben. Was könnte das richtige Password sein? Wie könnte es vom Arbeitssystem ins Protokoll-File gehen? Wie würde ich die Kontostände im Arbeitssystem und die Vorgänge im Protokoll-File abfragen? Wie könnte es weiter ins Geldwaschsystem gehen? Wie würde ich am Handy beschreiben, was auf dem Bildschirm passierte? Um drei wußte ich nicht, wo mir der Kopf stand.

»Sie haben ein paar Stunden, alles noch mal durchzugehen. Der neue Chef bleibt lange, und vor acht würde ich nicht aus dem Schrank steigen.« Sie erklärte mir, wie ich mich in die Teeküche schmuggeln könnte. »Viel Glück!«

Ich parkte in einer Nebenstraße und ging in die Sorbische. Durch die Schalterhalle, an der Kasse vorbei, in den kurzen Gang, der zum Seiteneingang führte und an dessen Anfang Toilette und Teeküche lagen – es war nicht schwer. Niemand guckte, als ich langsam durch die besuchte Schalterhalle ging und am Anfang des kurzen Gangs rasch die Tür zur Teeküche mit dem Dietrich aufschloß und hinter mir wieder zumachte.

Der Sicherungsschrank war voll, und ich mußte Besen, Schrubber, Lappen, Eimer und Putzmittel sorgsam schichten und stapeln, bis ich Platz fand. Komfortabel war es nicht. Ich stand in Habtachtstellung, den Sicherungskasten im Rücken, Fuß an Fuß und die Arme an die Seiten gepreßt. Es roch intensiv nach Putzmitteln, nicht nach dem Duft frischer Zitrone, sondern nach einer Mischung aus Kernseife, Salmiakgeist und faulem Obst. Zuerst hielt ich die Schranktür auf; ich dachte, ich würde rechtzeitig hören, wenn jemand ins Zimmer träte. Aber als jemand kam, kriegte ich es erst mit, als er im Zimmer stand, und wenn er in meine Richtung gesehen hätte, wäre es um mich geschehen gewesen. Also ließ ich die Schranktür zu. Als die Sorbische um vier schloß, wurde es in der Teeküche lebendig. Die Angestellten, die im Schalterdienst gewesen waren und jetzt noch Büroarbeiten besorgen mußten, machten eine Kaffeepause. Ich hörte die Maschine zischen und gurgeln, Tassen und Löffel klingen, Bemerkungen über Kunden und Tratsch über Kollegen. Mir war nicht wohl in meinem Schrank. Aber die Zeit verflog.

Sonst schleppte sie sich. Zuerst rekapitulierte ich, was ich über den Computer gelernt hatte. Aber bald konnte ich nur noch daran denken, wie ich meine Beine einen Zentimeter anders setzen, meine Arme ein bißchen anders halten konnte, damit sie weniger schmerzten. Ich bewunderte die Soldaten, die vor dem Buckingham- oder dem Elysee-Palast Wache stehen. Bis ich sie um ihre geräumigen Schilderhäuschen beneidete. Manchmal hörte ich ein Geräusch. Aber ich wußte nicht, ob es aus der Schalterhalle kam oder von der Straße, ob ein Stuhl gegen einen Schreibtisch gestoßen oder ein Auto gegen ein anderes Auto gefahren oder ein Brett von einem Gerüst gefallen war. Meistens hörte ich nur das Rauschen meines Bluts in meinem Ohr und ein leises, feines Pfeifen, das auch nicht von außen kam, sondern in meinem Ohr war. Um acht, hatte ich mir vorgenommen, würde ich aus dem Schrank steigen, die Zimmertür öffnen und in die Schalterhalle hören.

Aber um Viertel vor acht war es aus. Ich hörte wieder ein Geräusch. Während ich mich noch fragte, woher es kam und was es bedeutete, wurde grob und laut die Zimmertür aufgerissen. Für einen Augenblick war es still; der Eingetretene blieb stehen, als lasse er seinen Blick über Spüle, Herd und Kühlschrank, Tisch und Stühle, den Hängeschrank über der Spüle und den Sicherungsschrank neben dem Herd schweifen. Dann machte er energisch die paar Schritte zu meinem Schrank und riß die Tür auf.

## 5

## *Im dunklen Anzug mit Weste*

Ich war geblendet und sah nur, daß jemand vor mir stand. Ich kniff die Augen zu, riß sie auf und blinzelte. Dann erkannte ich ihn. Vor mir stand Ulbrich.

Karl-Heinz Ulbrich in dunklem Anzug mit Weste, in rosa Hemd und roter Krawatte und mit silbern gefaßter Halbbrille, über die er mich mit einem Blick ansah, der entschlossen und drohend sein sollte. »Herr Selb…«

Ich lachte. Ich lachte, weil sich die Anspannung der letzten Minute und des langen Stehens und Wartens löste. Ich lachte über Ulbrichs Kostüm und Blick. Ich lachte über das Ertappt-Werden im Schrank, als wäre ich der Geliebte der Sorbischen und Ulbrich ihr eifersüchtiger Ehemann.

»Herr Selb…« Es klang nicht entschlossen und drohend. Wie hatte ich vergessen können, was für ein sensibles Kerlchen Ulbrich war. Ich versuchte, so zu Ende zu lachen, daß er sich an- und nicht ausgelacht fühlte. Aber es war zu spät, und er sah mich an, als hätte ich ihn wieder gekränkt. »Herr Selb, das Lachen wird Ihnen noch vergehen. Sie sind widerrechtlich eingedrungen.«

Ich nickte. »Ja, Herr Ulbrich. Ich bin's. Wie haben Sie mich gefunden?«

»Ich habe Ihr Auto in der Nebenstraße gesehen. Wo sollten Sie sein, wenn nicht bei uns?«

»Daß jemand in Cottbus mein Auto erkennt… Aber vielleicht hätte ich darauf kommen können, daß Welker Sie als neuen Chef hierherschicken würde.«

»Wollen Sie damit andeuten… wollen Sie andeuten, daß ich… Herr Selb, Ihre Andeutung, daß ich Herrn Direktor Welker erpreßt habe, ist eine Unverschämtheit, gegen die ich mich in aller Form verwahre. Herr Direktor Welker hat erkannt, was Sie nicht erkannt haben, und ist froh, daß er sich meiner Dienste bedienen kann. Er ist froh, verstehen Sie?«

Ich stieg aus dem Schrank, und meine ungelenk gewordenen Beine stießen Putzmittel, Eimer, Schrubber und Besen um. Ulbrich sah mich vorwurfsvoll an. Warum bekam ich bei ihm früher oder später immer ein schlechtes Gewissen? Ich war nicht sein Vater. Ich konnte nicht als sein Vater versagt haben. Ich war nicht sein Onkel, nicht sein Vetter, nicht sein Bruder. »Ich verstehe. Sie erpressen ihn nicht. Er ist froh, daß Sie für ihn arbeiten. Ich möchte jetzt gehen.«

»Sie sind widerrechtlich…«

»Das hatten wir schon. Welker will keinen Ärger in seiner Bank. Ich und die Polizei – das wäre Ärger. Vermutlich will er nicht einmal wissen, daß ich ein paar Stunden in seiner Bank verbracht habe, in der Nachbarschaft von Besen und Eimer. Vergessen Sie das widerrechtliche Eindringen einfach. Vergessen Sie's, und lassen Sie mich raus.«

Er schüttelte den Kopf, drehte sich aber um und ging aus der Teeküche. Ich folgte ihm zum Seiteneingang. Er schloß auf und ließ mich raus. Ich sah die Straße hinauf und hinunter und hörte, wie hinter mir die Tür ins Schloß fiel und der Schlüssel zweimal umgedreht wurde.

Die Nebenstraße war leer. Ich wollte zum Altmarkt, verwechselte aber die Richtung und kam an eine breite Straße, die ich nicht kannte. Auch hier war niemand unterwegs. Der Abend war lau und lud zum Spazieren ein, zum Draußensitzen, zum Schwatz bei Wein oder Bier, zum Flirten und Schmusen, aber danach schien den Cottbussern der Sinn nicht zu stehen. Dann fand ich um eine Ecke einen türkischen Imbiß, vor dem ein Tisch und zwei Stühle auf dem Bürgersteig standen, bestellte ein Bier und gefüllte Weinblätter und setzte mich.

Auf der anderen Straßenseite machten zwei Jungen an ihren Mopeds herum und ließen ab und zu die Motoren heulen. Nach einer Weile fuhren sie los, drehten eine Runde um den Block, noch eine und noch eine. Dann hielten sie wieder auf der anderen Straßenseite, ließen die Motoren laufen, ab und zu heulen und drehten nach einer Weile wieder ihre Runden. So ging es fort und fort. Die Jungen sahen ordentlich aus, und was sie einander zuriefen, war harmlos. Trotzdem hing das Motorengeräusch so aggressiv in der Luft wie das Geräusch des Bohrers beim Zahnarzt. Ehe es im Zahn schmerzt, schmerzt es im Gehirn.

»Sie sind nicht von hier.« Der Inhaber des Imbiß stellte Teller, Glas und Flasche vor mich hin.

Ich nickte. »Wie lebt sich's hier?«

»Sie hören es. Es ist immer was los.«

Ehe ich ihn fragen konnte, was außer den Jungen mit den Mopeds noch los sei, ging er rein. Ich aß die gefüllten Weinblätter mit den Fingern. Besteck gab's nicht. Dann schenkte ich mir ein.

Ich glaubte nicht, daß Ulbrich Welker erpreßte. Eher

hatte Welker, nachdem ich ihn gewarnt hatte, Ulbrich angerufen, eingeladen und angestellt. Es war nicht schwer,
Ulbrich anzusehen, daß ihm eine Anstellung mehr wert
war als alles, was er vielleicht erpressen konnte.

War Welker egal, daß an die Stelle der tüchtigen Vera
Soboda der ahnungslose Karl-Heinz Ulbrich trat? War es
ihm gerade recht? Hatte sie ihm zu viel Ahnung? Aber
woher wußte er, wieviel Ahnung sie hatte? Hatte das Protokoll-File ihre Eskapaden im System registriert? Wenn er
es aber wußte und sie mit Bedacht durch den ahnungs-
losen Ulbrich ersetzt hatte, um weiter Geld zu waschen –
was lehrte es mich über Schulers Tod?

# 6

## *Drecksarbeit*

Kaum hatte Vera Soboda mich begrüßt, klingelte es.

»Sie dachten, Sie hätten mich eingeschüchtert. Sie dachten, deswegen hätte ich Sie laufenlassen. Stimmt's?« Karl-Heinz Ulbrich schaute mich triumphierend an. »Ich wollte nur rauskriegen, wer Ihnen hilft.« Dann schaute er Vera Soboda an. »Das werden Sie noch bereuen. Wenn Sie meinen, Sie könnten sich von der Sorbischen Lohn zahlen lassen und ihr zugleich in die Suppe spucken, irren Sie sich gewaltig.«

Sie sah ihn an, als wollte sie ihm an die Gurgel. Dabei würde von ihm nicht viel übrigbleiben und von mir auch nicht, sollte ich mich dazwischenwerfen. Ohne die Augen von ihm zu lassen, fragte sie mich: »Haben Sie's rausgefunden?«

»Nein. Daß Welker Sie gerade durch ihn ersetzt hat, würde passen. Sie wissen, was gespielt wurde. Er weiß es nicht. Aber das beweist noch nichts.«

»Was weiß ich nicht?«

»Nützlicher Idiot.« Sie war so voller Abscheu, daß sie keine Beweise brauchte.

»Was…«

»Plustern Sie sich nicht auf. Was meinen Sie, warum Welker Sie, der vom Bankgeschäft so viel versteht wie ich von der Straußenzucht, zum neuen Chef gemacht hat? Weil Sie die Sorbische leiten können? Quatsch. Der einzige Grund ist, daß Sie nicht mitkriegen, daß in der Sorbischen Geld gewaschen wird. Nein, nicht der einzige. Der andere ist, wie Sie die Kolleginnen und Kollegen behandeln und daß Sie für jede Gemeinheit gut sind.«

»Na, hören Sie mal! Das Bankgeschäft ist keine Hexerei, und was ich mitkriegen muß, kriege ich mit. Hätte ich Sie beide sonst gefaßt? Ich war früher bei der Hauptabteilung XVIII, Sicherung der Volkswirtschaft, und da haben sie nur die Besten genommen. Die Besten! Geldwäsche – daß ich nicht lache.«

»Bei der Stasi waren Sie!« Sie schaute ihn zuerst verwundert an und dann, als hätte sie ihn lange nicht gesehen und erkennte ihn jetzt Gesichtszug um Gesichtszug wieder. »Natürlich. Einmal im Dreck, immer im Dreck. Wenn nicht mehr für die Unseren, dann für die anderen. Wer euch gerade braucht und zahlt.«

»Dreck? Er ist widerrechtlich eingedrungen, und Sie erheben ungeheuerliche, unbewiesene Vorwürfe – das ist Dreck. Und was soll das, daß ich nicht mehr für uns arbeite, sondern für die anderen! Was bitte soll ich denn noch für uns arbeiten? Sie reden, als würde ich uns verraten – so was Dummes habe ich lange nicht gehört. Es gibt uns nicht mehr, es gibt nur noch die anderen!« Er versuchte immer noch, sich überlegen zu präsentieren, und klang doch erschöpft und verzweifelt. Als hätte er an die DDR und die Stasi geglaubt und seine Arbeit geliebt und fände sich ohne sie nicht mehr zurecht. Als wäre er verwaist.

Aber Vera Soboda ließ nicht locker. Früher bei der Stasi, jetzt bei einer fragwürdigen westdeutschen Bank, ignorant, was das Geschäft angeht, gemein zu den Kolleginnen und Kollegen, zuerst ihr vor die Nase gesetzt und dann auch noch an ihre Stelle getreten – sie war zu wütend auf ihn, als daß sie seine Erschöpfung und Verzweiflung hätte sehen und Mitleid mit ihm haben können. Vielleicht war es auch zuviel verlangt. »Ich weiß, daß es uns nicht mehr gibt. Ich sage auch nichts von Verrat – es war Drecksarbeit, was Sie früher gemacht haben, und es ist Drecksarbeit, was Sie heute machen. Sie bereiten doch schon die Entlassungen vor, oder nicht? Alle wissen es. Wissen Sie, wie Sie genannt werden? Der Todesengel – und bilden Sie sich nichts darauf ein, daß alle Angst vor Ihnen haben. Man kann auch vor einem Würstchen Angst haben, wenn es giftig und eklig genug ist.«

»Frau Soboda…« Ich wollte begütigen. Aber jetzt konnte Ulbrich auch nicht mehr lockerlassen.

»Kommen Sie von Ihrem hohen Roß runter. Wenn in der Bank Geld gewaschen würde, dann nicht erst seit ein paar Wochen, sondern schon, als Sie noch da waren, mit Ihrem Wissen, unter Ihren Augen. Haben Sie sich darum gekümmert? Haben Sie was dagegen gemacht? Sind Sie zur Polizei gegangen?« Er schaute wieder triumphierend. »Dreck? Sie standen mit beiden Beinen drin und stünden gerne immer noch drin. Wenn sich hier jemand für keine Schweinerei zu gut war, dann Sie!«

Jetzt sah Vera Soboda erschöpft aus. Sie zuckte die Schultern, hob und senkte die Arme und ging vom Flur, in dem wir standen, ins Wohnzimmer und setzte sich. Ulbrich folgte ihr. »So einfach kommen Sie nicht davon. Ich erwarte von Ihnen mindestens eine Entschuldigung.« Dann wußte er auch nicht weiter.

Ich ging in die Küche, holte drei Bier aus dem Kühlschrank, machte sie auf und brachte sie ins Wohnzimmer. Eines stellte ich vor Vera Soboda auf den Tisch, eines vor den leeren Sessel, und mit einem setzte ich mich aufs Sofa. Ulbrich kam, blieb zuerst neben dem leeren Sessel stehen, setzte sich dann vorsichtig auf die vordere Kante, nahm das Bier und drehte es langsam zwischen den Handflächen hin und her. Es war so still, daß ich den Computer im Wintergarten leise summen hörte.

»Prösterchen!« Ulbrich hob die Flasche und trank. Vera Soboda sah auf und ihn und mich an, als habe sie vergessen, daß wir da waren. Ulbrich räusperte sich. »Es tut mir leid, daß ich Ihnen gekündigt habe. Es war nichts Persönliches. Ich bekam keine Erklärung, nur die Anweisung, und was sollte ich machen. Ich weiß auch, daß ich vom Geschäft nichts verstehe. Aber vielleicht braucht's keinen, der was vom Geschäft versteht. Vielleicht genügt einer, der telephonieren kann. Ich rufe an, wenn ich was nicht weiß, und krieg's gesagt.« Er räusperte sich noch mal. »Und was Sie über die Drecksarbeit für die anderen gesagt haben – wir haben alle nichts mehr zu melden, Sie nicht und ich nicht und niemand, und wer nichts zu melden hat, muß die Arbeit nehmen, die man ihm gibt. Das ist auch nichts Persönliches.« Er nahm einen langen Schluck, rülpste leise, wischte sich mit dem Handrücken den Mund ab und stand auf. »Ich danke recht schön für das Bier. Gute Nacht.«

# 7

## *Bratkartoffeln*

»Ist er weg?«

Ulbrich hatte die Wohnungstür so sachte hinter sich ins Schloß gezogen und war die Treppe so leise hinuntergegangen, daß kein Geräusch die Stille unterbrochen hatte.

»Ja.«

»Ich habe mich ziemlich danebenbenommen. Und als ich es am Schluß hätte wiedergutmachen können, habe ich auch das noch verpatzt. Er hat recht gehabt und sogar versucht, nett zu sein. Ich habe vor lauter Ärger nicht einmal gute Nacht sagen können.«

»Ärger über ihn?«

»Über ihn, über mich, darüber, daß er so widerwärtig ist.«

»Er ist nicht widerwärtig.«

»Ich weiß. Auch darüber ärgere ich mich. Eigentlich müßte ich mich bei ihm entschuldigen.«

»Ist der Wurstsalat im Kühlschrank für uns?«

»Ja. Ich wollte Bratkartoffeln dazu machen.«

»Ich kümmere mich darum.« Ich fand gekochte Kartoffeln, Zwiebeln, Speck und Öl. Das Schneiden, das Zischen in der Pfanne, der Geruch – nach der Auseinandersetzung zwischen Vera Soboda und Ulbrich tat es mir gut. Nein, Niederlagen machen einen nicht besser, nur kleiner. Mich haben die Niederlagen meines Lebens nicht besser gemacht, und ebenso waren Vera Soboda und Karl-Heinz Ulbrich durch ihre Wende- und Nachwendeniederlagen kleiner geworden. Niederlagen kosten einen nicht nur, was man investiert hat. Sie nehmen einem jedesmal ein Stück von dem Glauben, man werde immerhin die nächste Probe und den nächsten Kampf bestehen. Man werde das Leben schaffen.

Ich servierte, und wir aßen. Vera Soboda wollte wissen, was ich in der Sorbischen erlebt hatte, und ich berichtete. Ich erzählte, woher ich Ulbrich kannte und warum ich eigentlich sicher war, daß er von alter oder neuer Geldwäsche in der Sorbischen nichts wußte. »Er hat geahnt, daß bei Weller & Welker krumme Sachen laufen, hat von russischer oder tschetschenischer Mafia geredet und dabei vielleicht auch an Geldwäsche gedacht. Aber Genaues – er selbst kann nichts entdeckt haben, und Welker hat ihn gewiß nicht eingeweiht. Wenn's überhaupt noch was einzuweihen gibt.«

»Wenn… Ich war ein bißchen schnell mit meinen Schlüssen.«

»Ja.«

»Dann hat Ulbrich vielleicht recht, und es braucht hier tatsächlich niemanden, der was vom Bankgeschäft versteht. Vielleicht muß die Sorbische sparen, gerade weil kein Geld mehr gewaschen wird, und es stehen Entlassungen an, und man hat mit mir den Anfang gemacht. Vielleicht wollte man mich los sein, damit ich bei den anderen Entlassungen keine Schwierigkeiten mache.« Dann sah sie mich mit einem traurigen Lächeln an und schüttelte den Kopf. »Nein, davon träume ich nur. Ich hätte bei den anderen Entlassungen keine Schwierigkeiten gemacht.«

Ich stand auf und holte aus der Reisetasche die Mülltüte mit Schulers Geld. Ich erzählte, wie ich das Geld bekommen hatte und wie Schuler vermutlich daran gekommen war. »Zu tun gibt es hier genug, haben Sie gesagt. Nehmen Sie das Geld, und tun Sie's.«

»Ich?«

»Ja, Sie. Ich meine natürlich nicht alles, was es hier zu tun gibt. Etwas davon.«

»Ich… Das kommt… das kommt ziemlich überraschend. Ich weiß nicht, ob ich… Ich meine, Ideen habe ich schon. Aber Sie haben gesehen, wie ärgerlich ich werden kann, und wenn ich wütend werde, mache ich die törichtesten Sachen. Wollen Sie nicht jemanden fragen, der… der besser ist? Wollen Sie nicht selbst…«

Am nächsten Morgen fand ich sie im Nachthemd in der Küche. Sie hatte das meiste Geld in kleinen Bündeln auf dem Tisch verteilt und zählte den Rest mit beispielloser Fingerfertigkeit. »Ja«, lachte sie, als sie meinen erstaunten Blick sah, »wir haben das Geldzählen noch richtig geübt, und wer am schnellsten zählte, wurde Aktivist.«

»Sie machen es?«

»Es sind fast hunderttausend Mark. Ich werde Ihnen über jeden Pfennig Rechenschaft ablegen.«

Sie reichte mir ein kleines, graues Büchlein. »Ich habe es zwischen dem Geld gefunden.« Es war ein Reisepaß des Deutschen Reichs. Ich schlug ihn auf und fand Bild und Eintrag für Ursula Sara Brock, geboren am 10. Oktober 1911. Über den Eintrag war ein verschnörkeltes J gestempelt. Mit dem Geld hatte Schuler mir ein Vermächtnis hinterlassen, das ich verstand. Dieses Vermächtnis ließ mich ratlos. Ich blätterte den Reisepaß durch, wendete ihn hin und her und steckte ihn ein.

## 8

## *Sieh dich vor!*

Zurück nahm ich die Autobahn. Ich wollte im Strom der Autos mitschwimmen, nicht aufpassen müssen und nicht abgelenkt werden, wollte nachdenken.

Wer war Ursula Brock? Wenn sie noch lebte, war sie eine alte Dame, die Schuler wohl kaum zu Tode erschreckt hatte. Daß Samarin oder seine Leute ihn zu Tode erschreckt hatten… Zu allen anderen Fragen kam die Frage, warum sie ihm dann nicht gleich das Geld abgenommen hatten. Daß Welker, der erst später Geld wusch, wenn er es denn wusch… Nein, selbst wenn ich beweisen könnte, daß Welker heute Geld wusch, würde es keinen rechten Sinn machen, wenn er Schuler damals einen tödlichen Schrecken eingejagt hätte. Oder wußte er schon, daß er Samarin als Geldwäscher beerben würde, und fürchtete Schulers unersättliche, erfolgreiche Neugier?

Ich fuhr auf der rechten Spur, zwischen Lastwagen, alten Ehepaaren in alten Ford oder Opel, Polen in knatternden, rauchenden Wracks und unverdrossenen Kommunisten in pastellfarbenen Trabis. Manchmal, wenn ein Auspuff vor mir zu sehr stank, wechselte ich auf die linke Spur und zog an Lastwagen, Polen und Kommunisten vorbei, bis ich ein altes Ehepaar fand, hinter dem ich mich wieder einreihte. Einmal thronte auf der Ablage ein Hund aus Plastik und ließ seinen Kopf hin und her und auf und ab schwingen, voll Tiefsinn und Trauer.

Ein dunkler Saab auf dem Schwetzinger Schloßplatz und die Ersetzung von Vera Soboda durch Karl-Heinz Ulbrich – letztlich war das so wenig, daß ich mich fragte, ob ich etwas gegen Welker hatte. Neidete ich ihm seinen Reichtum, seine Bank, sein Haus, seine Kinder? Die Mühelosigkeit, mit der er alles erreicht hatte und erreichte? Die Leichtigkeit, mit der er durchs Leben ging? Die Fähigkeit, sich von dem Schlechten, das ihm geschah und das er tat, nicht berühren zu lassen? Gibt es eine Mißgunst des Alters gegenüber der Jugend? Der Kriegs- und Nachkriegs- gegenüber der Wirtschaftswundergeneration? Der Schuldigen gegenüber den Unschuldigen? Fraß an mir, daß er Samarin erschossen und Nägelsbach gefährdet hatte, ohne damit ein Problem zu haben? Daß ich mich nicht auch so unschuldig, unbeteiligt fühlte?

Ich übernachtete in Nürnberg. Am nächsten Morgen fuhr ich früh los und war um elf in Schwetzingen. Ich saß bis sieben zuerst im einen und dann im anderen Café und behielt die Bank im Blick. Ein paar Autos, ein paar Kunden zu Fuß, ein paar Angestellte, die sich über Mittag auf eine Bank auf den Platz setzten und um halb sechs vor dem Tor verabschiedeten – das war alles.

Als ich am Abend im Büro saß, rief Brigitte mich an und fragte, ob meine Reise erfolgreich war. Dann fragte sie weiter: »Heißt das, daß dein Fall zu Ende ist?«

»Fast.«

Während ich notierte, was ich wußte und nicht wußte, was es noch zu machen und was es noch zu hoffen gab, klopfte es. Es war Georg.

»Ich kam gerade vorbei und sah dich am Schreibtisch. Hast du kurz Zeit?« Er war Fahrrad gefahren und putzte die Brillengläser sauber. Dann setzte er sich mir gegenüber in den Lichtkegel der Schreibtischlampe. Er sah die halbvolle Weinflasche. »Du trinkst zuviel, Onkel Gerd.« Ich schenkte mir noch mal ein und machte ihm Tee.

»Es muß Akten geben, Akten beim Amt für Wiedergutmachung. Der Sohn des Neffen, der nach London emigriert und dort in den fünfziger Jahren gestorben ist, hat nach dem Krieg sicher Entschädigung für das Familienvermögen haben wollen. Die Nazis haben seinen Eltern die Wohnung kurz und klein geschlagen, so übel, daß die Eltern alle Hoffnung verloren und sich umgebracht haben. Vielleicht hat der Sohn was gewußt und erwähnt.«

Ich brauchte eine Weile. »Von der stillen Teilhaberschaft? Die interessiert niemanden mehr. Sie hat nie wirklich interessiert, nicht meinen Auftraggeber und mich auch nicht. Ich hatte nur lange nicht begriffen, wofür sie ein Vorwand war.«

Aber Georg hatte Feuer gefangen. »Ich habe mich ein bißchen eingelesen. In den fünfziger Jahren war das Wiedergutmachungsrecht ein Riesending und gab es Verfahren noch und noch. Viel Kleinkram, aber auch richtig große Sachen. Juden, die ganze Fabriken, Kaufhäuser oder Grundstücke für so gut wie nichts hatten verkaufen müssen und ihr Eigentum wiederhaben oder Entschädigung bekommen wollten. Erinnerst du dich nicht mehr?«

Natürlich erinnerte ich mich. Vor allem an die Arisierungen. Einmal hatte ein naiver Jude, der nicht verkaufen wollte und den sein deutscher Geschäftsfreund erpreßte, sich an die Staatsanwaltschaft gewandt. Als ich 1942 als Staatsanwalt anfing, lag es schon eine Weile zurück, war aber immer noch gut für Witze.

»Willst du nicht wissen, was war?«

»Wofür?«

»Wofür? Ich will es einfach wissen.« Er schaute mich eigensinnig an. »Ich habe den stillen Teilhaber aufgespürt. Ich weiß, was für ein Typ er war. Er war konservativ, hat gerne Musik gehört, Wein getrunken und Havannas geraucht. Er hat Orden über Orden bekommen. Er hat mit Gutachten für den Adel ein Vermögen verdient, war bescheiden und hat sein Geld für seine Nichte und seinen Neffen angelegt. Für mich lebt er!«

»Georg…«

»Er ist tot, ich weiß. Es ist nur eine Redensart. Aber ich finde Laban interessant genug, um jetzt alles wissen zu wollen. Was kriege ich eigentlich für meine bisherigen Recherchen?«

»Ich dachte an tausend plus Spesen. Und wo wir gerade darüber reden…« Ich schrieb ihm einen Scheck über zweitausend Mark.

»Danke. Das langt, um nach Berlin zu fahren und in den Akten zu wühlen. Bis die Arbeit anfängt, habe ich noch ein paar Tage. Ich sag dir auch, was ich gefunden habe.«

»Georg?«

»Ja?«

Ich sah ihn an, das schmale Gesicht, den aufmerksamen, ernsthaften Blick, den Mund, wie meistens leicht geöffnet, als staune er.

»Sieh dich vor den Skins vor!«

Er lachte. »Jawohl, Onkel Gerd.«

»Lach nicht. Und sieh dich auch vor den anderen vor!«

»Jawohl.« Er stand lachend auf und ging.

## 9

## *Ausfälle*

Am Montag rief ich Philipp an, aber er weigerte sich, den Kollegen Armbrust am ersten Tag nach der Rückkehr aus dem Urlaub anzurufen. »Du machst dir keine Vorstellung, was da los ist. Gib mir bis morgen oder besser Mittwoch.«

Am Mittwoch kam er bei mir im Büro vorbei. »Wenn ich schon nicht viel zu bieten habe, kriegst du's immerhin persönlich. Ein netter Kollege, der Armbrust. Wir haben festgestellt, daß er mir schon den einen und anderen Patienten überwiesen hat.«

»Und?«

»Ich habe ihn nach Asthma und Allergien gefragt. Nichts. Bis auf Bluthochdruck und Herzprobleme war Schuler gesund. Gegen Schlaflosigkeit hat er Ximovan bekommen, ein Mittel, bei dem es am nächsten Morgen keinen dicken Kopf gibt. Er hat fürs Herz ACE-Hemmer und Zentramin genommen und fürs Wasser Moduretik. Für den Blutdruck gab's Catapresan, ein vorzügliches Mittel, das man nur nicht von jetzt auf nachher absetzen darf, wenn man keine Ausfälle riskieren will.«

Ich kannte die Namen. Sie waren unter den Namen der Medikamente, die ich aus Schulers Badezimmer mitgenommen hatte, damit Philipp mich über Schulers Verfassung informieren könnte. Ich hatte sogar angefangen, die Beipackzettel zu lesen. »Ausfälle?«

»Beim Fahren, beim Reden, bei allem, was Konzentration verlangt. Deswegen kriegt Catapresan niemand verschrieben, der zerstreut, verwirrt oder einfach vergeßlich ist. Armbrust hat Schuler als penetrant riechenden, aber erstaunlich präsenten alten Herrn beschrieben.«

»So kannte ich ihn auch.«

»Das heißt nicht, daß er seine Tabletten nicht vergessen haben kann. Am ersten Tag ohne geht's noch. Auch am zweiten. Aber am dritten können die Ausfälle massiv werden. Du mußt dir das so vorstellen: Am ersten und zweiten Tag hat er sich nicht ganz wohl gefühlt und gedacht, es ist das Wetter oder das viele Bier vom Abend zuvor oder ein schlechter Tag, wie man eben schlechte Tage hat. Am dritten war er schon nicht mehr in der Lage, viel zu denken.«

»Glaubst du das?«

»Was?«

»Daß jemand ein Medikament, das er braucht und Jahr um Jahr nimmt, plötzlich vergißt?«

Philipp breitete die Arme aus. »Wenn du was als Arzt lernst, dann daß es keinen Patienten gibt, den es nicht gibt. Vielleicht hatte Schuler die Medikamente satt. Oder es war ihm zu lange zu gut mit ihnen gegangen. Oder er hat aus Versehen falsche Tabletten genommen.«

»Oder nichts von alledem und etwas ganz anderes.«

»So leid es mir tut – so ist es. Vielleicht hat Schuler seine Tabletten tagein, tagaus genommen und nur am Abend zuviel Bier getrunken. Verrenn dich nicht, Gerd! Und paß auf dein Herz auf!«

## Alter Kacker

Dann kam Georg aus Berlin zurück. Vor den Skins und auch vor den anderen hatte er sich in acht genommen. Und er hatte die Wiedergutmachungsakte von Labans Neffen gefunden.

»Wiedergutmachung fordern war kaum besser als die Sachen verlieren, für die es Wiedergutmachung gab. Zwei silberne Leuchter, zwölf silberne Messer, Gabeln, große und kleine Löffel, zwölf tiefe und flache Teller, eine Anrichte, eine Sitzgruppe aus Leder, geschätzter Wert, wann gekauft, wie lange gebraucht, gibt es Quittungen, gibt es andere Belege, gibt es Zeugen, warum wird der Schätzwert so angegeben, wie er angegeben wird, warum wurde das Eigentum aufgegeben, gibt es Zeugen dafür, daß die Wohnung in der Reichskristallnacht aufgebrochen und geplündert wurde, wurde der Verlust der Polizei gemeldet, wurde er einer Versicherung gemeldet – vielleicht ging es nicht anders, aber es war gräßlich. Dabei scheint es ihm in London nicht schlechtgegangen zu sein; er hatte eine Adresse in Hampstead und eine Galerie, die es noch gibt und die einen guten Namen hat.«

Wieder saßen wir uns in meinem Büro gegenüber. Sein Gesicht strahlte vor Eifer. Er war stolz auf das, was er entdeckt hatte, und wollte dranbleiben, wollte mehr und alles herausfinden.

»Was gibt's noch zu wissen?«

Er sah mich an, als hätte ich eine dumme Frage gestellt. »Woher hatte er das Geld, in London so zu leben, wie er gelebt hat? Was ist aus seiner Schwester geworden? Wo ist der Nachlaß seines Großonkels geblieben? Es gab eine Büste von Laban, die in der Straßburger Universität stand und nach der auch ein Straßburger Professor sucht, mit dem ich gesprochen habe – stell dir vor, ich finde sie bei einem Trödler in Straßburg oder sonstwo im Elsaß. Jedenfalls weiß ich, wo ich in den nächsten Ferien hinfahre.«

Auch ich wußte, wo ich hinzufahren hatte. Auf dem Weg in den Emmertsgrund regnete es, aber als ich dort war, fegte der Wind die Wolken vom Himmel, und die Sonne schien. Der Blick nach Westen war ganz klar, und ich suchte und fand das Kernkraftwerk in Philippsburg, die Türme des Speyerer Doms, den Fernmeldeturm am Luisenpark und das Collini-Center, alles wie mit feinem Pinsel gemalt. Während ich schaute, türmten sich über den Bergen der Haardt die Wolken auf und bereiteten den nächsten Regen vor.

Der alte Weller saß im selben Sessel am selben Fenster, als hätte er sich seit meinem letzten Besuch nicht von der Stelle gerührt. Als ich saß, beugte er sich vor, bis seine Nase kurz vor meiner war, und musterte mit seinen schlechten Augen mein Gesicht. »Sie sind kein junger Mann. Sie sind ein alter Kacker wie ich.«

»Das heißt ›alter Knacker‹.«

»Was haben Sie eigentlich gewollt, als Sie das letzte Mal hier waren?«

Ich legte fünfzig Mark auf den Tisch. »Ihr Schwiegersohn hatte mich beauftragt, die Identität des stillen Teilhabers festzustellen, der um die Jahrhundertwende eine halbe Million bei Ihnen eingebracht hat.«

»Danach haben Sie mich nicht gefragt.«

»Hätten Sie was gesagt?«

Er schüttelte nicht den Kopf und nickte nicht. »Warum haben Sie mich nicht gefragt?«

Ich konnte ihm schlecht sagen, daß ich damals nicht für, sondern gegen seinen Schwiegersohn ermittelt hatte. »Mir hat gelangt rauszufinden, ob Ihre Generation Weller & Welker einen stillen Teilhaber tatsächlich einfach vergessen haben könnte.«

»Und?«

»Ich kenne Welkers Vater nicht.«

Er lachte meckernd wie ein Ziegenbock. »Der hat bestimmt nie was vergessen.«

»Sie auch nicht, Herr Weller. Warum haben Sie ein Geheimnis daraus gemacht?«

»Geheimnis, Geheimnis… Haben Sie den Auftrag meines Schwiegersohns erfolgreich erledigt?«

»Paul Laban, Professor in Straßburg, der begehrteste, berühmteste und bestbezahlte Gutachter seiner Zeit, kinderlos, aber um seine Nichte und seinen Neffen und dessen Kinder bemüht. Es sieht nicht danach aus, als hätte eines von denen Freude an der hinterlassenen stillen Teilhaberschaft gehabt.« Ich wartete, aber er wartete auch. »Es war für Juden auch nicht die rechte Zeit, Freude an ihren Vermögen in Deutschland zu haben.«

»Da haben Sie recht.«

»Manchmal war es besser, ein bißchen was zu kriegen und ins Ausland zu schaffen, als alles zu verlieren.«

»Was reden wir alten Kacker drum herum. Der Sohn des Neffen ist nach England emigriert, hat nichts aus Deutschland rausnehmen können, und auf unsere Veranlassung haben unsere Londoner Freunde dafür gesorgt, daß er dort nicht mit leeren Händen anfangen mußte.«

»Und der Neffe mußte sich's was kosten lassen.«

»Umsonst ist der Tod.«

Ich nickte. »In Ihren Unterlagen findet sich also ein Dokument von 1937 oder 1938, in dem der Neffe alle Rechte und Ansprüche aus der stillen Teilhaberschaft für erfüllt und erloschen erklärt. Ich verstehe, Sie halten es lieber unter Verschluß.«

»Sie alter Kacker verstehen das. Aber heute zerrt man am liebsten alles hervor und posaunt es heraus. Weil man nicht versteht, wie es damals war.«

»Ist auch nicht leicht zu verstehen.«

Er wurde immer lebendiger. »Nicht leicht zu verstehen? Es war nicht schön, nicht erfreulich, nicht angenehm. Aber was ist schwer zu verstehen, wenn das alte Spiel gespielt wird, bei dem die einen was haben, was die anderen wollen? Es ist das Spiel der Spiele; es hält Geld, Wirtschaft und Politik in Bewegung.«

»Aber…«

»Kein Aber!« Er schlug mit der Rechten auf die Lehne des Sessels. »Machen Sie, was Sie zu machen haben, und lassen Sie die anderen besorgen, was sie zu besorgen haben. Banken haben ihr Geld zusammenzuhalten.«

»Hat der Sohn sich nach dem Krieg noch mal gemeldet?«

»Bei uns?«

Ich antwortete nicht und wartete.

»Er ist nach dem Krieg in London geblieben.«

Ich wartete weiter.

»Er hat sich geweigert, seinen Fuß noch mal auf deutschen Boden zu setzen.« Als ich nichts sagte, lachte er. »Was für ein hartnäckiger alter Kacker Sie sind.«

Ich hatte ihn satt. »Es heißt nicht ›alter Kacker‹. Es heißt ›alter Knacker‹!«

»Ha«, er schlug wieder mit der Hand auf die Lehne, »das hätten Sie gerne, wenn's bei Ihnen noch knacken würde. Tut's aber nicht. Seien Sie froh, wenn Sie noch kacken können.« Er lachte sein Ziegenbockmeckern.

»Und?«

»Sein Anwalt hat ihm klargemacht, daß bei uns nichts mehr zu holen ist. Die Inflation nach dem ersten Krieg, der schwarze Freitag, die Währungsreform nach dem zweiten Krieg – da bleibt auch von einem großen Haufen nur noch Mäusedreck. Es ist ja auch nicht so, daß er nicht reichlich bekommen hätte. Und die Gefahr, die wir auf uns genommen haben – wir hätten ins KZ kommen können.«

»Sein deutscher Anwalt?«

Er nickte und sagte gelassen: »Ja, damals haben wir Deutsche noch zusammengehalten.«

## *Reue?*

Ja, so waren sie. Drittes Reich, Krieg, Niederlage, Aufbau und Wirtschaftswunder – für sie waren es nur verschiedene Umstände, unter denen sie das gleiche betrieben: Sie mehrten, was ihnen gehörte oder was sie verwalteten. Es stimmte, wenn sie sagten, sie seien keine Nazis gewesen und hätten nichts gegen Juden gehabt und stünden auf dem Boden der Verfassung. Alles war ihnen nur Boden, auf dem sie standen und ihre Unternehmen größer, reicher und mächtiger machten. Dabei hatten sie das Gefühl, das zu tun, ohne das alles andere nichts ist. Was zählten Regierungen, Systeme, Ideen, die Schmerzen und Freuden der Menschen, wenn die Wirtschaft nicht florierte? Wenn es keine Arbeit und kein Brot gab?

Korten war so gewesen. Korten, mein Freund, mein Schwager, mein Feind. So hatte er sich für die Rheinischen Chemiewerke im Krieg geschlagen, und so hatte er sie nach dem Krieg zu dem gemacht, was sie heute sind. Wie den anderen waren auch ihm Macht und Erfolg des Unternehmens und der eigenen Person eins geworden. Was er sich herausnahm, nahm er sich mit der Gewißheit heraus, der Sache zu dienen: den Rheinischen, der Wirtschaft, dem Volk. Bis er in Trefeuntec von der Klippe stürzte. Bis ich ihn von der Klippe stürzte.

Ich habe es nie bereut. Manchmal habe ich gedacht, ich müßte es bereuen, weil es weder rechtlich noch moralisch in Ordnung war. Aber das Gefühl der Reue hat sich nicht eingestellt. Vielleicht gilt die andere, ältere, härtere Moral, die vor der heutigen galt, in unseren Herzen doch noch fort.

Nur in den Träumen bleibt ein unbewältigter, unbewältigbarer Rest. In dieser Nacht träumte ich, daß Korten und ich an einem gedeckten Tisch unter einem alten, großen Baum mit ausladenden Ästen saßen und aßen. Ich weiß nicht mehr, worüber wir sprachen. Es war ein vertrautes, leichtes Gespräch; ich genoß es, weil ich wußte, daß wir nach dem, was in Trefeuntec geschehen war, eigentlich nicht so vertraut und leicht miteinander reden konnten. Dann fiel mir auf, wie düster es war. Ich dachte zuerst, es wäre das dichte Laubwerk, sah dann aber, daß der Himmel gewitterdunkel war, und hörte den Wind in den Blättern rauschen. Wir redeten, als wäre nichts. Bis der Wind an uns zu zerren begann, plötzlich das Tuch mit Geschirr und Gläsern vom Tisch riß und schließlich Korten mit dem Stuhl forttrug, auf dem er saß, einen mächtig thronenden, dröhnend lachenden Korten. Ich rannte ihm nach und versuchte, ihn festzuhalten, rannte mit ausgestreckten Armen, rannte ohne jede Chance, ihn oder seinen Stuhl zu greifen, rannte so schnell, daß meine Füße den Boden kaum berührten. Während ich rannte, lachte Korten weiter, und ich wußte, daß er über mich lachte, aber nicht, warum, bis ich merkte, daß ich über die Klippe, auf der wir unter dem Baum gesessen hatten, hinausgerannt war und durch die Luft rannte, tief unter mir das Meer. Da war es mit dem Rennen auch schon vorbei, und ich fiel.

## 12

## Sommer

Plötzlich war der Sommer da, nicht nur mal ein warmer Tag und mal ein lauer Abend, sondern eine Hitze, die im Schatten so drückend war wie in der Sonne und mich nachts nicht schlafen und die Stunden zählen ließ, die die Glocke der Heilig-Geist-Kirche schlug. Wenn es hell wurde, war ich erleichtert, obwohl ich wußte, daß der Morgen nicht frisch und der neue Tag so heiß werden würde wie der letzte. Ich stand auf und trank von dem Tee, den ich am Abend gekocht und in den Kühlschrank gestellt hatte. Manchmal waren die Kratzer und Schrammen, die Turbo sich bei nächtlichen Abenteuern geholt hatte, so schlimm, daß ich sie mit Jod versorgen mußte. Auch er wird alt. Ob er seine Kämpfe noch gewinnt?

Es war so heiß, daß alles weniger wichtig, weniger drängend war. Als wäre es nicht wirklich wahr, sondern nur vielleicht. Als müßte man erst herausfinden, was es damit auf sich hat, und dazu war es zu heiß.

Aber ich will es nicht auf die Hitze schieben. Ich wußte nicht mehr, was ich zur Aufklärung von Schulers Tod noch machen sollte. Vielleicht gab es auch nichts aufzuklären, hatte es nie etwas aufzuklären gegeben. Hatte ich mich verrannt? Inzwischen fand ich, daß der Gedanke sogar sein Gutes hatte. Es war nicht so, daß ich, wenn es sich um einen Anschlag gehandelt hatte, weniger verantwortlich war, wie ich zunächst gedacht hatte. Es verhielt sich gerade umgekehrt. Nur wenn Schulers schlechte Verfassung, weil durch jemand anders verursacht, einmalig war, lag sein Leben damals in meiner Hand. Wenn er tatsächlich nur einen Kater gehabt oder das Wetter gefühlt hatte, hätte ihm der Unfall, der ihm passiert war, jederzeit passieren können.

Die heißen Wochen endeten mit einer Reihe von Tagen, an denen sich die Hitze in gewaltigen abendlichen Gewittern entlud. Um fünf zogen Wolken auf, und um sechs war der Himmel so dunkel, als wolle es Nacht werden. Wind kam auf, fegte Staub durch die Straßen und riß Äste von den Bäumen, die in der Hitze trocken und brüchig geworden waren. Bei den ersten Gewittern blieben die Kinder draußen, jauchzten unter den Tropfen und waren, wenn der Regen wie ein Wasserfall herabstürzte und sie klatschnaß machte, außer sich vor Freude. Dann wurde es ihnen langweilig. Ich saß in der Tür meines Büros und sah zu, wie das Wasser in Wellen über den leeren Gehweg wusch und sich am Rinnstein gurgelnd staute, weil das Gully es nicht schnell genug aufnahm. Wenn das Gewitter vorüber war, war ich als erster draußen und atmete auf dem Weg nach Hause oder zu Brigitte die frische Luft. Die Sonne war während des Gewitters untergegangen. Aber der Himmel war noch mal klar, ein blasses Blau, das in der Dämmerung violett leuchtete, ehe es dunkel wurde, dunkelblau, dunkelgrau, schwarz.

Ich genoß den Sommer. Ich genoß die Hitze und das Gesetz der Langsamkeit, das sie allem auferlegte und unter dem ich mich frei und wohl fühlte. Ich genoß die Gewitter und die mäßigen Temperaturen der folgenden Wochen. Brigitte und ich suchten eine Wohnung, und sie verstand, daß ich unsere Suche nicht sabotieren wollte, wenn ich auf einer Wohnung mit Blick auf Rhein oder Neckar bestand. Ich hätte immer gerne ein Haus am Meer gehabt und wenn nicht am Meer, dann an einem See. Nun liegt Mannheim weder am Meer noch an einem See. Aber es liegt an Rhein und Neckar. »Wir werden die richtige Wohnung schon finden, Gerd.«

Alles stimmte und stimmte doch nicht. Die Geschichten, die das Leben schreibt, wollen ihr Ende, und solange eine Geschichte nicht ihr Ende hat, blockiert sie alle, die an ihr beteiligt sind. Das Ende muß kein Happy-End sein. Die Guten müssen nicht belohnt und die Bösen nicht bestraft werden. Aber die Schicksalsfäden dürfen nicht lose herumhängen. Sie müssen in den Teppich der Geschichte gewoben werden. Erst wenn sie es sind, können wir die Geschichte hinter uns lassen. Erst dann sind wir frei für Neues.

Nein, die Geschichte, die am Anfang des Jahres im Schnee begonnen hatte, war noch nicht zu Ende, auch wenn ich gerne meinen Frieden mit Schuler gemacht hätte, der einen über den Durst getrunken oder das Wetter schlecht vertragen hatte. Ich kannte nicht alle Fäden, die darauf warteten, in den Teppich gewoben zu werden, und wußte erst recht nicht, wie das Muster des Teppichs aussah oder wie ich es herausfinden könnte. Aber ich mußte nur warten. Die Geschichten wollen ihr Ende und geben keine Ruhe, bis sie es haben.

## 13

## *Labans Kinder*

Als die Blätter sich zu färben begannen, bekam ich von Georg Post. Er schickte mir ein Manuskript, das in einem rechtshistorischen Journal veröffentlicht werden sollte. »Labans Kinder« – Georg hatte aus seinen Recherchen zu Labans Nachfahren einen kleinen Aufsatz gemacht. Ob ich Anregungen dazu hätte?

Gleich eingangs stellte er klar, daß Laban keine Kinder hatte. Er hatte nicht nur keine natürlichen, sondern auch keine wissenschaftlichen Kinder; während andere Professoren den Kreis ihrer Schüler wie eine Glucke hüteten, achtete Laban darauf, daß seine Schüler rasch auf eigenen Füßen standen und ihrer eigenen Wege gingen. Georg vermutete, daß eine frühe, vielleicht nicht unerwiderte, aber unerfüllte Liebe zur Frau eines Kollegen in Königsberg Laban so gezeichnet hatte, daß er zum Knüpfen tieferer Beziehungen auch nur zu Schülern und erst recht zu Frauen außerstande war.

Und doch hatte er Kinder. Den beiden Kindern seiner Schwester war er so eng verbunden, wie er es eigenen Kindern kaum enger hätte sein können. Seine besondere Zuneigung galt seinem Neffen, der auch Jurist und Richter geworden war: Walter Brock.

Walter Brock. Georg beschrieb seinen Weg von Breslau

nach Leipzig, seine Karriere vom Amts- zum Oberlandes-
gerichtsrat, die Kränkungen, Erniedrigungen und schließlich die Entlassung, mit denen seine Karriere 1933 endete,
seine Ehe, seine Kinder Heinrich und Ursula, seinen und
seiner Frau Selbstmord, nachdem ihre Wohnung in der
Reichskristallnacht kurz und klein geschlagen worden war.
Er beschrieb, wie Heinrich es im letzten Moment nach
London geschafft hatte. Er beschrieb, daß Ursula es nicht
geschafft hatte und daß sie, als die Deportationen begannen, untergetaucht und verschollen war. Laban, der 1918
starb, hatte das kleine, 1911 geborene Mädchen zärtlich geliebt.

Eigentlich hätte ich nicht nachschauen müssen. Aber
ich holte Ursula Brocks Reisepaß aus dem Aktenschrank
und fand als Geburtsdatum den 10. Oktober 1911. Dann
betrachtete ich das Paßbild. Ursula Brock hatte dunkles
Haar, einen Bubikopf, ein Grübchen auf der linken Backe
und sah mich mit fröhlichen, ein bißchen erschrockenen
dunklen Augen aufmerksam an.

Ich erreichte Georg im Gericht. »Ich habe den Paß von
Ursula Brock.«

»Was hast du?«

»Ursula Brock, Labans Großnichte – ich habe ihren
Paß. Ich habe gerade deinen Aufsatz gelesen und…«

»Ich habe um zwei Verhandlung. Kann ich danach kommen?«

»Ja, ich bin im Büro.«

Er kam und wollte weder Kaffee noch Tee noch Mine-
ralwasser. »Wo ist er?« Er vertiefte sich in die wenigen Seiten mit Paßbild, Vordrucken und Eintragungen und blät-

terte die folgenden leeren Seiten so langsam und vorsichtig durch, als könnte er ihnen dadurch verborgene Auskünfte entlocken. »Wo hast du ihn her?«

Ich erzählte von Adolf Schuler, seinem Archiv und seinem Besuch. »Er hat mir einen Koffer mit… mit diesem Paß gegeben, ist ins Auto gestiegen, losgefahren, an einen Baum geprallt und war tot.«

»Also hat sie, nachdem sie untergetaucht ist, in Schwetzingen Hilfe gesucht. Hat sie sie gefunden? Haben Weller und Welker ihr einen anderen Paß besorgt? Haben sie diesen Paß für nach dem Krieg aufgehoben?« Er schüttelte langsam und traurig den Kopf. »Aber sie hat's nicht geschafft.«

»Du schreibst nur, daß sie 1936 als Jüdin exmatrikuliert wurde. Was hat sie studiert?«

»Alles mögliche. Ihre Eltern waren großzügig und haben sie nicht gedrängt. Am Ende hat sie Slawistik studiert.« Er sah mich bittend an. »Brauchst du den Paß? Gibst du ihn mir? Ich habe ein Bild von Walter Brock und Frau mit den kleinen Kindern und eines von Heinrich in London, aber keines von ihr.«

Er holte einen Umschlag aus seiner Aktentasche und blätterte Photographien auf meinen Schreibtisch. Ein Ehepaar vor einer akkurat geschnittenen Hecke, er im Anzug, mit Stehkragen unter dem Kinn und Spazierstock in der Linken, sie im bodenlangen Kleid und mit einer Leine in der Rechten, die am anderen Ende um Brust und Schultern Heinrichs führt, wie das Geschirr eines Pferdes. Heinrich hat einen Matrosenanzug an und eine Matrosenmütze auf, und Ursula, größer als ihr Bruder und nicht angeschirrt an der Seite des Vaters, trägt ein helles Sommerkleid und einen breiten Strohhut. »Nicht bewegen«, hat der Photograph gerade gerufen, und sie halten ganz still und gucken ganz starr. Ein anderes Bild zeigte einen jungen Mann vor der Tower Bridge, die gerade hochgezogen wird und ein Schiff durchläßt. »Heinrich in London?« Georg nickte. »Und das ist Labans Geburtshaus in Breslau, das sein Wohnhaus in Straßburg, diese Postkarte zeigt das Hauptgebäude der Wilhelms-Universität im Bau und…«

»Wer ist das?« Ich zog ein von Postkarten halb verdecktes Photoporträt hervor. Ich kannte den massigen Kopf, die leicht fliehende Stirn, die großen Ohren und die Basedow-Augen. Ich hatte ihn das erste Mal durch eine beschlagene Scheibe auf der Hirschhorner Höhe gesehen und das letzte Mal aus unmittelbarer Nähe, als wir vom Krankenhaus zum Luisenpark fuhren. Ich hatte ihn auch noch gesehen, als wir aus dem Auto stiegen und in den Park gingen. Aber nie hatte mich Samarins Kopf so beeindruckt wie auf der Fahrt, als wir nebeneinander auf der Rückbank saßen, er stoisch geradeaus sah und ich ihn von der Seite beobachtete.

»Das ist Laban. Hast du ihn noch nie gesehen?«

## 14

## *Zentramin*

So fuhr ich denn noch mal in den Emmertsgrund. Im Grün der Berge leuchtete das erste Gelb und Rot. Auf manchen Feldern brannten Feuer, und einmal zog der Rauch bis an die Autobahn. Ich machte das Fenster auf und wollte riechen, ob es wie früher roch. Aber es toste nur der Wind am offenen Fenster.

Die Wohnung des alten Weller stand auf und war leer. Ich ging hinein und sah eine Weile von dem Platz, an dem wir uns gegenübergesessen und miteinander geredet hatten, auf die Zementfabrik. Zwei Putzfrauen kamen, störten sich nicht an mir und begannen, den Boden zu wischen. Ich wunderte mich, warum sie nicht warteten, bis die Wohnung frisch gestrichen war. Als ich sie fragte, was mit Weller sei, verstanden sie mich nicht.

In der Verwaltung erfuhr ich, daß er vor einer Woche an einem Gehirnschlag gestorben war. Ich habe mich nie für Medizin interessiert und werde es auch nicht tun. Ich stellte mir das Gehirn des alten Weller bei der Arbeit vor, rastlos, schlau und böse, angetrieben von meckerndem Lachen wie von einem stotternden Motor. Bis der Motor plötzlich aussetzte. Ich bekam Ort und Zeit der Beerdigung genannt; wenn ich mich beeilte, würde ich es noch schaffen. Mir fiel die Beerdigung von Adolf Schuler ein. Ich hatte sie vergessen, und mir war, als hätte ich noch mal vergessen, ihn festzuhalten und daran zu hindern, ins Auto zu steigen und gegen den Baum zu fahren.

Der alte Weller hatte gerne mit mir geredet und würde wieder gerne mit mir geredet haben. Mir erklärt haben, wie es im Krieg war. Daß die Großnichte seines stillen Teilhabers umgekommen wäre, wenn Welker und er sie nicht aufgenommen und ihr keine neue Identität gegeben hätten. Daß sie verrückt war, zu allem anderen noch ein Kind zu kriegen – er würde gesagt haben: sich ein Balg machen zu lassen. Daß Welker und er mehr als genug getan hätten, das Balg nach dem Tod der Mutter aufzuziehen. Seine wahre Identität? Was hätte Gregor Samarin davon gehabt, wenn sie ihm seine wahre Identität gesagt hätten? Flausen im Kopf! Außerdem habe die Familie Brock in Leipzig gelebt. Ob das Balg es als Gregor Samarin im Westen nicht besser getroffen habe als in einem kommunistischen Waisenhaus?

Ja, so hätte er mit mir geredet, von altem Kacker zu altem Kacker. Ich konnte es mir ausmalen. Wenn ich ihn gefragt hätte, ob Gregor Brock nicht Ansprüche gehabt hätte, die Gregor Samarin nicht geltend machen konnte, weil er nichts von ihnen wußte, hätte er abgewiegelt. Ansprüche? Was für Ansprüche? Nach Inflation, Weltwirtschaftskrise und Währungsreform? Wo Welker und er für das, was sie für Ursula Brock getan hatten, ins KZ hätten kommen können?

Ich konnte mir noch ein anderes Gespräch ausmalen, das im Frühjahr stattgefunden hatte. Schuler erwartete Welker, um ihn über Samarin ins Bild zu setzen, über seine Identität und über seine Machenschaften. Er war im Keller

232

auf das Geld gestoßen und hatte bei der Suche nach Unterlagen über den stillen Teilhaber den Reisepaß gefunden. Den Reisepaß von Ursula Brock, die er nur als Frau Samarin gekannt hatte. Vielleicht fühlte er sich verpflichtet, auch Samarin zu informieren. Aber seine erste Loyalität galt den Welkers, und an Bertram Welker sollte daher auch die erste Information gehen. Dann kam Welker mit Samarin, und Schuler konnte mit Welker nicht so reden, wie er gerne geredet hätte. Er redete geheimnisvoll, hatte Welker gesagt, und vermutlich redete er wirklich geheimnisvoll, nicht so sehr über das Geld als über Gregor Brock. Vielleicht war es auch nicht Welker, sondern Samarin, der Durchfall hatte und oft auf der Toilette war. Vielleicht hatte Schuler also Glück und konnte Welker doch alles sagen, was er ihm sagen wollte.

Oder war das sein Pech?

Ich fuhr ins Büro und holte die Medikamente hervor, die ich aus Schulers Badezimmer mitgenommen und aufgehoben hatte. Das Fläschchen Catapresan brachte ich in die Kopernikus-Apotheke, in der mich vier freundliche Apothekerinnen seit langem so gut versorgen, daß ich fast nie einen Arzt brauche. Ich gab das Fläschchen der Chefin. Sie wußte nicht, wann sie dazu kommen würde. Aber als ich am Abend auf dem Heimweg vom Kleinen Rosengarten noch in mein Büro schaute, hatte sie den Inhalt überprüft und das Ergebnis auf dem Anrufbeantworter hinterlassen. Bei den Tabletten handele es sich um Zentramin, ein harmloses Magnesium-Calcium-Kalium-Präparat zur Beruhigung des vegetativen Nervensystems und Stabilisierung der Herznerven bei Rhythmusstörungen. Ich kannte es;

auch Zentramin war unter den Medikamenten gewesen, die Dr. Armbrust Schuler verschrieben und die ich in seinem Badezimmer gefunden hatte. Zentramin-Tabletten sähen übrigens Catapresan-Tabletten fast zum Verwechseln ähnlich.

15

*Und erst die Sprache!*

Ich kam noch nicht dazu, mir zu überlegen, was zu tun sei. Als ich an der Haustür stand und den Schlüssel aus der Tasche holte, hörte ich »Herr Selb!«, und Karl-Heinz Ulbrich trat aus dem Dunkel ins Licht der Türlampe. Er trug wieder einen dreiteiligen Anzug, hatte aber die Weste aufgeknöpft, der Kragen war offen, und die Krawatte hing schief. Kein Versuch mehr, einen Banker darzustellen.

»Was machen Sie hier?«

»Kann ich mit hochkommen?« Als ich einen Moment zögerte, lächelte er. »Ich habe Ihnen schon mal gesagt, daß das Schloß an Ihrer Tür ein Witz ist.«

Wir gingen schweigend die Treppe hoch. Ich schloß auf, und wie damals bat ich ihn auf das eine Sofa und setzte mich auf das andere. Dann fand ich mich kleinlich; ich stand auf und holte eine Flasche Sancerre und zwei Gläser und schenkte ein. »Mögen Sie Wein?« Er nickte. Turbo kam und strich ihm wieder um die Füße.

»Was wir für Fehler machen«, fing er unvermittelt an, »was wir alles nicht wissen! Klar können wir's lernen, aber mit fünfzig lernen, was ihr mit zwanzig lernt, ist schwer, und ein Fehler, der einem mit zwanzig nichts macht, tut mit fünfzig weh. Steuererklärung, Versicherungen, Bankkonten, die Verträge, die ihr über alles und jedes schließt –

wir hatten doch davon keine Ahnung. Und erst die Sprache! Ich weiß noch immer nicht, wann ihr's ehrlich meint und wann nicht. Nicht nur wenn ihr lügt, sondern auch wenn ihr euch darstellt oder etwas vermarktet oder verkauft, haben die Worte eine andere Bedeutung.«

»Ich kann mir vorstellen, daß das…«

»Nein, das können Sie nicht. Aber nett, daß Sie's gesagt haben.« Er nahm sein Glas und trank. »Als Welker mir die Stelle angeboten hat, dachte ich zuerst, Sie hätten ihn vor mir gewarnt und er wolle mich kaufen. Dann dachte ich: Warum eigentlich? Warum denke ich immer gleich so was? Wir hatten ein gutes Gespräch. Daß ich mit Wirtschaftsdelikten zu tun hatte, daß ich bei der Staatssicherheit war, daß ich aus dem Osten kam, hat ihn nicht gestört. Einen wie mich braucht er, hat er gesagt. Ich habe mir gesagt, daß ich an das glauben will, was er sagt, und an mich auch. Das Bankgeschäft ist keine Hexerei, habe ich mir gesagt und habe das *Handelsblatt* gelesen, auch wenn es keine leichte Kost ist, und habe mir Bücher über Betriebswirtschaft und Unternehmensführung und Buchhaltung besorgt. Wissen Sie, die aus dem Westen kochen auch nur mit Wasser. Und kennen nicht mal Land und Leute. Ich kenne meine Sorben.«

Ich weiß nicht, was mit mir los war. Mir kam ein Schlager von Peter Alexander aus den sechziger Jahren in den Sinn, Text und Melodie: »Ich zähle täglich meine Sorgen…« Ich zähle täglich meine Sorben?

»Ich habe mir wirklich Mühe gegeben.« Er starrte vor sich hin. »Aber ich hatte wieder die Sprache nicht verstanden. Was Welker eigentlich gesagt hat, war, was Sie gleich verstanden haben: Ich brauche einen Tölpel, der nicht kapiert, was hier wirklich läuft. Der Karl-Heinz Ulbrich, der ist der Tölpel.«

»Wann haben Sie's kapiert?«

»Ach, schon vor Wochen. Durch einen Zufall. Wir haben jede Menge kleiner Filialen auf dem Land, und ich habe gedacht, ich müßte sie kennenlernen, und habe sie besucht, immer wieder mal eine. Eines Tages komme ich in so ein winziges Kaff, fünf graue Häuser, verrammelt, wie wenn niemand drin wohnt, an einer kleinen Straße, die nirgendwohin führt, und die Filiale macht auch nichts her, und ich denke, was macht die hier überhaupt. Na ja, was macht sie. Halt ein Platz, um Geld unterzubringen. Ich habe nicht lange gebraucht, es rauszukriegen. Wenn ich's erst mal wissen will…«

»Ich weiß, im Beschatten sind Sie nicht zu schlagen.«

»Ich habe nicht nur beschattet. Ich habe mich auch sonst kundig gemacht. Welker ist nicht die Mafia. Seine Leute sind Russen, und er arbeitet für Russen, das ist alles. Bevor seine Leute für ihn gearbeitet haben, haben sie für den anderen gearbeitet, den er erschossen hat. Er arbeitet auch nicht nur für Russen. Er ist unabhängig, macht zwischen vier und sechs Prozent Gewinn, was nicht viel ist, aber Geldwäsche bringt nun mal nicht mehr. Erst die Menge macht's. Die macht's aber auch wirklich, und was Vera und ich mitgekriegt haben – das Waschen von Bargeld –, ist nur ein Zubrot, den Kunden zuliebe. Das eigentliche Geschäft ist das Waschen von Buchgeld.«

»Sind Sie zur Polizei gegangen?«

»Nein. Wenn es auffliegt, ist auch die Sorbische erledigt

und stehen die Kollegen und Kolleginnen auf der Straße. Ich habe nicht lange in den Büchern lesen müssen, um zu sehen, daß wir viel zuviel Personal haben. Schwetzingen rührt nur nicht dran, damit es keine Unruhe gibt. Und wissen Sie, was ich mir noch sage? Früher gab's das bei uns nicht. Das haben eure gebracht. Soll auch eure Polizei damit fertig werden.«

»Sie können sicher sein, daß bei uns in Schwetzingen früher ebensowenig Geld gewaschen wurde wie bei euch in Cottbus. Haben Sie mir nicht von Tschetschenen, Georgiern und Aserbaidschanern…«

»Bei uns blieben die Tschetschenen in Tschetschenien und die Georgier in Georgien. Ihr habt alles durcheinandergebracht.« Er hatte sich sein Bild gemacht und ließ daran nicht rütteln. Sein Gesicht war entschlossen, und wenn es die Entschlossenheit der Verbohrtheit war.

»Was jetzt? Warum sind Sie hier? Ich denke, Sie haben Ihren Frieden damit gemacht, daß…«

»Meinen Frieden?« Er sah mich fassungslos an. »Sie denken, weil ich nicht zur Polizei gegangen bin, habe ich mich mit den Verhöhnungen, Beleidigungen, Demütigungen, Erniedrigungen«, er suchte nach weiteren passenden Begriffen, fand aber keine, »abgefunden? Ich werde etwas tun!«

»Seit wann sind Sie hier?«

»Seit einer Woche. Ich habe Urlaub genommen. Ich werde etwas tun, was Welker nicht vergessen wird.«

»Ach, Herr Ulbrich. Ich weiß nicht, was Sie tun wollen. Aber ist nicht auch dann die Sorbische erledigt, und die Kollegen und Kolleginnen stehen auf der Straße? Welker hat Sie nicht verhöhnt und was Sie noch alles gesagt haben.

Er hat Sie benutzt, wie er andere auch benutzt, ob Ossi oder Wessi. Das ist nicht so persönlich gemeint, wie Sie's nehmen.«

»Er hat gesagt…«

»Aber er spricht nicht Ihre Sprache. Sie haben mir doch gerade erklärt, daß wir verschiedene Sprachen sprechen.«

Er sah mich traurig an, und mit Schrecken nahm ich wahr, daß es derselbe ratlose, ein bißchen dümmliche Blick war, den Klara auch haben konnte. Auch die verbohrte Entschlossenheit in seinem Gesicht kannte ich von Klara.

»Tun Sie nichts, Herr Ulbrich. Fahren Sie zurück und verdienen Sie, solange es bei der Sorbischen noch zu verdienen gibt, ewig wird es nicht sein. Verdienen Sie so viel, daß Sie ein Büro aufmachen können, in Cottbus oder Dresden oder Leipzig: Karl-Heinz Ulbrich. Private Ermittlungen. Und wenn Sie mal zuviel zu tun haben, rufen Sie mich an, und ich komme und helfe aus.«

Er lächelte, ein kleines, schiefes Lächeln gegen die verbohrte Entschlossenheit.

»Welker hat Sie benutzt – benutzen jetzt Sie ihn! Benutzen Sie ihn, um den Grund für das zu legen, was Sie machen wollen. Verstricken Sie sich nicht in eine Abrechnung, bei der Sie selbst dann verlieren, wenn Sie sie gewinnen.«

Er schwieg. Dann trank er das Glas leer. »Ein guter Wein.« Er rückte an den vorderen Rand des Sofas und saß, als wisse er nicht, ob er sitzen bleiben oder aufstehen soll.

»Wollen wir nicht die Flasche zusammen austrinken?«

»Ich glaube…« Er stand auf. »Ich glaube, ich gehe besser. Vielen Dank auch.«

## 16

## Einen Spaß erlaubt

So trank ich die Flasche alleine aus. Etwas tun, das Welker nicht vergessen wird – wenn Ulbrich es auf Welkers Leben abgesehen hätte, hätte er sich wohl anders ausgedrückt. Aber worauf hatte er es abgesehen? Und was sollte es sein, das Welker nicht vergessen würde, er, der die guten Sachen in Erinnerung behielt und die schlechten vergaß?

Ich dachte an Schuler und Samarin. Wenn Welker sie nicht schon vergessen hatte, würde er sie bald vergessen. Keine gute Sache, die ihm mit ihnen passiert war und die er mit ihnen gemacht hatte. Etwas tun, damit er sie nicht vergessen würde? Ihn umbringen? Tote vergessen nicht.

Ich schlief nicht gut. Ich träumte von Korten, der mit wehendem Mantel in die Tiefe stürzt. Ich träumte von unserem letzten Gespräch, von meinem »ich bin gekommen, um dich umzubringen« und seinem höhnenden »um sie wieder lebendig zu machen?«. Ich träumte von Schuler, der schwankend auf mich zukam, und von Samarin in der Zwangsjacke. Dann geriet alles durcheinander, Welker stürzte von der Klippe, und Schuler höhnte: »Um mich wieder lebendig zu machen?«

Am Morgen rief ich Welker an. Ich müsse ihn sprechen.

»Wollen Sie anlegen?« Er klang fröhlich.

»Einzahlen, anlegen, abheben – wie man's nimmt.«

Mit zwei neuen Batterien funktionierte mein altes Aufnahmegerät wieder. Es gibt heute kleinere, die besser und länger aufnehmen und eleganter aussehen. Aber mein altes tat's. Auch meine alte Cordjacke tat's; sie hat ein Loch in der Rückseite des Revers und eines in der Brust der Jacke, so daß das Kabel verborgen vom Aufnahmegerät in der Innentasche bis zum Mikrophon im Revers führt. Wann immer ich das Taschentuch aus der Innentasche nehme und mir den Schweiß von der Stirn wische oder die Nase putze, kann ich das Aufnahmegerät an- und ausmachen.

Um zehn saß ich bei Welker im Büro. Er breitete die Arme aus. »Sie sehen, hier ist alles wie bei Ihrem letzten Besuch. Ich wollte umbauen, verändern, verschönern. Aber ich komme nicht dazu.«

Ich sah mich um. Ja, es hatte sich nichts verändert. Nur daß die Kastanien, die ich durchs Fenster sah, sich zu färben begannen.

»Wie Sie wissen, war der alte Schuler, ehe er mit der Isetta gegen den Baum fuhr und starb, bei mir. Er brachte mir nicht nur Geld. Er hatte dazugelegt, was er über Laban und Samarin herausgefunden hat.«

Welker sagte nichts.

»Er hat es Ihnen an dem Abend eröffnet, als Sie und Samarin bei ihm waren und Samarin gerade draußen war.«

Wieder sagte Welker nichts. Wer nichts sagt, sagt auch nichts Falsches.

»Später, als Sie draußen waren, haben Sie gesehen, daß Schuler ein Medikament gegen Bluthochdruck nahm, das nicht plötzlich abgesetzt werden darf. Sie verstehen ja was davon. Dann haben Sie sich in Schulers reichem Medikamentenarsenal nach ähnlich aussehenden Tabletten umgesehen und auch welche gefunden. Sie haben die Tabletten umgefüllt, einfach mal so. Vielleicht würde es Schuler umbringen – das wäre das beste. Vielleicht würde es ihn nur verwirren, auf Dauer, für länger, für kürzer – auch nicht schlecht. Vielleicht würde er's merken und korrigieren. Auch dann war das Umfüllen ohne Risiko für Sie. Schuler hätte sich selbst oder seiner Nichte Vorwürfe gemacht, wäre aber nie darauf gekommen, Sie zu verdächtigen.«

»Gewiß nicht.« Er sagte es, wie man im Gespräch das, was der andere gesagt hat, aufgreift, um ihm zu zeigen, daß man aufmerksam und konstruktiv bei der Sache ist. Dabei sah er mich mit seinen intelligenten, sensiblen und melancholischen Augen teilnehmend an, als hätte ich ein Problem und bäte um Hilfe.

»Daß Sie auch Arzt sind, wußte ich. Aber ich habe diese Tatsache mit dem, was ich über das Blutdruckmittel wußte und mit Schulers Zustand vor dem Unfall nicht zusammengebracht, solange ich Ihr Motiv nicht sah. Erst dann bin ich darauf gekommen, die Tabletten im Fläschchen untersuchen zu lassen.«

»Mhm.« Er fragte nicht: »Mein Motiv? Was soll mein Motiv gewesen sein? Worin sehen Sie mein Motiv?« Er sagte nur »mhm«, saß weiter entspannt und sah mich weiter teilnehmend an.

»Das war Mord, Herr Welker, auch wenn Sie nicht sicher waren, daß der Austausch der Medikamente Schuler umbringen würde. Es war Tötung aus Habgier. Zwar hat Samarins Großvater 1937 oder 1938 auf alle Rechte und Ansprüche aus der stillen Teilhaberschaft verzichtet. Aber der damalige Verzicht eines Juden gegenüber seinen arischen Geschäftspartnern dürfte nicht viel taugen. Samarins Ansprüche wären unangenehm geworden.«

Er lächelte. »Das wäre nicht ohne Ironie, nicht wahr? Wenn die stille Teilhaberschaft, die mein Vorwand war, um Sie ins Spiel zu bringen, zur Gefahr für mich geworden wäre?«

»Ich finde es nicht komisch. Ich finde auch den Mord an Samarin nicht komisch, den Sie mit klarem und kühlem Kopf begangen und uns als die Tat eines Verzweifelten präsentiert haben. Ich finde auch nicht komisch, daß Sie Samarins Geschäfte weiterführen. Nein, ich sehe keine Komik...«

»Ich habe ›Ironie‹ gesagt, nicht ›Komik‹.«

»Ironie, Komik – jedenfalls sehe ich nichts, worüber ich lachen könnte. Und wenn ich daran denke, daß Samarin, der Schuler nicht ermordet hat, vermutlich auch Ihre Frau nicht ermordet hat, wovon Sie immer voller Erschütterung geredet haben, vergeht mir das Lachen vollends. Was war mit Ihrer Frau? Fanden Sie, wo sie nun schon tot war, könnte sie sich als Mordopfer noch ein bißchen nützlich machen? Oder war es doch kein Unfall? Haben Sie selbst Ihre Frau umgebracht?« Ich war wütend.

Ich dachte, jetzt werde er sich wehren. Er müsse sich wehren. Er dürfe sich, was ich gesagt hatte, nicht gefallen lassen. Tatsächlich setzte er die Beine, die er übereinandergeschlagen hatte, nebeneinander, stützte die Arme auf die Knie, schürzte schmollend und verdrossen die Lippen und schüttelte langsam den Kopf. »Herr Selb, Herr Selb...«

Ich wartete.

Nach einer Weile richtete er sich im Sessel auf und sah mich direkt an. »Fest steht, daß Gregor in einer Zwangsjacke im Luisenpark erschossen wurde. Wie er in den Luisenpark, in die Zwangsjacke und zu Tode kam – warum gehen Sie nicht zur Polizei, wenn Sie dazu etwas zu sagen haben? Fest steht weiter, daß Schuler Bluthochdruck hatte und daß er vor Ihrem Büro gegen einen Baum fuhr und starb. Wenn er Ihnen davor noch etwas gebracht hat, wenn Sie ihn davor noch gesehen haben und er in schlechter Verfassung war – warum haben Sie ihn ins Auto steigen lassen? Will sagen, daß es sicher noch die eine und die andere Ungereimtheit gibt. Vielleicht auch beim Tod meiner Frau, bei dem die Polizei natürlich als ersten mich verdächtigt, den Verdacht dann aber entschlossen verabschiedet hat. Aber mit Ungereimtheiten müssen wir nun einmal leben. Wir können doch nicht mit haltlosen Anschuldigungen…« Er schüttelte noch mal den Kopf.

Ich wollte intervenieren, kam aber nicht dazu.

»Das ist das eine, was ich Ihnen sagen wollte. Das andere ist – sehen Sie, mich interessieren die alten Geschichten nicht. Das Dritte Reich, der Krieg, die Juden, stille Teilhaber, tote Erben, alte Ansprüche – das ist Schnee von gestern. Damit habe ich nichts zu tun. Darauf lasse ich mich nicht ein. Es langweilt mich. Mich geht auch der Osten nichts an. Wenn er drüben bleibt, ist's mir am liebsten. Aber wenn er rüberkommt und sich hier einnistet und einmischt und mich übernehmen will, muß ich ihm zeigen, daß nur umgekehrt ein Schuh draus wird. Samarin mit seinen Russen kam hierher, um mich zu übernehmen – vergessen Sie das nicht.

Die Vergangenheit, die Vergangenheit. Ich kann's nicht mehr hören. Die Eltern haben uns mit ihren Leiden im Krieg und ihren Heldentaten beim Wiederaufbau und beim Wirtschaftswunder gelangweilt, die jungen Lehrer mit ihren Mythen von 1968. Haben Sie auch einen Mythos anzubieten? Hören Sie auf. Ich muß sehen, wie ich Weller & Welker durchkriege. Wir sind ein Anachronismus. Auf dem großen Meer der Wirtschaft sind wir unter all den Tankern und Containerschiffen, Zerstörern und Flugzeugträgern eine kleine Barkasse, die bei schwerer See, die die Großen ruhig durchpflügen, hin und her geworfen wird. Ich weiß nicht, wie lange wir's noch machen. Vielleicht haben die Kinder keine Lust mehr. Vielleicht habe schon ich eines Tages keinen Spaß mehr daran. Ich gehöre sowieso nicht hierher. Ich wäre besser Arzt geworden und hätte daneben Bilder gesammelt oder vielleicht sogar gemalt. Ich bin altmodisch, wissen Sie. Nicht in dem Sinn, daß mich die Vergangenheit doch noch interessierte. Aber ich hätte gerne ein beschauliches, altmodisches Leben gelebt. Altmodisch – daß ich der Familientradition gehorcht habe und jetzt die Bank führe, ist auch altmodisch. Und es geht nur ganz oder gar nicht, und solange ich die Bank führe, solange es uns noch gibt, fährt niemand mit uns Schlitten«, er wiederholte mit Nachdruck: »Niemand.« Dann lächelte er wieder. »Sie lassen mir das schiefe Bild durchgehen? Die Barkasse, die zum Schlittenfahren natürlich ungeeignet ist?«

Er stand auf und ich auch. Ich hatte seine Worte satt. Seine wohlüberlegten, wohlgesetzten Lügen, Wahr- und Halbwahrheiten.

Auf der Treppe sagte er: »Wie einem alte Gewohnheiten doch zum Verhängnis werden können.«

»Was meinen Sie?«

»Wenn Schuler das Catapresan nicht in die Flasche umgefüllt hätte, hätte niemand es austauschen können.«

»Er hat es nicht aus alter Gewohnheit umgefüllt. Seine Nichte hat es gemacht, weil seine arthritischen Finger die Tabletten nicht aus der Folie bekamen.« Dann fiel mir ein, daß ich ihm gegenüber von einem Medikament für Bluthochdruck, aber nicht von Catapresan gesprochen hatte. Hatte er sich verraten? Ich blieb stehen.

Auch er blieb stehen, drehte sich zu mir um und sah mich freundlich an. »Der Name des Medikaments war doch Catapresan?«

»Ich habe...« Aber es hatte keinen Zweck, auf dem Band »Ich habe keinen Namen genannt« zu dokumentieren. Es würde nichts beweisen. Es Welker zu sagen hatte ohnehin keinen Zweck. Er wußte es. Er hatte sich einen kleinen Spaß erlaubt.

## 17

## *Unschuldsvermutung*

Ich bin nach Hause gefahren und habe mich auf den Balkon gesetzt. Ich rauchte eine und eine zweite, und die dritte schmeckte wieder, wie die Zigaretten schmeckten, als ich noch so viele rauchte, wie ich wollte.

Ich war wütend. Auf Welker. Auf seine Überlegenheit, Gelassenheit, Dreistigkeit. Darauf, daß er mit zwei Morden davonkam, mit dem Diebstahl der stillen Teilhaberschaft, mit der Geldwäsche. Darauf, wie er mich hatte wissen lassen, daß er's gewesen war, daß ich aber nicht meinen sollte, ich käme gegen ihn an. Ich sollte nicht meinen, ich käme gegen ihn an? Er sollte nicht meinen, er käme davon!

Ich rief die Freunde an, lud sie auf den Abend ein und machte es dringend. Nägelsbachs, Philipp und Füruzan versprachen, um acht dazusein. »Gibt's was zu feiern?« – »Gibt's was zu essen?« – »Spaghetti Carbonara, wenn ihr Hunger habt.« Brigitte sagte, sie könne erst später kommen.

Sie hatten keinen Hunger. Sie wußten nicht, was sie von der plötzlichen Einladung halten sollten, saßen abwartend herum und drehten die Weingläser. Ich sagte nur, daß ich mit Welker gesprochen und das Gespräch aufgenommen hatte. Dann spielte ich die Kassette ab. Als sie zu Ende war, sahen sie mich fragend an.

»Erinnert ihr euch? Welker hat mir den Auftrag, den stillen Teilhaber zu finden, damals nur gegeben, um mich ins Spiel zu bringen, ohne daß Samarin Verdacht schöpfen würde. Banken- und Familiengeschichten, Geschichten von gestern und vorgestern – das klang unverdächtig. Im Spiel haben wollte Welker mich, damit ich zur Stelle wäre, wenn er die Gelegenheit bekäme, sich gegen Samarin zu wenden. Eigentlich interessierte ihn der stille Teilhaber nicht.

Aber dann wurde er interessant. Er bekam ein Gesicht – nicht im übertragenen, sondern durchaus im wörtlichen Sinne. Ein Gesicht mit fliehender Stirn, großen Ohren und Basedow-Augen. Ihr werdet es wiedererkennen.« Ich reichte Labans Porträt herum.

»Scheiße«, sagte Philipp.

»Weller und Welker waren relativ anständig. Sie halfen dem Großneffen des stillen Teilhabers in London finanziell auf die Beine und sorgten dafür, daß die Großnichte, die Deutschland nicht mehr rechtzeitig verlassen konnte, neue Papiere auf den Namen Samarin bekam. Als sie starb, haben sie sich auch um ihr Baby gekümmert. Aber weil es nun schon als Gregor Samarin geboren war, haben sie es auch als Gregor Samarin aufgezogen. Der Großneffe starb in London, die Großnichte war als Ursula Brock verschollen. Der stille Anteil war endgültig verwaist.«

»Wie groß war er?«

»Ich weiß nicht genau. Als Laban sein Geld einbrachte, war es so viel, wie Weller & Welker selbst hatte. Das Bankhaus war am Rand des Bankrotts. Wie sich das über die Jahre betriebswirtschaftlich und buchhalterisch rauf- und runterrechnet – keine Ahnung.«

»Was hat Schuler damit zu tun?«

»Schuler war früher Lehrer von Welker und Samarin und später Archivar der Bank. Als ich ihm gegenüber erwähnte, daß der stille Teilhaber interessierte und daß ich seine Identität klären sollte, packte ihn der Ehrgeiz. Er wollte zeigen, daß er kompetenter ist als ich, daß er genügt und daß es mich nicht braucht. Er wühlte in den Akten der Bank, bis er fündig wurde. Das ist der Paß von Labans Großnichte.«

Nägelsbachs Frau wendete ihn hin und her. »Woher wußte der Alte, daß Ursula Brock Labans Großnichte war? Und woher, daß sie Samarins Mutter war?«

»Er hat sie als Frau Samarin und Gregors Mutter selbst erlebt, und Unterlagen zu Brock können nur in den Akten zum stillen Teilhaber gewesen sein. Ich halte für möglich, daß er mit dem Paß noch andere Unterlagen gefunden hat, die er mir nicht gegeben hat. Im übrigen hat er noch etwas gefunden und mir gebracht: Geld, das in der Bank gewaschen werden sollte. Es hat mich den Paß lange übersehen lassen. Ich konnte mir nur vorstellen, Schuler hätte Samarin gedroht, er werde die Geldwäsche auffliegen lassen, und damit sein Todesurteil geschrieben. Statt dessen hat er sein Todesurteil dadurch geschrieben, daß er Welker über die wahre Identität von Samarin aufgeklärt hat. Welker hat darauf Schulers Tabletten durch andere Tabletten ersetzt.

Das war keine todsichere Art, ihn umzubringen. Aber einen Versuch war es wert. Wenn es klappen würde, würde es Schuler unauffällig aus dem Weg räumen, wenn nicht, bliebe allemal Zeit für einen zweiten Versuch. Welker war nicht unter Zeitdruck; er wußte, wie loyal Schuler war und daß er sich nicht sofort an Samarin wenden würde. Es klappte. Schuler ging es schlecht, er war verwirrt und fuhr gegen einen Baum. Allerdings war ihm, daß es ihm schlechter und schlechter ging, nicht geheuer, und so brachte er mir noch, was er gefunden hatte: das Geld und den Paß.«

»Blutdrucktabletten… Ich bin ein Hypochonder, Reni ist's auch, und ich interessiere mich für Medizin. Aber ich hätte keine Ahnung, wie ich jemanden mit Blutdrucktabletten umbringen sollte.«

Philipp erklärte. »Geht auch nicht. Aber wenn man Catapresan kriegt und plötzlich nicht mehr nimmt, kann man Ausfälle haben. Bleibt nur die Frage, wie Welker gewußt haben soll, daß…«

»Er hat Medizin studiert. Als er fertig war, hat er es der Bank geopfert.«

»Und dann?«

»Nach Schulers Tod? Ihr wißt es selbst. Welker hat Samarin erschossen und uns glauben gemacht, er wäre von Trauer, Schmerz und Wut überwältigt gewesen. Tatsächlich hat er es mit kaltem Blut und ruhiger Hand getan. Er wollte Samarin los sein, den Nachkommen des stillen Teilhabers, das Faktotum, das auf einmal mitreden und -entscheiden wollte, den Mann mit gefährlichen Verbindungen, der ihn erpreßte, den Mann mit lukrativen Verbindungen, der ihm im Weg stand.«

Sie saßen eine Weile stumm. Dann fragte Philipp: »Warum erzählst du uns das?«

»Interessiert es euch nicht?«

»Doch, schon. Aber wenn du's mir nicht erzählt hättest, würde ich es, ehrlich gesagt, nicht vermissen.« Ich muß Philipp angesehen haben, als wäre er von allen guten Geistern verlassen. »Versteh mich nicht falsch, Gerd. Ich bin praktisch veranlagt. Mich interessieren Sachen, bei denen was zu tun ist. Ein Herz operieren, mein Boot reparieren, meine Blumen züchten, Füruzan glücklich machen«, er legte seine Hand auf ihre und schaute sie so treu an, daß alle lachen mußten.

»Wir können doch nicht einfach nichts tun! Wir haben uns eingemischt, haben Welker geholfen, haben Samarin… Samarin wäre ohne uns noch am Leben!« Ich verstand Philipp immer weniger. »Hast du nicht gesagt, daß die Welt, von der wir damals dachten, es wäre die Welt Samarins, und von der wir jetzt wissen, es ist die Welt Welkers, nicht deine ist und daß du deine nicht kampflos aufgeben willst? Stimmt das alles nicht mehr?«

»Das war was anderes. Damals dachten wir, Welker wäre in Gefahr, und wollten helfen. Wem willst du jetzt helfen? Wer ist in Gefahr? Niemand, und das mit der Welt… Vielleicht habe ich den Mund damals ein bißchen voll genommen. Was ich gemeint habe, war das mit der Gefahr und dem Helfen.«

Frau Nägelsbach sah mich prüfend an. »Vor ein paar Wochen waren Sie dagegen, daß…«

»Nein, ich war nicht dagegen. Ich fand nur, daß Ihr Mann und Philipp sich einig werden müßten. Für beide waren die möglichen Konsequenzen ernster als für mich.«

»Ich hab den Vertrag mit dem privaten Krankenhaus zwar in der Tasche. Aber was passiert, wenn es einen Skandal gibt…« Philipp schüttelte den Kopf.

»Ich fürchte, Herr Selb, wir haben den richtigen Zeitpunkt verpaßt – wenn es ihn überhaupt gab. Damals waren die Spuren frisch, und wir waren gute Zeugen. Heute sind wir schlechte. Warum haben wir so lange geschwiegen? Warum reden wir jetzt? Außerdem war es dunkel, wir haben Welker nicht schießen sehen, es gibt auf der Tatwaffe keine Fingerabdrücke, und Welker wird alles abstreiten. Beim Mord an Schuler ist es noch aussichtsloser. Vielleicht hat der Staatsanwalt bei der Geldwäsche Erfolg. Aber er braucht Glück.«

Niemand sagte etwas, und das Schweigen fühlte sich an, als warteten die anderen darauf, daß ich das Thema offiziell beendete. Daß ich Ruhe gäbe. Aber ich konnte nicht. »Und daß wir wissen, daß er zwei Morde auf dem Gewissen hat? Interessiert uns das nicht? Verpflichtet uns das nicht?«

Nägelsbach schüttelte den Kopf. »Schon mal was von der Unschuldsvermutung gehört? Wenn Welker nicht überführt werden kann, kann er nicht überführt werden. So ist das.«

»Aber wir…«

»Wir? Wir hätten damals zur Polizei gehen sollen. Wir haben es nicht getan, und jetzt ist es zu spät. Erinnern Sie sich, was ich Ihnen damals gesagt habe? Wie können Sie auch nur auf den Gedanken kommen, ich würde mich an einem Akt der Selbstjustiz beteiligen!«

Jetzt war das Schweigen drückend. Bis Philipp es nicht mehr aushielt. »Herr Nägelsbach, Herr Rudi Nägelsbach, wenn ich richtig gehört, habe, Rudi, wenn ich darf, hättest du Lust, mit Gerd, mir und einem alten Freund von uns eine Doppelkopfrunde zu bilden? Einmal alle vierzehn Tage oder auch einmal die Woche?«

Nägelsbach rang mit sich. Er ist von altmodischer, distanzierter, förmlicher Höflichkeit. Zu viel Nähe ist ihm ein Graus. Die Anrede mit dem Vornamen widerstrebte ihm. Und der forcierte Themenwechsel war ihm peinlich. Aber er gab sich einen Ruck. »Vielen Dank, Philipp. Ich freue mich über die Einladung und nehme sie gerne an. Ich muß allerdings darauf bestehen, daß die beiden Karo-Asse, wenn sie in einer Hand sind…«

»… die Schweinchen sind.« Philipp lachte.

»Gerd?« Füruzan sagte es so ernst, daß Philipp zu lachen aufhörte und die anderen aufmerkten.

»Füruzan?«

»Ich komme mit. Vielleicht kannst du mich brauchen, wenn du Welker umlegst oder seine Bank anzündest. Nur seinen Kindern tust du nichts, ja?«

18

## *Nicht Gott*

Brigitte kam um elf. »Wo sind die Freunde? Habt ihr euch gestritten?« Sie setzte sich auf die Sofalehne und legte mir den Arm um die Schulter.

»Ja und nein.« Wir waren nicht im Streit auseinandergegangen. Aber die Vertrautheit hatte einen kleinen Knacks bekommen, und wir waren beim Abschied betreten. Ich erzählte Brigitte, was ich den Freunden berichtet und worauf ich gehofft hatte. Und wie sie reagiert hatten.

»Ach, Gerd. Ich verstehe sie. Ich verstehe auch dich, aber sie… Geh zur Polizei und laß immerhin die Geldwäsche auffliegen.«

»Er hat zwei Menschen auf dem Gewissen.«

»Was ist mit seiner Frau?«

»Wir werden es nie genau wissen. Alles spricht dafür, daß sie wirklich einen Unfall hatte. Aber daß er seine Frau nicht…«

»So habe ich's auch nicht gemeint. Ich habe schon begriffen, daß er eigentlich als Mörder verurteilt gehört. Aber dazu reicht es eben nicht. Ist er der einzige, der ins Gefängnis gehört und frei herumläuft? Willst du alle jagen und erlegen?«

»Ich habe nicht mit allen zu tun, nur mit Welker.«

»Was hast du mit ihm zu tun? Wer ist er für dich? Eure

254

Wege haben sich gekreuzt, das ist alles. Wenn zwischen euch wenigstens was Persönliches wäre!«

»Nein, gerade dann hätte ich kein Recht, mich…« Ich redete nicht weiter. Damals in Trefeuntec hatte ich schon mal das Recht in meine Hände genommen. Wollte ich mir beweisen, daß ich es aus Prinzip tat und also auch damals nicht nur eine persönliche Rechnung beglichen hatte?

Brigitte schüttelte den Kopf. »Du bist doch nicht Gott!«

»Nein, Brigitte, ich bin nicht Gott. Ich kann mich nicht damit abfinden, daß er Schuler und Samarin umgebracht hat, reich und zufrieden ist, und das war's. Ich kann mich einfach nicht damit abfinden.«

Sie sah mich an, traurig und besorgt. Sie nahm meinen Kopf in ihre Hände und küßte mich auf den Mund. Sie hielt meinen Kopf und sagte: »Manu wartet, ich muß los. Laß Welker.« Sie sah in meinen Augen, wie mich meine Ohnmacht quälte. »Ist es so schlimm? Ist es so schlimm, weil du denkst, daß du alt bist, wenn du nichts tust?« Ich sagte nichts. Sie forschte in meinen Augen nach einer Antwort. »Laß ihn. Nur wenn's… nur wenn's dich anders umbringt. Aber dann paß auf, hörst du? Welker ist mir egal, tot, lebendig, gut dran, schlecht dran. Du bist mir nicht egal.«

Dann war sie weg, und ich setzte mich auf den Balkon, rauchte und sah in die Nacht. Ja, Brigitte hatte recht. Meine Ohnmacht quälte mich, weil sie mich mein Alter spüren ließ. Sie brannte mir ins Gedächtnis, wie oft ich nur nachträglich hatte registrieren können, daß ich zu langsam gewesen war. Sie brannte mir meine Schuld an Schulers Tod ins Gedächtnis. Sie besiegelte, daß ich weder als Staatsanwalt noch als Privatdetektiv etwas hinterließ, worauf ich richtig stolz war. Sie fraß an mir wie eine Wut, eine Angst, ein Schmerz, eine Beleidigung. Wenn sie mich nicht auffressen sollte, mußte ich etwas tun.

Ehe ich ins Bett ging, holte ich aus der Wäschekommode den Revolver, der dort seit Jahren liegt. Lange hatte ich keine Waffe, und auch diese hatte ich nicht haben wollen, aber, als ich sie einmal hatte, nicht wegwerfen können. Ein Kunde hatte sie mir in Verwahrung gegeben und nicht mehr abgeholt. Ich legte sie auf den Küchentisch und sah sie an: schwarz, handlich, tödlich. Ich nahm sie in die Hand, wog sie und legte sie wieder auf den Tisch. Sollte ich sie mir, um mit ihr vertraut zu werden, unters Kopfkissen legen?

# Mit Blaulicht und Sirene

Ich wachte auf, als es noch dunkel war, und wußte, daß etwas nicht stimmte. In meiner Brust war etwas Falsches und füllte den Raum, in den ich einatme und in den mein Herz sich ausdehnt, wenn es schlägt. Es war kein Schmerz. Aber es war da, beengend, beharrlich, gefährlich.

Mit einem Mal waren meine Stirn und meine Handflächen schweißnaß. Ich hatte Angst, und mir war, als sei auch das Falsche in meiner Brust Angst, eine zähe, flüssige, zersetzende Angstmaterie.

Ich bin aufgestanden, ein paar Schritte gelaufen, habe zuerst das Fenster und dann die Tür zum Balkon aufgemacht und tief durchgeatmet. Aber das Falsche in meiner Brust ging nicht weg, sondern wurde dichter. Es wurde zu einem Druck. Zugleich wurde die Angst zur Panik.

Dann ließ der Druck nach, und ich beruhigte mich. Hatte mein letzter Herzinfarkt nicht in den linken Arm gestrahlt? Ich spürte im linken Arm nichts. Gleichwohl entschloß ich mich, in Zukunft gesünder zu leben, nicht mehr zu rauchen, nicht mehr zu trinken und mich körperlich zu betätigen. Philipp machte das Goldene Sportabzeichen – ob ich das Bronzene schaffen würde? So dachte ich freundliche, zuversichtliche Gedanken. Bis der Druck wiederkehrte und der Schweiß wieder ausbrach und ich voller Panik merkte, daß der Druck blieb und sich in langsam an- und ausrollenden Wellen steigerte. Ich setzte mich aufs Bett, umfaßte meine Brust mit beiden Armen, schaukelte vor und zurück und hörte mich leise wimmern.

Aber der Druck hatte nur den Schmerz vorbereitet. Auch er kam in Wellen, manchmal in langsamen und manchmal in schnellen, kein Rhythmus, auf den ich mich einstellen konnte. Der erste Einsatz des Schmerzes war wie ein Stromstoß, der meine Brust zusammenkrampfte. Er elektrisierte auch mein Gehirn. Ich dachte wach und klar und begriff, daß ich handeln mußte. Wenn ich nicht handeln würde, würde ich sterben. Es war kurz nach fünf.

Ich rief den Notdienst an, und nach zwanzig Minuten kamen zwei Sanitäter vom Roten Kreuz mit einer Trage. Zwanzig Minuten, in denen die Schmerzen wie Wellen durch mich hindurchgingen. Wie Wehen – so jedenfalls stelle ich mir Wehen vor, und ich holte, wenn der Schmerz jeweils einsetzte, tief Luft. Die beiden Sanitäter machten beruhigende Bemerkungen, halfen mir auf die Trage und schlossen meine Vene an einen Tropf, aus dem ein Blutverdünnungsmittel floß. Sie trugen mich die fünf Stockwerke hinunter und luden mich in den Krankenwagen. Sie schalteten das Blaulicht ein; durchs Fenster sah ich seinen Reflex an der Hauswand. Dann schalteten sie auch die Sirene ein und fuhren los. Sie fuhren nicht schnell. Tropf und Plastikschlauch schwangen ruhig hin und her.

Kam auch ein Beruhigungsmittel aus dem Tropf? Die Schmerzen ließen nicht nach. Aber in ihren Wellen und Tälern verschwammen die Eindrücke und verschwand die Angst in eine weinerliche Resignation.

In der Notaufnahme ließ die Ärztin stärkere Mittel in mein Blut laufen. Sie sollten das Gerinnsel in meinem Herzen auflösen. Ich würgte Galle und wunderte mich, daß die Gallenblase mein dünnes Blut nicht mochte. Die Schwester wunderte sich nicht; sie griff nach einer bereitstehenden nierenförmigen Schale und hielt sie mir unters Kinn.

Nach einer Weile wurde ich auf die Intensivstation gefahren. Flurdecken, Schwingtüren, Aufzüge, Ärzte in Grün, Schwestern in Weiß, Patienten und Besucher – ich nahm alles nur benommen wahr, als glitte ich in einem leisen Zug durch ein unverständliches Gewimmel und Gewirbel. Einmal ging die Fahrt durch einen langen Gang, leer bis auf einen Patienten in Schlafanzug und Morgenmantel, der mir gelangweilt, ohne Neugier und ohne Mitleid nachsah. Manchmal schaffte ich es, in die nierenförmige Schale zu würgen, die neben meinem Kopf lag, manchmal ging es daneben. Es roch widerwärtig.

Der Schmerz hatte sich in meiner Brust eingerichtet. Als habe er im Auf- und Abwogen meine Brust vermessen und wisse jetzt, daß sie ihm ganz gehört. Er war gleichmäßig geworden, ein gleichmäßiges Ziehen, ein Ziehen aus der Brust und in die Brust hinein. Nach ein paar Stunden auf der Station ließ er nach und hörte auch das Würgen auf. Ich war nur noch erschöpft, so erschöpft, daß ich es für möglich hielt, aus Erschöpfung einfach zu verlöschen.

## Verbrechen aus verlorener Ehre

Am Nachmittag kam Philipp und erklärte mir geduldig, was bei einem Angiogramm geschieht. Hatte man's mir nicht schon mal erklärt? Ein Katheter wird eingeführt und zum Herz hochgeschoben, um Bilder zu machen. Vom pochenden Herz, von guten Arterien, von engen Arterien, von verstopften Arterien. Wenn man Pech hat, irritiert der Katheter das Herz so, daß es seinen Rhythmus nicht mehr findet. Oder er löst einen Thrombus, der sich auf die Wanderschaft macht und an entscheidender Stelle ein Gefäß verstopft.

»Habe ich eine Wahl?«

Philipp schüttelte den Kopf.

»Dann mußt du mir auch nichts erklären.«

»Ich dachte, es interessiert dich.«

Ich nickte.

Ich nickte auch, als mir der Chirurg nach dem Angiogramm erklärte, daß zwei Bypässe nötig wären. Ich wollte nicht wissen, warum und wie und wo. Ich wollte niemandem vormachen, ich hätte noch etwas zu sagen, den Ärzten und Schwestern nicht und mir schon gar nicht.

Der Chirurg erzählte mir von einem Kollegen in Mosbach, der neun Bypässe bekommen und den Katzenbuckel bestiegen habe, den höchsten Berg des Odenwalds. Ich müsse mir keine Sorgen machen. Wir müßten mit der Operation nur ein paar Tage warten, bis das Herz sich erholt hätte und nicht mehr so anfällig wäre.

Also wartete ich, und langsam ließ die Erschöpfung nach. Ich blieb müde. Die Müdigkeit ließ mich den Verlust meiner Autonomie verschmerzen, die Kanüle im Handgelenk, das Gesicht, das mich im Spiegel ansah, und daß beim Pinkeln die Hälfte danebenging. Ich dämmerte.

Manchmal saß Brigitte an meinem Bett und hielt ihre Hand auf meine Hand oder meine Stirn. Sie las mir vor, und nach ein paar Seiten war ich müde. Oder wir redeten ein paar Sätze, von denen ich oft wenig später den Inhalt nicht mehr wußte. Ich bekam mit, daß Ulbrich immer noch oder wieder in Mannheim war, mich vergebens gesucht und schließlich sie gefunden hatte. Daß er aufgeregt war. Daß er mich unbedingt sprechen wollte, sei's auch im Krankenhaus. Aber die Ärzte ließen außer Brigitte und Philipp niemanden zu mir, und mir war es recht.

Dann sollte ich wieder gehen. Ich ging den Gang auf und ab und im Garten um den Teich und hatte Angst, eine unbedachte Bewegung könne das, was meine Arterien verstopfte, lösen und an eine andere, schlimmere Stelle wandern lassen. Ich wußte, daß die Angst töricht war. Ich hatte sie trotzdem. Ich hatte auch die Angst, daß die Schmerzen wiederkommen, daß das Herz außer Tritt geraten, daß es zu schlagen aufhören würde. Ich hatte Angst vor dem Sterben.

Natürlich haben sich, während ich wartete, Bilder und Szenen aus meinem Leben eingestellt. Die Kindheit in Berlin, die Karriere als Staatsanwalt, die Ehe mit Klara, die Arbeit als Privatdetektiv, die Jahre mit Brigitte. Ich habe auch an meinen letzten Fall gedacht, den ich nicht so zu Ende gebracht hatte, wie ich ihn hatte zu Ende bringen wollen.

»Ich bin froh, daß du Welker nichts getan hast. Es hat dich gebeutelt, aber nicht umgebracht. Du wirst schon wieder.«

Erst später verstand ich Brigittes Bemerkung ganz. Ich las weder Zeitung, noch sah oder hörte ich Nachrichten. Aber eines Tages lag auf einer Bank im Garten ein alter *Mannheimer Morgen,* und die Schlagzeile sprang mir ins Auge: »Explosion in Schwetzingen.« Ich las, daß in einer Schwetzinger Bank eine Bombe detoniert war. Personen waren nicht ernstlich verletzt worden, aber der Sachschaden war erheblich. Der Attentäter, ein unlängst gekündigter Angestellter der Bank, wurde noch am Tatort mit leichten Verletzungen zuerst von anderen Angestellten festgehalten und dann von der Polizei festgenommen. Die Bombe war anscheinend früher detoniert, als er geplant hatte. Der Leitartikel nahm sich der Explosion an. Er ließ keinen Zweifel daran, daß ein Bombenanschlag nicht die richtige Antwort auf eine Kündigung war, mochte sie gerechtfertigt oder ungerechtfertigt sein. Aber er verwies darauf, daß der Attentäter aus Cottbus kam, daß die Mitbürger und Mitbürgerinnen aus den neuen Ländern sich nach fünfundvierzig Jahren Kommunismus auf dem freien Arbeitsmarkt schwertäten, daß ihnen Kündigungen an die Ehre gingen, und machte ein paar einfühlsame Bemerkungen über Verbrechen aus verlorener Ehre.

Ich saß auf der Bank und dachte an Karl-Heinz Ulbrich. Ich würde Brigitte bitten, ihn im Gefängnis zu besuchen, ihm ein gutes Buch, einen guten Bordeaux und frisches Obst zu bringen. Sie sollte ihm auch Schachbrett und -figuren und die Partien zwischen Spassky und Kortschnoi bringen. Im Osten hat man Schach gespielt. Sie sollte Nägelsbach bitten, bei seinen alten Kollegen ein gutes Wort für ihn einzulegen. Verbrechen aus verlorener Ehre – der Leitartikler wußte nicht, wie recht er hatte.

Dann mußte ich ins Krankenzimmer, mich von einer Ärztin anhand eines Bogens befragen und belehren lassen und unterschreiben, daß ich mit allem rechnete und auf alles verzichtete. Ich dachte, das sei es, aber sie hörte mein Herz ab, maß meinen Blutdruck, nahm mir Blut ab und untersuchte meinen After.

Am nächsten Morgen rasierte eine Schwester mir mein Brust-, Bauch- und Schamhaar und sogar die Haare auf den Schenkeln, die für das Angiogramm schon mal rasiert worden waren. Brigitte mußte solange raus, als könne diese endgültige Nacktheit Furchtbares offenbaren. Als ich mich aufrichtete und an mir hinuntersah, rührte mich mein haarloses, schutzloses Geschlecht. Es rührte mich so sehr, daß mir die Tränen kommen wollten. Ich merkte, daß sie ein Beruhigungsmittel in die Infusion getan hatten.

Bis zum Aufzug konnte Brigitte neben mir hergehen. Der Pfleger schob mich so hinein, daß ich sie sah, bis sich die Tür des Aufzugs schloß. Sie warf mir einen Kuß zu.

Im Aufzug wurde ich schläfrig. Ich erinnere mich noch, wie ich aus dem Aufzug über einen Gang in den OP geschoben und auf den Operationstisch gehoben wurde. Ich erinnere mich als letztes an das grelle Licht der Lampe über mir, die Gesichter der Ärzte mit Mund- und Haarschutz und dazwischen Augen, deren Ausdruck ich nicht deuten konnte. Wahrscheinlich gab es nichts zu deuten. Es ging an die Arbeit.

21

# Am Ende

Am Ende bin ich noch mal hingefahren.

Warum? Ich wußte alles schon, und wenn ich es noch nicht gewußt hätte, hätte der Schloßplatz mir's auch nicht gesagt. Daß Welker der halben Belegschaft gekündigt und die Sorbische verkauft hat. Daß er das Bankhaus Weller & Welker aufgelöst hat. Daß sein Haus in der Gustav-Kirchhoff-Straße zum Verkauf steht und er mit den Kindern weggezogen ist. Brigitte meint, nach Costa Rica, und daß seine Frau doch lebt und dort auf ihn wartet.

Ich wußte auch, daß Ulbrich vor der Polizei und der Staatsanwaltschaft den Mund nicht aufgemacht hat. Kein Wort. Brigitte hat mich gefragt: »Warst du nicht Staatsanwalt? Kannst du ihn nicht verteidigen?« Ich habe mir sagen lassen, ich könne die Zulassung als Anwalt bekommen. Daß Welker weg ist, macht die Verteidigung leichter.

Was habe ich auf dem Schwetzinger Schloßplatz gesucht? Das Ende der Geschichte? Sie war zu Ende. Es hingen keine Schicksalsfäden mehr lose herum. Aber auch wenn mir klar war, daß am Ende einer Geschichte nicht die Gerechtigkeit siegen muß – daß Welker so davonkommen sollte, während Ulbrich im Gefängnis saß und Schuler und Samarin unter der Erde lagen, mochte ich nicht als Ende akzeptieren, und wieder quälte mich die Ohnmacht, nichts mehr tun, nichts mehr in Ordnung bringen zu können.

Bis ich begriff, daß es meine Entscheidung war, ob ich das Ende als ungerecht und unbefriedigend verstehen und daran leiden wollte, oder ob ich beschloß, daß es so, genau und gerade so seine Richtigkeit hat. Es war in jedem Fall meine Entscheidung. Auch ein toter Welker oder ein Welker im Gefängnis und ein glücklicher Karl-Heinz Ulbrich und sogar ein Schuler, der weiter Akten pflegte, und ein Samarin, der weiter Geld wusch, wären nicht schlechthin gerecht und befriedigend, sondern ich mußte es beschließen. Also versuchte ich's. Zwar habe ich das Ende nicht geradewegs akzeptiert. Aber lag nicht wirklich eine Richtigkeit darin, daß Samarin ein Kämpfer gewesen und im Kampf erschossen worden war und daß Schuler für eine Wahrheit gestorben war, die sein geliebtes Archiv barg? Dafür, daß Karl-Heinz Ulbrich nicht lange im Gefängnis sitzen würde, ließ sich etwas tun. Welker? Brigitte und ich konnten Ferien in Costa Rica machen.

Wenn es der Arzt erlaubt. Er ist ein alter Freund von Philipp und war in Mannheim sein Kollege, ehe er die Abteilung auf dem Speyerer Hof übernahm. Er wiegt den Kopf und zuckt die Schultern, wenn ich ihn frage, wie es um mich steht und mit mir weitergeht. »Was wollen Sie, Herr Selb, Ihr Herz ist einfach ausgelatscht.« Ausgelatscht. Aber ich weiß selbst, daß meine Operation kein Erfolg war. Sonst hätten sie es mir gesagt. Sonst wäre ich nicht so müde. Manchmal ist mir, als wolle die Müdigkeit mich vergiften.

Ich war froh, als die Taxe kam.

*Der Autor dankt
dem Center for Scholars and Writers
an der New York Public Library,
als dessen Fellow er* Selbs Mord *im Winter
2000/2001 fertiggeschrieben hat.*

## Bernhard Schlink
## im Diogenes Verlag

### Der Vorleser
#### Roman

Eine Überraschung des Autors Bernhard Schlink:
Kein Kriminalroman, aber die fast kriminalistische
Erforschung einer rätselhaften Liebe und bedrängen-
den Schuld.

»Ein Höhepunkt im deutschen Bücherherbst. Eine
aufregende Fallgeschichte, so gezügelt wie Genuß ge-
während erzählt. Das sollte man sich nicht entgehen
lassen, weil es in der deutschen Literatur unserer Tage
hohen Seltenheitswert besitzt.«
*Tilman Krause / Tagesspiegel, Berlin*

»Nach drei spannenden Kriminalromanen ist dies
Schlinks persönlichstes Buch.« *Michael Stolleis / FAZ*

»Der beklemmende Roman einer grausamen Liebe.
Ein Roman von solcher Sogkraft, daß man ihn, einmal
begonnen, nicht aus der Hand legen wird.«
*Hannes Hintermeier / AZ, München*

»Die Überraschung des Herbstes. Ein bezwingendes
Buch, weil eine Liebesgeschichte so erzählt wird, daß
sie zur Geschichte der Geschichtswerdung des Dritten Reiches in der späten Bundesrepublik wird.«
*Mechthild Küpper / Wochenpost, Berlin*

### Liebesfluchten
#### Geschichten

Anziehungs- und Fluchtformen der Liebe in sieben
Geschichten: als unterdrückte Sehnsüchte und uner-
wünschte Verwirrungen, als verzweifelte Seitensprünge
und kühne Ausbrüche, als unumkehrbare Macht der
Gewohnheit, als Schuld und Selbstverleugnung.

»Wieder schafft es Schlink, die Figuren lebendig werden zu lassen, ohne alles über sie zu verraten – selbst wenn ihn gelegentlich sein klarer, kluger Ton zu dem einen oder anderen Kommentar verführt. Er ist ein genuiner Erzähler.«
*Volker Hage / Der Spiegel, Hamburg*

»Schlink seziert seine Figuren regelrecht, er analysiert ihr Handeln. Er wertet nicht, er beschreibt. Darin liegt die moralische Qualität seines Erzählens. Schlink gelingt es wieder, wie schon beim *Vorleser*, genau die Wirkung zu erzielen, die wesentlich zu seinem Erfolg beigetragen hat. Er erzeugt den Eindruck von Authentizität.« *Martin Lüdke / Die Zeit, Hamburg*

»In *Liebesfluchten* ist der Erzähler Bernhard Schlink der Archäologe des Gefühls. Er findet den wunden Punkt der deutschen Gegenwart. Das ist ergreifend und kühn.«
*Verena Auffermann / Süddeutsche Zeitung, München*

### Selbs Justiz
#### Zusammen mit Walter Popp
##### Roman

Privatdetektiv Gerhard Selb, 68, wird von einem Chemiekonzern beauftragt, einem ›Hacker‹ das Handwerk zu legen, der das werkseigene Computersystem durcheinanderbringt. Bei der Lösung des Falles wird er mit seiner eigenen Vergangenheit als junger, schneidiger Nazi-Staatsanwalt konfrontiert und findet für die Ahndung zweier Morde, deren argloses Werkzeug er war, eine eigenwillige Lösung.

»Selb, eine, auch in ihren Widersprüchen, glaubwürdige Figur, aus deren Blickwinkel ein gesellschaftskritischer Krimi erzählt wird.«
*Jürgen Kehrer / Stadtblatt, Münster*

1992 verfilmt von Nico Hofmann unter dem Titel *Der Tod kam als Freund,* mit Martin Benrath und Hannelore Elsner in den Hauptrollen.

## Die gordische Schleife
Roman

Georg Polger hat seine Anwaltskanzlei in Karlsruhe mit dem Leben als freier Übersetzer in Südfrankreich vertauscht und schlägt sich mehr schlecht als recht durch. Bis zu dem Tag, als er durch merkwürdige Zufälle Inhaber eines Übersetzungsbüros wird – Spezialgebiet: Konstruktionspläne für Kampfhubschrauber. Polger gerät in einen Strudel von Ereignissen, die ihn Freund und Feind nicht mehr voneinander unterscheiden lassen.

Ausgezeichnet mit dem Autorenpreis der Kriminalautorenvereinigung ›Syndikat‹ anlässlich der Criminale 1989 in Berlin.

## Selbs Betrug
Roman

Privatdetektiv Gerhard Selb sucht im Auftrag eines Vaters nach der Tochter, die von ihren Eltern nichts mehr wissen will. Er findet sie, aber der, der nach ihr suchen läßt, ist nicht ihr Vater, und es sind nicht ihre Eltern, vor denen sie davonläuft.

»Es gibt wenige deutsche Krimiautoren, die so raffinierte und sarkastische Plots schreiben wie Schlink und ein so präzises, unangestrengt pointenreiches Deutsch.« *Wilhelm Roth/Frankfurter Rundschau*

*Selbs Betrug* wurde von der Jury des Bochumer Krimi Archivs mit dem Deutschen Krimi Preis 1993 ausgezeichnet.

# Jakob Arjouni
## im Diogenes Verlag

»Ein großer, phantastischer Schriftsteller, der genau und planvoll und lesbar schreibt.«
*Maxim Biller / Tempo, Hamburg*

»Seine Virtuosität, sein Humor, sein Gespür für Spannung sind ein Lichtblick in der Literatur jenseits des Rheins, die seit langem in den eisigen Sphären von Peter Handke gefangen ist.« *Actuel, Paris*

»Seine Texte haben Qualität. Sie sind ambitioniert, unaufdringlich-provokativ, höchst politisch.«
*Barbara Müller-Vahl / General-Anzeiger, Bonn*

»Arjouni weiß als Dramatiker genauso wie als Krimiautor, wie er Spannung erzielt, ohne platt zu wirken.«
*Christian Peiseler / Rheinische Post, Düsseldorf*

### Magic Hoffmann
Roman

### Edelmanns Tochter
Theaterstück

### Ein Freund
Geschichten

Die Kayankaya-Romane:

### Happy birthday, Türke!

### Mehr Bier

### Ein Mann, ein Mord

### Kismet